# 远山静水

贾平凹

散文全编
1995～1997

贾平凹 著

时代文艺出版社

图书在版编目（CIP）数据

远山静水 / 贾平凹著． —2版． —长春：时代文艺出版社，2017.6
（贾平凹散文全编）

ISBN 978-7-5387-5372-1

Ⅰ．①远… Ⅱ．①贾… Ⅲ．①散文集－中国－当代Ⅳ．①I267

中国版本图书馆CIP数据核字（2016）第303031号

出 品 人　陈　琛
产品总监　郭力家
选题策划　李天卿　郜玉乐
责任编辑　李天卿　郜玉乐
装帧设计　李　斌
排版制作　隋淑凤

# 远山静水

贾平凹 著

出版发行 / 时代文艺出版社

地址 / 长春市泰来街1825号　时代文艺出版社　邮编 / 130011
总编办 / 0431-86012927　发行部 / 0431-86012957　北京开发部 / 010-63108163
官方微博 / weibo.com / tlapress　天猫旗舰店 / sdwycbsgf.tmall.com
印刷 / 北京同文印刷有限责任公司
开本 / 710mm×1000mm　1 / 16　字数 / 235千字　印张 / 18.25
版次 / 2017年6月第2版　印次 / 2017年6月第1次印刷　定价 / 30.00元

# 目　录

与穆涛七日谈 / 1

答人问奖 / 91

惜　时 / 92

　　——致青年朋友

走进塔里木 / 93

圃　山 / 99

二　胡 / 103

缘　分 / 106

友人杨毓荪 / 110

江浙日记 / 112

拓片闲记 / 199

小说孔明 / 200

姬国强的绘画艺术 / 201

石杰评论集序 / 203

名　角 / 205

丹舟的诗 / 210

五人集序 / 212

自　序 / 214

关于长篇小说《土门》的通信 / 215

《欧美小说记叙风格选集》序 / 222

四方城 / 223

复肖云儒信 / 226

叶炳喜的书法 / 231

茶　杯 / 234

吃　烟 / 236

《美文》四年编辑部午餐桌上的谈话 / 237

治病救人 / 240

壁　画 / 243

陶　俑 / 246

朋　友 / 251

秃　顶 / 254

天　马 / 257

进山东 / 260

答朱文鑫十问 / 265

《中国当代才子书·贾平凹卷》序 / 269

读马海舟书画 / 271

喜欢张和的画 / 273

十幅儿童画 / 276

路小路作品集序 / 285

刘宁作品集序 / 287

# 与穆涛七日谈

## 第一天　你为谁写作

**穆涛**（下简称穆）：对你来说，具备什么样的准备条件才动手写作一本书？

**贾平凹**（下简称贾）：我得反复酝酿我要写的东西，人物我已经十分熟悉，恍惚就是与我日夕相处的人，而情节上可以只需知道几个重要的转折环节，行文的语言完全不用去考虑，我有这个自信，一旦真要动开笔，文字会随形赋彩的，并且会有许多绝妙的东西突然到来。在这样的时候，我很激动，也很焦躁，你见过母鸡下蛋前的样子吗？那份不安神，那份前后左右地转动，你稍稍惊动它就会腾地飞跳起来，但它要是趴在窝里你就是搋它也不愿动弹了。你见过新婚久别后丈夫就要回来前的年轻婆姨吗？没见过的话你最好想法见一见，我想，开始动笔之前我就是那样一种的。创作欲涌动起来了，我是会找一个比较清静的地方一气呵成地去做我的工作，那个地方不要什么资料，不要什么舒适，不再讲究一切，只是有纸有笔就够了。哦，第一遍手稿必须是写在精美的本子上的，这样我才能思如泉涌。对了，还需要烟，牌子无所谓，习惯的一种就可以，饭菜也无所谓。如果要图更清静就到外地去寻一间房子，写作过程中间，可以没有性生活，往往在写不下去的时候，倒是极希望消化在女人那里。当然，每天的工作都结束在知道接下来要写什么的时候，这样，就不至于第二天坐在书桌前一筹莫展了。整个晚上是不写作的，要看录像，或是武打的，或是凶杀的，或者打打麻将赌赌钱。

穆：晚上的这些娱乐是一种休息？

贾：不，是洗脑子。好让这一天的工作彻底结束下来，以便在第二天保持清醒地工作。在一部长篇小说的写作中，这种清洗工作是重要的，否则连轴转上几天，人就疲沓了。

穆：你一般的情况是晚上休息白天写作？

贾：也不一定，这决定于具体环境。有录像看，有麻将打时就选在白天写，没有这些事情就是晚上写，白天看看风景，吃点儿小吃什么的。不过这也得看当时的心情，或者看写什么。

穆：你认为写作一部长篇小说过程中最重要的是什么？

贾：休息。人都是肉长的，没有好的休息与恢复，不可能写出好的作品，坚持熬三两天还行，谁能熬一个月试试？

穆：你成名以后，有过写废或重写的东西吗？

贾：写废的只有在写长篇时出现过，《浮躁》就写废过一遍，还有一部《忙忙人》，写过七八年了，也没拿出去发表，我想要是发表的话，还得重新写一遍。我的创作往往是不停地列提纲，不停地来鲜活人人事事，直到一切都清晰下来，才定下总的提纲。这样的工作比实际操作时间长数倍，也艰辛数倍。但是，这一次写作《废都》时是定了提纲的，操作时却全然打乱了，在动笔写到五万字左右的时候，那个提纲于我已毫无作用。我只是按着小说的人和事往下走，到最后，我几乎都快收拢不住了。因为我写的是一群男男女女的日常生活，一切要平实，语言也不用任何人为地修饰，不需要任何主观性和感情渲染色彩，就像日常生活是无序的、随意的一样，所以我不能框得太死，不能人为地故意要什么或不要什么。河流在心中只是一个流动的方位，我曾对一个朋友讲过全部的人物关系，一边讲一边用笔在纸上画，讲完了，纸上竟出现一个相互交往的一张图。我喜欢对朋友说人物关系，旨在加深人物之间的关联，也是担心具体写作的时候乱了。

**穆**：一般地讲，你怎么修改自己的手稿?

**贾**：我写作时必须一气呵成，有人每天规定，只写多少字，写过了一遍就定稿，我不能的。我的第一遍手稿从第一句起直到最后一句止后，才能完全放松下来。好长时间不去理它，直到最初的创作兴奋完全消失，一切又复归平静了，再回过头去阅读，去修改。我是一边誊写一边修改的，进度非常慢，誊写完了，再做一至两遍总体的修改。我是十分看重这时的修改的，它首先要在语言上合我的意，我总是不厌其烦地挑选字眼，修辞，甚至还推敲语感的节奏。我的第一遍手稿字极小，又特别乱，除了我无论谁也看不懂的。如果是短的文章，又喜欢给来人念，念的过程中，立即能感觉出什么地方的节奏、语气有毛病，然后再做局部的调整，身心放松的状态，修改时常有飞来之笔，如鬼魂附体似的，过后自己也惊奇自己。

**穆**：请谈谈你的写作方式，比如怎么安排写作时间等等。

**贾**：我的写作方式很简单，长篇小说的草稿写在大的豪华一些的笔记本上，短篇小说和散文写在小笔记本上，或者干脆写在一块废纸上。我绝不在有格子的方框里写，但必须还要有格子，誊稿时是要写在格子纸的背面的。我是穷困人，早年做编辑，写作必须挤时间，后来虽然是专职写作，但来访者太多，依然是挤时间，除过长篇小说的写作外，一般的文章是有了冲动，抽空就写。我入静的功夫很好，而且从不失眠，这两点令我十分得意。有人写作时，需要睡觉去构思，我做不到，我一上床很快就睡着，看书的话看两页也就困了。我有一个毛病，写过几千字，或几百字，觉得脑子里的齿轮不转了，我常觉得我脑子里有齿轮，就去厨房呀什么地方找点儿吃的，最好是萝卜，吃几口，齿轮就又转开了，再重新坐下来写。

穆：幸亏这齿轮只吃萝卜，要是吃人参就不好办了。

贾（笑过）：我说过我是穷困人。

穆：这里面是不是潜伏着一些生物学的道理？脑子疲惫了或紧张了，加入些萝卜素或维生素什么的，就立刻放松清醒了。

贾：我想应该有吧。

穆：你的这种办法应该普及开来，吃几口萝卜就能创作出这么好的文学作品，应了鲁迅先生那句话了：吃的是草，挤出的是奶。

（贾一笑。点燃一支香烟，深吸了一口，悠悠地把烟雾吐了出来。）

穆：你为什么喜欢在稿纸的背面写作，带格子的稿纸影响你的思路？

贾：我若把字写进格子里，总觉得受到限制，思路就不畅通。最早在西北大学读书的时候，我因为是穷学生，写作时常常为没有稿纸而发愁；若按格子写，一整页也写不了几百字，用背面写可以在一页纸上写得更多些，后来这样就成习惯了，一用背面写就来灵感。但是，我很少在没有格子的白纸背面上写，那样也唤不来灵感。我这个人看起来好像干什么似乎都很简朴，不讲究，实际上是在一定范围内刻意地讲究。比如吃食，不爱吃席宴的高档饭菜，我喜欢面食；可就拿面条来说，擀得多厚，切得多宽多长却十分注意，也是十分挑剔的，我是个好伺候又难伺候的人。用稿纸就是这样。

穆：有一家公司赠你一台四通中文打字机，朋友讲，你至今仍闲置着，成为你书房里的一景。你是不是觉得手工操作比半机械化操作好一些？

贾：我很想用打字机写作，但是迟迟学不会，至今仍还用手书写。我觉得手写有美感，在西安吃羊肉泡馍，原本是吃的人自己动手掰馍，掰成米粒那般大，四周还是毛边的，然后下锅用羊肉汤煮，吃起来很上瘾。现在，很多的店面都用机器绞，绞得齐头齐脑的，味道吃不进去，我总喜欢用手掰。我同样爱吃手工面条，对机械面条吃一点儿就饱了，但我还是接受了赠我的打字机，是人家的一番心意么，但愿我能尽快熟练地掌握使用它。

穆：你的许多重要作品都是到乡下写出来的，这是你的写作习惯，还是另有原因，你是一边听着鸟叫一边舒畅地动笔吗？

贾：不，这不是习惯。你听着，在家里来人太多，家里又没有可以躲藏的地方，我是不能不开门的，来人要说的事太杂，太多，或者有的人仅仅是闲聊，我磨不开脸面谢客，只好作陪。再是，家里要过日子，比如要做饭呀，孩子要做作业呀，睡觉要洗脚呀。而写作是不需要有整齐的日子的，想写了捉笔就写，想睡了倒头就睡。听鸟叫？那怎么行？一入了境界，还晓得鸟叫不叫吗?！

穆：你的最佳写作环境是什么？

贾：一个人在写作的时候是精神紧张的，这需要绝对的安静，最好是寂静无声。我所以在前边说过，白天写作时不容忍任何人打扰，晚上就看录像，武打的，刺激的，要不就打打麻将。

穆：你写作一个小说，是事先设计好，然后按部就班地写下来，还是有一件特别的事，或特别的人激发你之后才开始动笔的？

贾：作家的脑子是从来不会停止形象思维的，我几乎总有要写的东西，但凡是为了签写有关部门发下来的关于创作计划的表格时，我所做的计划从来没有实现过，有许多觉得要写的东西都没有写出来，必须是有一件特别的事，或特别的人激发了我，我才动笔的。恐怕许多作家与我一样的，我不可想象我会一切按计划好的规章写作，我太纵情，不写就不写，写起来激情无法遏制，或许我的爆发力要好一些。

穆：能不能具体说一下，具体说一说某一篇作品的成形过程。

贾：就说一说我早期的短篇小说《满月儿》吧。

《满月儿》写出的时候，不是要想拿出变铅字的，我是写给我的爱人的。我常常把她作为我的作品的模特儿和唯一的读者的。所以，我是怀着真挚的、热烈的感情去写的。

但是，她并不是我的满儿或月儿。

满儿和月儿，最早是我的两位本家姐姐。在我才从初中毕业，回家当农民的那阵，我是一个体质孱弱、脑腆喜静的少年；而我的本家姐姐，却是天真烂漫。在一个偌大的家族里，她们从来没有忧愁，从来不能安静。一件平常的新闻，能引起她们叽叽喳喳嚷道几天；一句普通的趣话，也会使她们笑得俯在炕沿上起不来。于是，大人们就骂她们"瓜笑"，而夸奖我的"安分"了。然而，我却十分爱我的姐姐，至今还能记起她们笑声中的那不同音调。

后来，认识了我的爱人和她的一位朋友。她们几乎有我两位姐姐一样的性格，都天真无邪。但一个丰满，一个苗条。一个是那么文静，说话从来低音，笑声总是从半启的嘴唇里颤出；一个是那么活泼，故意说反话，当面戏谑人……后来，我们分开了，长时期不见一面，但一闭上眼睛，她们就站在那里了，那睫毛在眨动，那微笑在闪现……呵！倾注了感情的人，在心中活着，活着……

终于，在一九七七年的冬天，我到一个大队搞社史的时候，我心中的人物被触发了，她跳出来了，逼使着我动笔描绘了。

那时候，我着手采访这个大队的农业科学研究站。这个站事迹太丰富了，我走进他们的试验室，看见了从未看见过的房间（满儿的房间，我是一笔不敢漏地那么写了的），看见了小麦和燕麦远缘杂交出的新品种，新品种虽然还不够理想，但成绩已经十分突出，我决意要写这个育种试验了。

当天晚上，我躺在床上，突然间我激动起来：写我心中的人吧，让她们来搞培育吧；既然人物的性格早已在心中成熟，又获得了远缘杂交中的一些感人事迹和大量的知识性的东西，就让这两个人物来活动啊！哈，怪得很，根本不需要编什么离奇故事了，只要把她们两个放在培育良种的每一道工序里，每一件事情中，她们就按她们的性格发展下去了，很快我就有了新的故事梗概。

我把那新的故事梗概赶忙写在本子上。

我尽量搜集本家姐姐的、爱人的、爱人的朋友的那些生活细节，越想越多，我不管在这篇作品中有用无用，反正我是这么搜集……

于是，我开始整理，构思，我是这么想的：

写两个姑娘，性格要明显区分，甲就是甲，乙就是乙，不光是长相和脾气，而是一切，每一个动作，每一句话；

两个人物要糅起来写，以"我"，来串线，不要露出脱节痕迹：三个人物，一会儿单写甲，一会儿单写乙，一会儿甲乙合写，一会儿甲乙丙聚写；写一个，不要忘记了其他，写两个姑娘，不要忘了"我"这第一人称；尽量做到分分合合，穿插连贯，虚虚实实，摇曳多姿；

名字也要体现全文特点，糅合一体：满月儿；

一出场要自然，要有场景，以形象抓人；

时时写进生活情趣，使故事丰腴；

让月儿和满儿活动，力避"我"来死板介绍，发议论；

描绘要细腻，叙述要抒情；

产生诗的意境；

调子要柔和，语言不要出现成语和歇后语一类太土的话，节奏和音响要有乡下少女言谈笑语式的韵味；

结尾要电影式的"淡出"，淡得耐嚼。

当然，想出来了不等于写出来了，这只是我写这篇作品时力图达到的目标。

我开始写作了。

当时，我跑到村外泾河岸边的树荫下，一口气写下去。我是那样激动，似乎我的本家姐姐，我的爱人，和我以前接触过的那些女同学，女朋友，全站在面前。我心里十分急，语句往出涌，笔都来不及写，字写得十分潦草。

我没敢中断，写到后部分，语言一时搭配不来，我便不管语言的修饰，胡乱地用一些话先代替着，一直把心里想好的整个小说写完了。我合上本子，再也没回头看一眼，呼叫着跑回宿舍，嘴里哼着秦腔。

当晚，我认真地改了一遍，念着是否顺口。

再改了一遍，推敲了每一句每一个字。

睡前又看了一遍，斟酌了几处标点符号。

第二天，我开始抄写，一边抄，一边再改；我很惊讶，这个时候了，还会突然冒出一些极好的细节和字句来的。

（后来，按编辑部的意见，又改动了一个情节。）

写好了，我想寄给我的爱人去，我要先不告诉她，看她读了以后，是否能看出月儿是谁，满儿是谁？后来，一同写社史的一位同志看了，鼓动我还是拿去发表，我有些犹豫，但终于听了他的话。没想到三个月后，《上海文艺》（现改名《上海文学》）就把它刊印了。

发表了，收到全国各地好多读者来信，有的说怎么写的是她们那儿的两个姑娘呢？我笑了，但我悟出，这仅仅是写了生活中的一些事的缘故罢了。

当然，《满月儿》也有她的先天性的不足，还仅仅是一篇极不成熟的习作而已。无论在主题的深化、情节的提炼、人物的塑造上，都明显地暴露了我生活底子薄、思想水平低、文学修养差。但我有了一点儿小小的浅浅的体会，就是：要搞文学，就要对文学爱；对文学爱了才会爱你文学作品中的人；爱得深了，才会出情；有情就能调动一些因素、一切手段，来塑造你的文学作品中的人了。这样，恐怕才不会被读者说：这篇写得没意思极了！

**穆**：你最喜欢你小说中的哪一个人物，你是怎样为你的小说人物命名的？

　　**贾**：我喜欢《五魁》中的五魁。那个人物完全合着他的宿命走下去的，我写得也顺手。我的小说名字多为两个字，小说中的人物也是这样。我不喜欢作品的名字太花哨、太表面的诗意和刺激，我喜欢笨、憨，但有嚼头的命名。一切的比喻再好，却不如不比喻。

　　**穆**：你小说的第一句，或第一段是开始就写作了，还是反复改定的，你的小说中，最满意哪一部的开头？

　　**贾**：这是不一定的，有的是开始就写定了，有的则需要反复改写。比如《废都》，开过四个头，都不尽满意，都合不了脑子中的那个辙。当然，最后的开头，也就是现在版本的这个开头我还是满意的。

　　**穆**：加西亚·马尔克斯说过，一天，他"看见一个老头儿带着小男孩儿去见识冰块，那时候，马戏团把冰块当作稀罕宝贝来展览，又有一天，我对我外祖父说，我还没见过冰块呢！他就带我去香蕉公司的仓库，让人打开一箱冰冻鲷鱼，把我的手按在冰块上，《百年孤独》就是根据这一形象开的头"。你有过类似的经历吗？

　　**贾**：当然有过这样类似的经历，你相信吗？生活中微不足道的事情，常常会触发灵感，一个火星或许会引爆一座弹药库的，这不仅仅启示了一个小说的开头，甚至要完成一个小说的主要部分。

　　**穆**：你具体地说出一两个这样的火星好不好？

　　**贾**：说说小说《冰炭》吧。

　　商州多能人、怪人，不安生本分的，俗称之"逛山"。"逛山"们经见多，善言辞，生性胆大，做麦客可以一把镰刀闯关中，吃了喝了赚了钱，还常要闹出一段风流韵事方得意回去；冬春农闲，当脚夫，八尺长的扁担溜南北，见过老鼠吃猫，见过人妖结亲，每人肚子里都有一本书。那书打开，商州社会无所不有，无有不奇。《冰炭》便是那书里的，是一个麦后的夏夜，一群扬过了场的"逛山"，吃饱了洋芋拌汤，

远山静水

9

骂走了婆娘女子，拉一张席到河堤，赤身裸体躺下讲的。讲得很多，有革命的，也有神鬼的，阴阳颠倒，现实和梦境混合，少不得都以"金黄色"故事做头做尾；人人逞能，直到七斗横斜，堆在场上的麦粒也无心去看守，我提醒那会遭贼偷的，回答的却是哈哈一笑："场畔紧挨坟地，有鬼守着哩！"人不敢偷，鬼也会偷？说起来，原来坟地里埋有早先的大队长和贫协主席，生前两人钩心斗角，死了也会不和，这个偷了，那人检举，那个偷了，这个揭发，互相监督，会百无一失的。后来，"逛山"们排说完了，七倒八歪鼾声起雷，我溜回老屋，青灯下把故事笔记了。

当然，故事是七零八落的，且有的是有人亲身经历，有的是听人趣谈，有的是听了别人再加上自己的经历而充分想象了的，我只是把它收拢起来，后来又亲自去监狱、劳改场参观一回，采访几次，去伪存真，删芜取精一番罢了。

正因为是听来的不是亲身体验而得，我只好省去好多具体描绘，实实地让别人的口往出讲。这样，随便可随便，但我的低能也就暴露出来了。

如商州存在着美好一样，商州也有着丑恶，这块山地上同样在演动着一部民族的史剧，其水土之异，即使在中国最动乱最残酷的"文革"岁月里，黑暗的夜空也会出现指示光明的星星，在猫头鹰凄泣的时候，蟋蟀同时在奏唱着生命之歌的清音。劳改农场里的看守"我"，及"我"的"排长"，被看守的"演员"，和看守与被看守之间的女犯"白香"，各人都混沌了，在混沌里寻找着各人的清白。野蛮的和人性的，大恶和大美，泥沙俱下，却金砾其中；玉璞同一，却真伪分明，每一颗良知皆放在了天平上。一哲人讲，人学狼叫，学得酷似，但必是人性；狼学人叫，学得再像，却终是兽性。一场残酷的"文革"，人的价值遭到了莫大的践踏，却意想不到的，莫大的践踏则崇高地圆满了人的价值。

这就是我写的一个班长和一个演员、一个女人的故事。

不能不写到野蛮和残酷，不能不描绘足以惊心动魄的一幕。但如何地写？是借助那气氛渲染，让天也黑，地也暗，风也吼，雷也鸣，还是作者跳起来，奋声疾呼，慷慨陈词？我试验了，那效果常常适得其反，有落套沦俗之嫌。于是，我略悟到，愈是别人都写的，尽量少写；愈是别人不写的，详细来写；越是表现骇人听闻之处，越是笔法冷静，不露声色，似乎随便极了，无所谓极了。这种大涩，大冷，铁石心肠，才能赢得读者大润，大热，揪心断肠吧。我想，侯宝林先生的相声所以比一般相声高明，是不是也是这样呢？

穆：*在你的写作中有没有这种情况，事先并没有想到要写一个人物，只是在故事进行的中间，突然碰到一个人，或见到一个人的照片什么的，便信手写了出来。*

贾：先前的作品少有这种现象，近年里却时有此类事发生，尤其在写长篇的时候，写得越是从容，越出现这种事。《废都》中的阿灿就是这样。当我在乡下写这本书时，一天，偶然看报纸，报上有一幅摄影作品，其中的人物极像我多年前在街上碰见过的一个女人，那个人给我留下过美好的瞬间印象，我就在修改过程中增加了这个人物。

穆：*这种突然到来的人物，是不是有点儿像打麻将中的一种情况，开始的时候，并不想打这副牌，或饼呀万呀的，可接下来一连串都往这个方向上牌，只好这么打了？*

贾：（笑过）差不多，有点儿像，这样的牌好和，贴着手上牌，也最容易抓炸弹（陕方言，指自摸）。

穆：*在你长达二十几年的写作时间中，哪一个人或哪一位作家对的影响最大？*

贾：没有谁对我特别地有影响，但这并不是说没受过谁的影响，不，是影响我的人很多，在每一个时期都有我尊敬的人。在初写作的时候，孙犁对我影响过，后来是沈从文，是庄子，是苏东坡，是福克纳，是张爱玲。而《红楼梦》在初中时读过，上大学又读过，直到我从事写作近二十年时，曹雪芹的影响反倒大起来了。我可以说是个追星族，我有我喜欢的星，但我深深体会到，自己的年龄和经历是影响自己最大的东西。

**穆**：评论界大多认为你与孙犁有着很投入的友谊，你们在性情上是相类似的吧？

**贾**：无论在写作上还是在人品上，我都极尊敬孙犁老人。他身上有着许多时下的文坛所罕见的品格。

**穆**：我们新时期的文学创作经过了几个阶段："伤痕与反思时期"，"文学形式的探索时期"，"军事题材热门时期"，第一次清除资产阶级精神污染后的写实时期，我自己称为"旧写实时期"，以及随之而潮起的在内容上摸索新意义的"寻根时期"，"新写实时期"等等，你是从一开始直到现在都亲身经历并参与了的当代作家之一，你怎么看待这几个文学阶段，以及它们间的关联的？

**贾**：这几个时期我也算是过来的人吧，但我并不都在每一个时期的中心。"寻根时期"有人把我列入主要人物对象，其实那是他们的错误或是我的偶尔碰着。我一直生活在西北的西安，不属于文坛上任何派别的集团，这样是很艰难的，没有什么捧场，也没有可以出来保护的阵营。我的创作并不特别受文坛风气的影响，我以我的感觉和思考走，所以，总比别人要慢一步。比如，"伤痕时期"之风已经快过去了，我才开始写这方面的小说，结果受到了许多批评，后来的各个时期莫不是这个样子。当然除过"寻根时期"，但一个一个时期地走过来，再想想，我比别人总慢一步，反过来，又比别人总快一步。如果说这几个文学阶段，我觉得这是中国现实生活所致的必然现象，也是新时期文学一点点突围的必然之途。每一个时期都会出现一批作家，有其优秀者，也有滥竽充数者，一个成熟的作家应该是这么一步步往前走，才可能一点点训练自己，强化自己，才可能有大的气候。若只在某一个时期闪光，不一定就是大才，新时期文学可以出许多奇才、怪才，大才必须得建立自己的体系。当代的作家少了这十多年的文学参与，要想杰出是难以想象的。

穆：你说的受批评的小说，是不是指1981年发表在《长城》杂志上的《二月杏》，你现在怎么看这个小说？

贾：现在看来，《二月杏》是很嫩的作品，当时写时我是在那个气氛中的。这部小说后来受到一些批评，对于那场批评，我现在还是不想多说话。批评是正常的，如果言之有理，我就改，即使批评得言过其实，也能令我清醒。随着年龄阅历增长，我现在虽不敢说有了佛的"平常心"，但对别人说我好，我不会太张狂；别人说我不好，我也不会太悲伤。表扬和批评对我都有好处，只要不夺掉我的笔。

穆：你在《四十岁说》这篇文章里写道："我可能不是政治性强的作家，或者说不善于表现政治性强的作家。"这句话怎么理解？

贾：中国现当代文学史上，一直存在着两类作家：一类是紧随政治的，也不论这政治的含义如何，喜欢所谓大的题材，热衷表现反映时代精神的，这类作家和作品一直受到重视，给予评价甚高；一类是相对而言疏于政治的，在艺术规律上更讲究，想象力和感觉或许更好一些，这类作家和作品虽然有时被认为是好的，但排名绝不在前头。以我的兴趣，我不会也不愿成为第一类，他们的题材其实并不大，反映的并不深刻，他们没有托尔斯泰的那种胸怀和见识，更多的存在着功利和肤浅。他们可以是斗士，但文学的成就不会高。后一类即使也存在着格局不大的可能，但作品或许寿命稍长些，中国作家现在最缺乏的是一种气量和胸怀，每每想起来令我沮丧。这个时代难道只能产生我们这些琐碎的作家吗?!

穆：你认为一个优秀作家应同时代气氛保持怎么样的关系？

贾：除过巨大的天才外，什么样的时代造就什么样的作家。作家不关心时代的政治生活是不可能成为优秀作家的，但作家之所以是作家，他从事的是艺术，他对于时代的政治生活的关心，是他在从事艺术过程中最基本的一种思考，而当他进入创作，他还是要进入这基本思考之上的幻想边界中去。现代许多作家，包括我在内，是不是有一种不太好的"气"，这"气"太重？我常想，曹雪芹写《红楼梦》时生活极度贫困，但写的大观园却那么灿烂，他的写作境界是什么样呢？

穆：一个优秀作家是属于他所处的那个时代的，但同时又是超时代的，你是怎么理解这个"超"字的？

贾：对于时代的认识，当政者有当政者的看法，这种看法是能理解的，我们也应该去尊重。但若是以此要求作家单纯地为此去服务，则欠妥。问题是，准确地把握一个时代，概括一个时代，那是后人的下作。作家要摆脱时代是绝不可能的，但以治国之要求去从事文学艺术，文学艺术就必然成了纯宣传。虽然文学艺术受时代的影响和限制，而文学艺术始终沿着对人的大关怀大悲怜之途，力所能及地去投入到创造中去，这样就出现若即若离状态，准确地说，入得其内，出得其外。一个作家，气量很大，心胸宽阔，他是不会为进行他的事业而以一时的所谓得与失影响的，这一点很重要，似乎不识时务，但是大俊杰。

穆：你近来似乎对《易经》乃至气功都有深入的兴趣，文坛前一阵似乎也出现了"气功文学""丹田文学"的提法，这显然非常可笑。当然，文学创作中，一切丰富并有益于社会主义大众心灵的东西我们都需要，而且《易经》作为一部古典科学著作，气功作为一门修身养性的学问，是值得研究的，但以此为门路进行文学写作，或以所谓的"气"感来写作，听起来有些滑稽。在文学写作中，我个人比较推崇正气的写作，一直以为一些末梢的幽冥声音在健康向上的年代是不应该被重视的。你怎么看待这个问题？

贾：我对什么都有兴趣，但都未有深的研究，只是从中寻我有用的东西。你的观点我是赞同的。一个时代的文学是有时代的烙印的，这是势，而不可能人为改变。正气的写作，我认为是大境界的写作。一个时代出什么样的文学有时代的势，也有具体作家的情况，曹雪芹能写《红楼梦》，同时期别的作家就写不出来。所以，我不反对什么人写什么，我只控制住我自己，而别人的这样那样的作品出现，于我更是好事，我可以吸收他们于我有用的，弃除或警惕他们于我有损的，始终向别人学习，也始终看别人在为我服务。文学就是这样，是好的就留下来了，不好的就自生自灭了，我主张一切任其发展，当然不包括反动的和黄色的。

穆：你是怎么理解"创作自由"问题的？

贾：凡是作家，喋喋不休地总要谈这个问题，我实在不感兴趣，因为具体到一个单个人，他永远觉得不自由，自由了还要自由。平心而论，长期以来创作不自由，现在是进步多了，我们应为此欢欣鼓舞。一个国家当然少不了在提倡一种东西，但仍可以允许别样发展，作为作家，人各有志，你就发展自己吧。其实，最重要的是自己的心理自由，就如同对待手淫一样（这个例子或许不雅），手淫的害处在老觉得手淫有害处。如果整日愤愤不平"创作不自由"，真的哪有自由的心境去写作呢？一切自由是规矩下的自由，从大的社会环境是这样；从具体的写作方式也是这样，艺术是死于不自由，也同样死于自由。

穆："创作自由"实在是最没意思的问题，但很多人都在喊不自由，这是一些只有在危险的路上才能发扬坚强的作家，某些到国外的作家是真的自由了，谁也不去管他们，但一九九三年度的诺贝尔文学奖却给了托妮·莫瑞森（Toni Morrison）。好了，今天我们就谈到这里吧，病房的药味真让人受不了。

贾：太好了，我可自由了。快把那个破录音机关掉。我们下两盘跳棋，明儿见了方英文，我会告诉他又当了两回冠军。（方英文，陕西作家，跳棋爱好者。）

（我走出医院大门的时候，天色正暗了下来，路上行人很少，可以听见人脚踩在积雪上发出的吱吱吱的声响，两侧低矮的柏树挂着一团一团的雪，远远望着，像一丛丛耐冬的梅花。刚才下跳棋的时候，贾平凹做了两次冠军，住院的病人，是最需要安慰的。）


## 第一天事记


谈话开始之后，我担心的事情终于发生了：贾平凹这艘巡洋舰并不遵循我预定的路线航行，我准备就绪的谈话提纲几乎失去了意义。我以为他会感兴趣的许多问题却引不起他的兴趣及注意，而即兴而起的一些提问却引他感慨，这给我的工作带来极大的不便利，同时，也印证了我的一种预感：《废都》之后，贾平凹的写作思路将有大的变化。我是用了很长时间准备好手头的资料及交谈脉络的，我几乎再次翻阅了一遍他的全部作品，从初试文坛的心力之作，一直到近期散见报刊的兴致小品，查找并阅读了研究他的一些重要作品，正是我的这些准备工作，使得我很快地适应了他的这一变化，并及时地校正我的思路。

贾平凹确实是才华横溢的，他的沉着应答，以及神采飞扬的想象，令人在心底生着敬意。现在批评界一种说法说他已经精神疲惫了，如果谁有机缘与他如此交谈半个小时，面对他阔达的心境，会感到这种说法是多么的无稽。我非常庆幸我有如此的好运。

今天是第一次交谈，地点在西安某医科大学附属医院的一间干部病房，他因为"老病"在这里疗养医治。房间在五层楼的尽头，走在走廊上，便情不自禁地放慢了脚步，一切都是静静的，粗心的人也可以听到自己的呼吸。我们是预约好的，他为此取消了所有约见。我到的时候，这家医院的几位医生正在房间内，每个人手里都拿着贾平凹才签过名的几本书，他们是专门来找他签名的。一个嗓音稍稍沙哑的人正扳着手指数说以往读过的贾平凹作品，这位是贾平凹的主治医师。

　　总的来讲，我们的交谈是契合的，中间仅有过一次意外的打扰。在交谈的中间，我们不得不为一种固执的敲门声而暂停，门外站着三位西北工业大学的学生，他们热情而且执拗，反复对我强调着打听到贾平凹住院的地址是多么不容易，并且发誓：见一眼作家本人，说上一句话就走。征得了贾平凹同意后，我便打开门。见到贾平凹稍显胖肿的脸后，这三位学生立即拘谨起来，刚才的执拗与自信至少消失了一半，三个人背倚靠门站着，略略迟缓却异口同声地："贾老师，请您安心养病，我们等着读您的下一本书，我们永远尊敬您。"这席话显然是他们事先约定好了的。贾平凹趋步过去，和每一个人热诚地握手，"谢谢你们来看我。"三个学生说完后转身告辞，一副守诺言的可爱样。送走学生后，贾平凹好一会儿没有开口说什么，眼睛却湿湿的。

　　在医院，贾平凹是自己熬中药的，这是他的乐趣之一。一只电炉子上放着旧药锅，我们再次展开话题后，这锅就沸了，他一边用细细的枝条搅着药草，一边回答我的提问，病房里令人头疼的来苏水儿味渐渐地就被沉郁的草药香取替了。他一边搅药，一边说："这中药就是自己煮才有味，就像身上有了虱子，别人替捉了就不过瘾。"他在医院住着，就像在自己家里一样，用他的话说："饭亲自吃，厕所亲自去，衣服亲自洗。"他指给我看病床下一个脸盆，盆中泡着一件内裤，笑着说："我要狠心把那个内裤扔掉呢。这几天打的针，特别疼，每天里两边的屁股换着打，我是趴在床上的，护士拔出针，我就反手提上裤子，没有想到针眼浸出的血染了内裤，星星点点的红，泡在水里，内裤又褪色，五颜六色的，洗不出来了，只好扔掉。"

中药煮好后，他先倒满一碗放在桌子上，一边回答问题，一边吹凉，一旦被自己的话感动了就趁兴喝一口，还要伴着说一句："我不让了。"

这天告辞走后，天色已很晚。走在医院的院子里，两侧的松树挂满了朵朵的落雪，极像一树树少香耐寒的梅。

## 第二天　心灵的根据地：再造商州

穆：我们还是说说商州吧，这真是一块神奇的土地，请你描述一下你心中的商州吧！

贾：商州在地理方位上是中国西北的一隅，很小，远离中国政治经济文化的中心，也远离陕西的省会西安，它的交通也不方便，至今没有通火车。在我的商州作品未产生影响前，外边世界很少有人知道商州。但是，这么一个地方，却十分神奇，它属陕西，却是长江流域，是黄河流域向长江流域过渡的交错地带，更是黄土文化与楚文化的交汇地带，有秦之雄和楚之秀，是雄而有韵，秀而有骨。

商州是我的故乡，那里有我的祖坟，至今老母亲还生活在那里，我差不多年年在那里住一段时间。从事文学创作后，商州一直是我的根据地，或许我已经神化了它，但它是我想象和创作之本。

穆：我见过一张照片，拍摄的是你的家乡丹凤县搞社火的场景。一排数人扛着一个大的木制架子，架子上的高台上放着你的几部书的巨制模型，高高站在架子尖端的是一个穿着西服，情绪高扬的小男孩儿，显然，他是你的扮相者。记得这类民俗活动供举的都是历史上神奇的人物，可见，你是家乡人的骄傲了，被家乡人切切地念着，在世间的万般事物中，这差不多该是最令人欣慰的事了。据这张照片的拍摄者说，这是商州市一次十个中部城市交易会中的场景，丹凤县的社火举动吸引了外地的许多客商，谈妥了不少交易项目。你能具体谈一谈家乡的这些习俗吗？

贾：商州现在有些偏僻，可在陇海线未有之前，商州是关中通往东与南的主要通道，我家乡县的县城龙驹寨是个水旱大码头。古时以至到新中国成立前，这里一直出两类人，一是隐士，一是山大王。地方贫困是贫困，但文化上很发达，普通百姓人家真正在讲究耕与读。民间的习俗更是极有特色，至今每年要闹社火，丹凤县闹得最有特色的就是我的家乡棣花街。你说的是高台社火，我小时候曾也坐过。扮的是关公，手里拿的是我们村老爷庙里关公塑像拿的一把真大刀，我记得那天被抬着在街上转了几个来回，锣鼓敲得耳朵都麻了，最后的报酬是一把花生和三个柿饼。今年在商州开十三个中部城市交易会，自然要闹社火，没想到我们县从一百里外抬进州城的社火中有一台是我的造型。

我听了哈哈大笑，觉得有趣，笑过了眼睛却潮湿了，竟流了泪。我已是因病因事两年没回去了，家乡的父老还没忘记我，我只觉得惭愧。你或许并不知道，开交易会之际，正值我一部《废都》惹得内外上下沸沸扬扬，风雨不止，而我又生病住院，家乡人民这么待我，怎不叫人感动呢！听说，这台社火经过大街时，围看的人山人海，有许多动人场面，那位拍摄者拍了一组七八张场景照片。来我家里的商州同乡最多，曾有人取笑我家是商州第二办事处，商州在西安有办事处的。我现在喜欢吃家乡饭，爱唱家乡小曲，每每都勾起一份对家乡的感情，那里发生了什么事，我都会及时知道的，我割不断那根脐带。

穆：这实在是让人动情的，这也是对一个作家的最高的褒奖了。你早年扮关公时持的那把刀还在那座庙里吗？它具体是什么样子？

贾：那把刀是巨型的，你想一想，关公庙的关公塑像是有几丈高的，他手里的刀是有成人一般大小的，是生铁铸的。当年，那刀是被固定了竖放在社火平台上的，我仅是做扶的样子，抬的人一走，那刀就前后左右地摇，我记得当时真害怕它倒下来。一天下来，我的胳膊都木了。原来的那庙早已不在了，皮已不存了，毛也不知在何处飘零了。

穆：此外，你的家乡还有哪些习俗？

贾：这实在太多，一般地讲，农历的节庆日，人的生老病死，天地的自然劫数，都各有纪念或祈愿的仪式，不仅有秦的，还有楚的，秦楚结合了又不纯是秦的楚的。

穆：在你的文学作品中，商州的山是多姿多色的，你多次描述却不重复，你说说家乡的山吧。

贾：一座秦岭主峰分隔了家乡与西安，那座著名的华山，其阳坡就在商州。在商州还有一座真正属于商州的名山，那就是商山，是历史上有名的秦汉时的"四皓"隐居处，商山位于丹凤县州河南岸，山形奇诡，凸凹有致，因雪后初霁，峰峦组合呈一个"商"字而得名。

穆：《红楼梦》第七十四回中有一情景，鸳鸯掷骰子，掷了个"么"字，凤姐道："这是有名的，叫商山四皓。"王熙凤说的就是你们那里吧！

贾：就是。秦末汉初时候，东园公、夏黄公、绮里季、用里四臣子退隐在商山，食商芝，饮丹江水，悠悠然似闲云野鹤。那里距我老家十五华里，其山十分雄伟，有王者之气。另，距我老家三十华里有凤冠山，是有异于全商州所有山的，形如凤冠，有桂林山峦的秀美。我老家门前正对着太阳山，一侧是笔架山。商州的山大体来讲不凶不恶，变化大，却无阴晦之气，所以走到每一条山沟里，都是感觉阳光亮堂。而且山多高水多高，山随水转，水随山转，一步一景，常看常新。

穆：关于山的传说有没有？

贾：每一座山都有不少故事，有的是神话的，有的是历史的。还有，那里的地方都十分美丽，简直不可思议，随口说一说我老家周围的一些地名吧：棣花街、茶坊岭、桃花铺、竹林关、留仙坪，这些地点难道不让你动情？

穆：这些地方，读你的文章就已经读过了，有些文章真是好，可以反复品读的。

贾：是我家乡的这些地方好，我总是觉得还没有把最美的最撼心灵的写出来呢。

穆：给我说说你老家棣花街吧。商州远近的人都极熟悉这个地方，是怎么回事？

贾：我写过一篇散文，叫《棣花》，我自己也很喜欢这个文章呢！我给你读读吧：

无论如何我是该写写棣花这个地方了。商州的人，或许是常出门的，或许一辈子没有走出过门前的大山，但是，棣花却是知道的。棣花之所以出名，有各种各样的说法。文人界的，都知道那里出过商州唯一的举人韩玄子，韩玄子当年文才如何，现无据可查，但举人的第八代子孙仍还健在，民国初年就以画虎闻名全州，至今各县一些老户人家，中堂之上都挂有他的作品，或立于莽林咆哮，或卧于石下眈眈。现因手颤不能作画，民间却流传他当年作虎时，先要铺好宣纸，蘸好笔墨，便蒙头大睡，一觉醒来，将笔在口中抹着，突然脸色大变，凶恶异常，猛扑上去，刷刷刷刷来，眨眼便在纸上跳出一只兽中王来。拳脚行的，却都知道那里出过一个厉害角色，身不高四尺，头小，手小，脚小，却应了"小五全"之相术，自幼习得少林武功。他的徒弟各县都有，便流传着他的神乎其神举动，说是他从不关门，从不被贼偷，冬夏以坐为睡。有一年两个人不服他，趁他在河边沙地里午休，一齐扑上，一人压头，一人以手抠住肛门，想扼翻在地，他醒来只一弓，跳了起来，将一人撞出一丈二远，当场折了一根肋骨，将一人的手夹在肛门，弓腰在沙地上走了一圈，猛一放松，那人后退三步跌倒，中指已夹得没了皮肉。所以，懂得这行的人，不管走多么远，若和人斗打，只要说声："我怕了你小子，老子是棣花出来的！"对手就再也不敢动弹了。一个大画笔，一个硬拳脚为世人皆知，但那些小商小贩知道棣花的，倒是棣花的集市。棣花的集市与别处不同，每七天一次，早晨七点钟人便涌集，一直到晚上十点人群不散。中午太阳端的时辰，达到高潮，那人如要把棣花街挤破一般。西至商县的孝义、夜村、白杨店、沙河子，北上许家庄、油坊沟、苗沟，南到两岔河、谢沟、巫山眉，东到茶坊、两岭、双堡子，百十里方圆，人物，货物，都集中到这里买卖交易，所以棣花的好多人家都开有饭店、旅馆，甚至有的人家在大路畔竟连修三个厕所。也有的三家、四家合作，在棣花街前的河面上架起木桥，过桥者一次二分，一天可收入上百元哩。

其实，棣花并不是个县城，也不是个区镇，仅仅是个十六个小队的大队而已。它装在一个山的盆盆里，盆一半是河，一半是塬，村庄分散，却极规律，组成三二二队形，河边的一片呈带状，东是东街村，西是西街村，中是正街，一条街道又向两边延伸，西可通雷家坡，东可通石板沟，出现一个弓形，而长坪公路就从塬上通过，正好是弓上弦。面对西街村的河对面山上，有一奇景，人称"松中藏月"，那月并不是月，是山峰，两边高，中间低，宛若一柄下弦月，而月内长满青松，尽一搂粗细。棵棵并排，距离相等，可以从树缝看出山峰低洼线和山那边的云天。而东街村前，却是一个大场，北是两座大庙，南是戏楼，青条石砌起，雕木翘檐，戏台高地二丈，场面不大，音响效果极好，就在东西二街靠近正街的交界处，各从塬根流出一泉，称为"二龙戏珠"，其水冬不枯，夏不溢，甘甜清洌，供全棣花人吃、喝、洗、涮。泉水流下，注入正街后上百亩的池塘之中，这就是有名的荷花塘了。

这地方自出了韩举人、李拳脚之后，便普遍重文崇武。男人都长得白白净净，武而不粗，文而不酸。女人皆有水色，要么雍容丰满，要么素净苗条，绝无粗短黑红和枯瘦干瘪之相。直至今日，这里在外工作的人很多，号称"干部归了窝儿"的地方，这些人脚走天南海北，眼观四面八方，但年年春节回家，相互谈起来，口气是一致的：还是咱棣花这地方好！

因为地方太好了，人就格外得意。春节里他们利用一年一度的休假日，尽情寻着快活，举办各类娱乐活动，或锣鼓不停，或鞭炮不绝，或酒席不散。远近人以棣花人乐而赶来取乐，棣花人以远近人赶来乐而更乐，真可谓家乡山水乐于心，而落于锣鼓、鞭炮、酒肉也！

一到腊月，二十三日是小年，晚上家家烙烧饼，那戏楼上便开戏了，看戏的涌满了场子，孩子们都高高爬在大场四周的杨柳树上，或庙宇的屋脊上。夏天里，秋天里收获的麦秸堆、谷秆堆，七个八个地堆在东西场边，人们就搭着梯子上去，将草埋住身子，一边取暖，一边看戏，常常就瞌睡了，一觉醒来，满天星斗，遍地银霜，戏不知什么时候早就散了。戏是老戏，演员却是本地人，每一个角色出来，下边就啾啾讨论：这是谁家的儿子，好一表人才；这是谁家的媳妇，扮啥像啥；这是谁家的公公，儿子孙子都一大堆了，还抬脚动手地在台上蹦跶。最有名的是正街后巷的冬生，他已经四十，每每却扮着二八女郎，那扮相、身段、唱腔都极妙，每年冬天，戏班子就是他组织的。可惜他没有中指，演到怒指奴才的时候，只是用二拇指来指，下边就说："瞧那指头，像个锥子！""知道吗？他老婆说他男不男、女不女的，不让他演，打起来，让老婆咬的。""噢，不是说他害了病了吗？""他不唱戏就害病。"还有一个三十岁演小丑的，在台下说话结结巴巴，可一上台，口齿却十分流利，这免不了叫台下人惊奇；但使人看不上的是他兼报节目，却总要学着普通话，因为说得十分生硬，人称"醋熘普通话"，他一报幕，下边就笑，有人在骂："呀，又听洋腔了！""醋熘，醋熘。""真是难听死了！""哼，红薯把他吃得变种了！"虽然就是这样一些演员，但戏演得确实不错，戏本都是常年演的，台上一唱，台下就有人跟着哼，台上常忘了词儿，或走了调儿，台下就呜呜地叫。有时演到热闹处，台下就都往前挤，你挤我，我挤我，脚扎根不动，身子如风中草，那些小孩儿们涌在戏台两边，来了就赶，赶了又来，如苍蝇一样讨厌。这样，就出了一个叫关印的人，他脑子迟钝，却一身力气，最爱热闹，戏班就专让他维持秩序。他受到重用，十分卖力，就手持谷秆，哪儿人挤，哪儿抽打，哪儿秩序就安静下来。这戏从二十三一直演到正月十六，关印就执勤二十三天。

到了正月初一，早晨起来吃了大肉水饺，各小队就忙着收拾扮社火了。十六个小队，每队扮二至三台，谁也不能重复谁，一切都在悄悄进行，严加守密。只是锣鼓家伙声一村敲起，村村应和，鼓是牛皮苫鼓，大如蒲篮，铜锣如筛，重十八斤，需两人抬着来敲，出奇的是那社火号杆长三尺，不好吹响，一村最多仅一两人能吹。中午十二点一过，大塬上的钟楼上五十吨的铁铸大钟被三个人用榔头撞响，十六个小队就抬出社火在正街集中，然后由西到东，在大场上绕转三匝，然后再由东到西，上坡；到雷家坡，再到石板沟，后返回正街。那社火被人山人海拥着，排在一起，各显出千秋。别处的社火一般都是平台，在一张桌上布了单子，围了花树，三四个小孩儿扮成历史人物站在上边，桌子四边绑了长椽，八人抬着过市，而单子里边，桌子之下，往往要吊半个磨扇，以防桌子翻倒。而棣花的社火则从不系吊磨扇，也从看不上平台，都以铁打了芯子，做出玄而又幺的造型。当然，十六个队年年出众的是西街村，而号角吹得最响最长的是贾塬村。东街村年年比不过西街村，这年腊月就重新打芯子，合计新花样，做出一台"哪吒出世"。下边是三张偌大的荷叶，一枝莲茎，一指粗细，直愣愣、颤巍巍长五尺有二，上是一朵白中泛红的盛开荷花，花中坐一小孩儿，做哪吒模样。一抬出，人人喝彩，大叫："今年要夺魁了！"抬到正街，西街的就迎面过来，一看人家，又逊眼了。过来的是"孙悟空三打白骨精"，那大圣高出桌面一丈，一脚凌空前翘，一脚后蹬，做腾云驾雾状，那金箍棒握在手中，棒头用尼龙绳空悬白骨精，那妖怪竟是不满一岁的婴儿所扮，抬起一走动，那婴儿就摇晃不已，人们全涌过去狂喊："盖帽了！"东街的便又抬出第二台，是"游龟山"，一条彩船，首坐田玉川，尾站胡凤莲，船不断打转，如在水中起伏。西街的也涌出第二台，则是"李清照荡秋千"，一架秋千，一女孩儿在上不断蹬荡。自然西街的又取胜了，东街的就小声叫骂："西街今年是什么人出的主意？"，"还是韩家第八！""这老不死！来贵呢？"叫来贵的知道什么意思，忙回去化妆小丑，在一条做好的木橛大龙头上坐了，怀抱一个喷雾器，被四五人抬着，哪儿人多，哪儿去耍，龙头猛地向东一抛，猛地向西一抛，来贵就将怀中喷雾器中的水喷出来，惹得一片笑声。接着雷家坡的屋檐高的高跷队，后塬的狮子队，正街的竹马队，浩浩荡荡，来回闹着跑。每一次经过正街，沿街的单位就鞭炮齐鸣，若在某一家门前热闹，这叫"轰庄子"，最为吉庆，主人就少不了拿出一条好烟，再将一截三尺长的红绸子布缠在狮子头上、龙首上或社火上的孩子身上，耍闹人就斜叼着纸烟，热闹得更起劲了。

大凡这个时候，最活跃的是青年男女，这几天女儿们如何疯张，大人们一般不管。他们就三三两两的一边看社火，一边直瞅着人窝中的中意的人，有暗中察访的，有叫同伴偷偷相看的，也常有三三两两的男女就跑到河边树林子里去了。

棣花就是这样的地方，山美，水美，人美。所以棣花的姑娘从不愿嫁到外地，外地的姑娘千方百计要嫁到棣花，小伙子就从没有过到了二十六岁没有成家的了。农民辛辛苦苦劳动，一年复一年，一月复一月，但辛苦得乐哉，寿命便长，大都三世同堂，人称"人活七十古来稀"，但十六个小队，队队都有百岁老人。

（贾平凹读文章的神态是感人的，他极认真地读，好像在做一件非常重要的工作，一字不苟，而且旁若无人，仿佛不是在读文章，而是走在家乡棣花街的巷间，完全地陶醉在思想家乡的情绪里。）

穆：你还写了不少事关石头的文章，这冷冷的石头怎么就启发了你？

贾：我酷爱石头，你瞧瞧，我的书房里到处是石头。我常疑心我为石头托生，那个凹字，也可能是应了前生是个有凹坑的石头哩。这或许由我小时候生长在山里所致，山里还有什么呢，就是石头。小时候读得最多的就是山，就是山上的石头。石头的质感好，样子憨，石中蕴玉，石中有宝，外表又朴朴素素，这影响到我的性格，为人以及写文章的追求。我不喜欢花哨的东西，不喜欢太轻太光滑的东西，我在文章中追求憨，憨而不呆。

穆：我读你的散文，第一次有大的感动就是《读山》，那是挺早以前的事了，好像是二十世纪八十年代初的哪一年，后来你的文章读多了，许多都模糊了，这篇却清晰。当时读过就想：散文原来也是可以这么写的！写一种普通的东西最普通的地方。我以往的意识里，好的文章是写出一种东西的奇处，这么找来找去，总是空虚得慌。见你的面以前，我一臆想起你的长相，就不由自主地想到那个文章的结尾："我走月也在走，我停月也在停。我坐在一堆乱石之中，聚神凝想，夜露就潮起来了，山风森森，竟几次不知了这山中的石头就是我呢，还是我就是这山中的石头？"

贾：是的，那方方圆圆的石头实在让我感慨，水是有规律的，而山没有，石头更没有，满山遍坡的，有的立着，有的倚着，仄、斜、蹲、卧，各有各的形象，纯以天成，极拙极拙了，拙到极处，又有了大雅。无为而为，是无规律的大规律。

穆：你家乡的水有什么特征？说说那条州河吧，就是《浮躁》中的那条河吗？

贾：《浮躁》中我已经具体写过了。这州河叫丹江，它下流入汉江，再入长江。水并不大，河里有一种红鱼。小时候，每年夏秋涨水，水没过长长的堤要一直淹到我老家近前的场畔，有一年半夜全村人曾逃离村子，这事记忆深刻。平常，门前的河里有从龙驹寨逆水上来的船，现在到处修水库，水小了，没有船了。家乡不大有井，是泉水，我老家屋后就是一口大泉水，终日长流，屋旁是偌大的荷花池，你见过莲菜有十一个孔吗？我老家的那荷花池里产藕是十一个孔，这在别处是没有的。这条丹江在我少年时是整个夏天的快活处，稍长大些，过了河去山那边割草砍柴，水要没过双乳，我亲眼见过冲走了几位背柴草的人，但我没有出过危险。

穆：有佛保佑着你，怎么会出事！（贾笑）

你说的有十一孔的莲菜我见过，也吃过呢。距石家庄不远处有个县，傍着县城有一片水，是泉水，面积比白洋淀还大，但不都是汪汪洋洋的水，水绕着地势，零零碎碎一片一洼的，在那里，用铁锹随便挖几下水就往外冒，那里有秦汉时期的打井工具，三根木棍支起一个三角架子，中间吊一个小桶。那里的水质好，据说有磁化疗养的功效，那里的沙子可以治寒腿，种的水稻很好吃，油性大，荷花池到处都是，那里的莲菜就是十一个孔的，我记得很清楚是因为对面有一座山，叫穆柯寨，相传是穆桂英训练的校兵场。前几年，各地都闹腾开发旅游的时候，这个县的经委主任找到我当时任编辑的《长城》杂志，请我们帮他们策划宣传，我们请了一批报刊电视台的记者，很美地游了一次，因此记忆深刻。事后这个县给我们每人十斤香油，作为酬谢的劳务费。这个县的芝麻油工艺很有名气。这个县叫行唐县。

贾：你们都策划了什么点子？

穆：提的项目很多，设计了一个大型滑沙场，既娱乐，又养病，还建议养鳖，那一年正是王八大涨价的时候，"文革"期间，首都钢铁公司就在那里弄过一个养鳖池。那里的芦苇很茂密，很有特色，不比白洋淀逊色，芦苇荡中有几十种鸟，早晨起来很有百鸟唱诗的境界。我们就建议划地建一个天然游乐场，划着小船在芦苇丛中畅行，正是情人赴约的好去处。在岸口弄几个茶亭，请汪曾祺老人题写"春来茶馆"的匾额，颇有沙家浜的自在情调。

贾：后来这些建议实施了吗？

穆：没有资金。一切都搁置起来了。倒是赔了百十斤上好的香油。走题了，走题了，还是回到你的丹江上来吧，你具体说说丹江吧，说说放排的那些场面和路线吧；以往读到你的那些描写，真有点儿惊心动魄的感觉呢。

贾：丹江流经竹林关，向东南而去，便进入了商南县境。一百一十一里到徐家店，九十里到梳洗楼，五里到月亮湾，再十八里拐出沿江第四个大湾川到荆紫关、淅川、内乡、均县、老河口。汪汪洋洋九百九十里水路，山高月小，水落石出。船只是不少的，都窄小窄小，又极少有桅杆竖立，偶尔有的，也从不见有帆扯起来。因为水流湍急，顺江而下，只需把舵，不用划桨，便半天一晌，"轻舟已过万重山"了。假若从龙驹寨到河南西峡走的是旱路，处处古关驿站，至今那些地方旧名依故，仍是武关，大岭关，双石关，马家驿，林泽驿，等等。而老河口至龙驹寨，则水滩多甚，险峻而可名的竟达一百三十之处！江边石崖上，低头便见纤绳磨出的石渠和纤夫脚踩的石窝；虽然山根石皮上的一座座镇河神塔都差不多塌了半截，或只留有一堆砖石，那夕阳里依稀可见苍苔缀满了那石壁上的"远源长流"字样。一条江上，上有一座"平浪宫"在龙驹寨，下有一座"平浪宫"在荆紫关，一样的纯木结构，一样的雕梁画栋；破除迷信，虽然再也看不到船船供养着小白蛇，进"平浪宫"去香火不绝，三磕六拜，但在弄潮人的心上，龙驹寨、荆紫关是最神圣的地方。那些上了年纪的船公，每每摸弄着五指分开的大脚，就要夸说："想当年，我和你爷从龙驹寨运苍术、五棓子、木耳、漆油到荆紫关，从荆紫关运火纸、黄表、白糖、苏木到龙驹寨，那是什么情景！你到过龙驹寨吗？到过荆紫关吗？荆紫关到了商州的边缘，可是繁华地面呢！"

荆紫关确是商州的边缘，确是繁华的地面；似乎这一切全是为商州天造地设的，一闪进关，江面十分开阔，黄昏里平川地里虽不大见孤烟直长的景象，落日在长河里却是异常的圆。初来乍到，认识论为之改变：商州有这么大平地！但江东荆紫关，关内关外住满河南人，江西村村相连，管道纵横，却是河南、湖北口音，唯有到了山根下一条叫白浪的小河南岸街上，才略略听到一些秦腔呢。

**穆**：你的小说《浮躁》中写了一脚踏三省的小镇，小镇中有一块界石。界石在尺寸之间划分了湖北、河南、陕西三省，你能讲讲这个小镇吗？

**贾**：这街是白浪街，小极小极的。这头看不到那头，走过去，似乎并不感觉这是条街道，只是两排屋舍对面开门，门一律装板门罢了。这里最崇尚的颜色是黑白：门窗用土漆刷黑，凝重、锃亮俨然如铁门钢窗，家里的一切家什，大到柜子、箱子，小到罐子、盆子，土漆使其光明如镜，到了正午，你一人在家，家里四面八方都是你。日子富裕的，墙壁要用白灰搪抹，即使再贫再寒，那屋脊一定是白灰抹的，这是江边人对小白蛇（白蛇）信奉的象征，每每太阳升起空间一片迷离之时，远远看那山根，村舍不甚清楚，那错错落落的屋脊就明显出对等的白直线段，烧柴成了这里致命的弱点，节柴灶就风云全街，每一家一进门就是一个砖砌的双锅灶，粗大的烟囱，如"人"字立在灶上，灶门是黑，烟囱是白。黑白在这里和谐统一，黑白使这里显示着亮色。即使白浪河，其实并无波浪，更无白色，只是人们对这一条浅浅的满河黑色碎石的沙河的理想而已。

街是十分的单薄，两排房子，北边的沿河堤筑起，南边的房后就是一片田地，一直到山根。数来数去，组成这街的是四十二间房子，一分为二，北二十一间，南二十一间，北边的斜着而上，南边的斜着而下。街道三步宽，中间却要流一道溪水，一半用石条棚了，一半没有棚，清清亮亮，无声无息，夜里也听不到响动，只是一道星月。街里九棵柳树，弯腰扭身，一副媚态。风一吹，万千柔枝，一会儿打在北边木板门上，一会儿刷在南边方格窗上，东西南北风向，在街上是无法判断的。九棵柳中，位置最中的，身腰最弯的，年龄最古老而空了心的是一棵垂柳。典型的粗和细的结合体，桩如桶，枝如发。树下就仄卧着一块无规无则之怪石。既伤于观赏，又碍于街面，但谁也不能去动它，那简直是这条街的街徽。重大的集会，这石上是主席台，重要的布告，这石上的树身是张贴栏，就是民事纠纷，起咒发誓，也只能站在石前。

就是这条白浪街，陕西、河南、湖北三省在这里相交，三省交结，界牌就是这一块仄石。小小的仄石竟如泰山一样举足轻重，神圣不可侵犯。以这怪石东西直线上下，南边的是湖北地面，以这怪石南北直线上下，北边的街，上是陕西，下是河南。因为街道不直，所以街西头一家，三间上屋属湖北，院子却属陕西。据说解放以前，地界清楚，人居杂乱，湖北人住在陕西地上，年年给陕西纳粮，陕西人住在河南地上，年年给河南纳粮。如今人随地走，那世世代代杂居的人就只得改其籍贯了。但若查起籍贯，陕西的为白浪大队，河南的为白浪大队，湖北的也为白浪大队，大凡找白浪某某之人，一定需要强调某某省名方可。

一条街上分为三省，三省人是三省人的容貌，三省人是三省人的语言，三省人是三省人的商店。如此不到半里路的街面，商店三座，座座都是楼房。人有竞争的秉性，所以各显其能，各表其功，先是陕西商店推倒土屋，一砖到顶修起十多间一座商厅，后就是河南弃旧翻新堆起两层木石结构楼房，再就是湖北人一下子发奋起四层水泥建筑。货物也一家胜筹一家，比来比去，各有长短，陕西的棉纺织品最为赢，湖北以百货齐全取胜，河南挖空心思，则常常以供应缺品压倒一切。地势造成了竞争的局面，竞争促进了地势的繁荣，就是这弹丸之地，成了这偌大的平川地带最热闹的地方。每天这里人打着旋涡，四十二户人家，家家都做生意，门窗全然打开，办有饭店、旅店、酒店、肉店、烟店。那些附近的生意人也就担筐背篓，也来摆摊，天不明就来占却地点，天黑严才收摊而回，有的则以石围圈，或夜不归宿，披被守地。别处买不到的东西，到这里可以买，别处见不到的东西，到这里可以见。"小香港"的名声就不胫而走了。

穆：据说你多次到这个小镇，走访民情，你能讲讲这个小镇的历史和当今的风物人情吗？

贾：三省人在这里混居，他们都是炎黄的子孙，都是共产党的领导，但是，每一省都不愿意丢失自己的省风省俗，顽强地表现各自特点。他们有他们不同于别人的长处，他们也有他们不同于别人的短处。

湖北人在这里人数最多。"天有九头鸟，地有湖北佬"，他们待人和气，处事机灵。新开的饭店餐具干净，桌椅整洁，即使家境再穷，那男人卫生帽一定是雪白雪白，那女人的头上一定是纹丝不乱。若是有客稍稍在门口向里一张望，就热情出迎，介绍饭菜，帮拿行李，你不得不进去吃喝，似乎你不是来给他"送"钱的，倒是来享他的福的。在一张八仙桌前坐下，先喝茶，再吸烟，问起这白浪街的历史，他一边叮叮咣咣刀随案板响，一边说了三朝，道了五代。又问起这街上人家，他会说了东头李家是几口男几口女，讲了西头刘家有几只鸡几头猪，忍不住又自夸这里男人义气，女人好看。或许一声呐喊，对门的窗子里就探出一个俊脸儿，说是其姐在县上剧团，其妹的照片在县照相馆橱窗里放大了尺二，说这姑娘好不，应声好，就说这姑娘从不刷牙，牙比玉白，长年下田，腰身细软。要问起这儿特产，那更是天花乱坠，说这里的火纸，吃水烟一吹就着；说这里的瓷盘从汉口运来，光洁如玻璃片，结实得落地不碎，就是碎了，碎片儿刮汗毛比刀子还利；说这里的老鼠药特好功效，小老鼠吃了顺地倒，大老鼠吃了跳三跳，末了还是顺地倒。说的时候就拿出货来，当场推销。一顿饭毕，客饱肚满载而去，桌面上就留下七元八元的，主人一边端着残茶出来顺门泼了，一边低头还在说：照看不好，包涵包涵。他们的生意竟扩张起来。丹江对岸的荆紫关码头街上有他们的"租地"，虽然仍是小摊生意，天才的演说使他们大获暴利，似乎他们的大力丸，轻可以治痒，重可以防癌，人吃了有牛的力气，牛吃了有猪的肥膘，似乎那代售的避孕片只要和在水里，人喝了不再多生，狗喝了不再下崽，浇麦麦不结穗，浇树树不开花。一张嘴使他们财源茂盛，财源茂盛使他们的嘴从不受亏，常常三个指头擎饭碗，将面条高挑过鼻，沿街吸吸溜溜地吃。他们是三省之中最富有的公民。

河南人则以能干闻名，他们勤苦而不恋家，强悍却又狡狯。靠山吃山，靠水吃水，大人小孩儿没有不会水性的。每三日五日，结伙成群，背了七八个汽车内胎逆江而上，在五十里、六十里的地方去买柴买油桐籽。柴是一分钱二斤，油桐籽是四角钱一斤。收齐了，就在江边啃了干粮，喝了生水，憋足力气吹圆内胎，便扎柴排顺江漂下。一整天里，柴排上就是他们的家，丈夫坐在排头，妻子坐在排尾，孩子坐在中间。夏天里江水暴溢，大浪滔滔，那柴排可接连三个四个，一家几口全只穿短裤，一身紫铜的颜色，在阳光下闪亮，柴排忽上忽下，好一个气派！到了春天，江水平缓，过姚家湾，梁家湾，马家堡，界牌滩，看两岸静峰峭峭，赏山峰林木森森，江心的浪花雪白，崖下的深潭黝黑。遇见浅滩，就跳下水去连推带拉，排下湍流，又手忙脚乱，偶尔排撞在礁石上，将孩子弹落水中，父母并不惊慌，排依然在走，孩子眨眼间冒出水来，又跳上排中。到了最平稳之处，轻风徐来，水波不兴，一家人就仰躺排上，看天上水纹一样的云，看地下云纹一样的水，醒悟云和水是一个东西，只是一个有鸟一个有鱼而区别天和地了。每到一湾，湾里都有人家，江边有洗衣的女人，免不了评头论足，唱起野蛮而优美的歌子，惹得江边女子掷石大骂，他们倒乐得快活，从怀里掏出酒来，大声猜拳，有喝到六成七成，自觉高级干部的轿车也未必比柴排平稳，自觉天上神仙也未必比他们自在。每到一个大湾的渡口，那里总停有渡船，无人过渡，船公在那里翻衣捉虱，就要喊一声："别让一个溜掉！"满江笑声。月到江心，柴排靠岸，连夜去荆紫关拍卖了，柴是一斤二分，油桐籽五角一斤；三天辛苦，挣得一大把票子，酒也有了，肉也有了，过一个时期"吃饱了，喝胀了"的富豪日子。一等家里又空了，就又逆江进山。他们的口福永远不能受损，他们的力气也是永远使用不竭。精打细算与他们无缘，钱来得快，去得快，大起大落的性格使他们的生活大喜大悲。

陕西人，固有的风格使他们永远处于一种中不溜儿的地位。勤劳是他们的本分，保守是他们的性格。拙于口才，做生意总是亏本，出远门不习惯，只有小打小闹。对河南、湖北人的大吃大喝，他们并不馋眼，看见河南、湖北人的大苦大累反倒相讥。他们是真正的安分农民，长年在土坷垃里劳作。土地包产到户后，地里的活一旦做完，唯一油盐酱醋的零花钱来源是打些麻绳了。走进每一家，门道里都安有拧绳车子，婆娘们盘腿而坐，一手摇车把，一手加草，一抖一抖的，车轮转得是一个虚的圆团，车轴杆的单股草绳就发疯似的肿大。再就是男子们在院子里开始合绳：十股八股单绳拉直，两边一起上劲，长绳就抖得眼花缭乱。白天里，日光在上边跳，夜晚里，月光在上边碎，然后四股合一条，如长蛇一样扔满了一地。一条绳交给国家收购站，钱是赚不了几分，但他们个个身宽体胖，又年高寿长。河南人、湖北人请教养身之道，回答是：不研究行情，夜里睡得香，心便宽；不心重赚钱，茶饭不好，却吃得及时，便自然体胖。河南、湖北人自然看不上这养身之道，但却极愿意与陕西人相处，因为他们极其厚道，街前街后的树多是他们栽植，道路多是他们修铺，他们注意文化，晚辈里多是高中毕业生，能画中堂上的老虎，能写门框上的对联，清夜月下，悠悠有吹箫弹琴的，必是陕西人氏。"宁叫人亏我，不叫我亏人"，因而多少年来，公安人员的摩托车始终未在陕西人家的门前停过。

三省人如此不同，但却和谐地统一在这条街上。地域的限制，使他们不可能分裂仇恨，他们各自保持着本省的尊严，但团结友爱却是他们共同的追求。街中的一条溪水，利用起来，在街东头修起闸门，水分三股，三股水打起三个水轮，一是湖北人用来带动压面机，一是河南人用来带动轧花机，一是陕西人用来带动磨面机。每到夏天傍晚，当街那棵垂柳下就安起一张小桌打扑克，一张桌坐了三省，代表各是两人，轮换交替，围着观看却是一切老老少少，当然有输有赢，友谊第一，比赛第二。月月有节，正月十五，二月初二，五月端午，八月中秋，再是腊月初八，大年三十，陕西商店给所有人供应鸡蛋，湖北商店给所有人供应白糖，河南就又是粉条，又是烟酒。票证在这里无用，后门在这里失去环境。即使在"文革"中，各省枪声炮声一片，这条街上风平浪静：陕西境内一乱，陕西人就跑到湖北境内，湖北境内一乱，湖北人就跑到河南境内。他们各是各的避风港，各是各的保护人。各家妇女，最拿手的是各省的烹调，但又能做得两省的饭菜。孩子们地道的是本省语言，却又能精通两省的方言土语。任何一家盖房子，所有人都来"送菜"，送菜者，并不仅仅送菜，有肉的拿肉，有酒的提酒，来者对于主人都是帮工，主人对于帮工都是至客；一间新房便将三省人扭和在一起了。一家姑娘出嫁，三省人来送"汤"，一家儿子结婚，新娘子三省沿家磕头作拜。街中有一家陕西人，姓荆，六十三岁，长身长脸，女儿八个，八个女儿三个嫁河南，三个嫁湖北，两个留陕西，人称"三省总督"。老荆五十八岁开始过寿日，寿日时女儿、女婿都来，一家人南腔北调语音不同，酸辣咸甜口味有别，一家热闹，三省快乐。

一条白浪街，成为三省边街，三省的省长他们没有见过，三县的县长也从未到过这里，但他们各自不仅熟知本省，更熟知别省。街上有三份报纸，流传阅读，一家报上登了不正之风的罪恶，秦人骂"瞎髁"，楚人骂"抄蛋"，豫人骂"狗球"；一家报上刊了振兴新闻，秦人说"嫽"，楚人叫"美"，豫人喊"中"。山高皇帝远，报纸却使他们离政策近。只是可惜他们很少有戏看，陕西人首先搭起戏班子，湖北人也参加，河南人也参加，演秦腔，演豫剧，演汉调。条件差，一把二胡演过《血泪仇》，广告色涂脸演过《梁秋燕》，以豆腐色披肩演过《智取威虎山》，越闹越大，《于无声处》的现代戏也演，《春草闯堂》的古典戏也演。那戏台就在白浪河边，看客人山人海。一场戏，是丹江岸边的大集会，是三省人的大检阅，是白浪街最红火最盛大的节日。一时间，演员成了这里的头面人物，每每过年，这里兴送对联，大家联合给演员家送对联，送的人庄重，被送的人更珍贵，对联就一直保存一年，完好无缺。那戏台两边的对联，字字斗般大小，先是以红纸贴成，后就以红漆直接在门框上书写，一边是："丹江有船三日过五县"，一边是"白浪无波一石踏三省"，横额是"天时地利人和"。

穆：我认为你的创作就是这一块界石呢。在你的作品中，融了楚文化的浪漫、诡秘，亦就是所谓的巫文化；中原文化的儒性、平和、士大夫气；以及秦文化的淳厚、悠长与放达。对这些问题你是怎么思考的？或者说，你是怎么理解这三种文化的呢？

贾：商州可以说汇聚了这三种文化，这令我非常庆幸。有山有水有树林有兽的地方，易于产生幻想，我从小就听见过和经历过相当多的奇人奇事，比如看风水、卜卦、驱鬼、祭神、出煞、通说、气功、禳治、求雨、观星，再生人呀，等等，培养了我的胆怯、敏感、想入非非、不安生的性情。但中原文化及秦文化却是我一直受的教育，我的父亲是教师，他有极正统的一套儒家道德观，我从小直至他死去，始终惧怕他。长大到西安上大学，以后定居在西安，接受的文化与小时候不同。西安的文化也即是秦文化，主要是秦与汉的一种风度，这令我非常崇尚，我之所以追求作品中的一种平和、放达，与此有关。随着创作岁月的衍进，在秦文化的基础上时不时露出了小时候楚文化的影响，尤其到近期，作品中自觉地有些诡秘之气。抛开我自己，我认为你所说的三种文化互补渗透，统一一起是会产生一种难得的精神的，这种精神的产生只能在西安。具体到我自己，有三种文化的影响，不是人为而是天然的。我后来最注意的是东方文化和西方文化怎样的能体现出统一的，因此，重视读西方人研究中国古典文学或文化学的论著，重视一些重要的汉学家的文章，我想，他们本身就体现了一种结合，看他们的思维是什么，视觉点又在哪里，这种工作令我乐而不疲。

穆：*你虽然到城市生活了二十年了，但在文化心理上我觉得你仍保持着乡下人的态度。至少在《废都》出版前是这样的，我的这个定义没有落伍、贫瘠、狭隘或因循守旧等内涵，这里的"乡下人"是指向心灵的，指向那种朴素的、浑厚的、不噱头的、不刺激的有条不紊的修为，打个比方，指的不是农家的柴火，而是柴火充分燃烧之后屋顶上空袅袅腾绕的炊烟。你家乡的那些文化特征像墨汁融进水中一样荡在你的作品中，因此致使你的写作草看起来更接近旧式的文化人的写作，在具体的写作中，你是如何溶解这水乳一般的几种东西呢？*

贾：这能不能说是具体的出身、地位、环境、性情、志向和修为的所致呢？我出身于乡下，懂得贫困，懂得农民，其感情是渗在血液中的。这是不同于生养和生活在城市里的人，中国的城市历来比乡下优越，也不同于生养和生活在城市而又曾上山下乡过的人，真和尚和学得要像和尚是两码事，因为少小生活在乡下，过着社会基层的日子，对于城市，也即优越生活有一种人本能的妒忌、羡慕和仇恨。而一旦奋斗也成了城市人，或许比城市人更城市化，但他的内心里是悲哀的，因为他不可能拥有城市的一切，他的出身就决定了他的狂妄和自卑。再如果他地位和环境越来越好，他的性情又很狠毒、果断，事情也会好些，可也不可能是这样呢，那又会怎么办呢？我正是这样。当我从事创作后，社会的、文坛的丑恶现象见得多了，又偏偏只能吃这碗饭，要想继续从事下去，又有自己不可告人的雄心大志，我只有慢慢地调整心理，自然认同了一种平和大度的心理状态，只沉醉一种潜心去写我的文章的境界中去，这种境界很有些旧式文化人的样子。我的"不争"转向内力，把完成自己志向的动力转化为平静。我一方面要完成我的志向，一方面清醒认识到我的软弱、好善，是个真正平民，必然有一股文化心理上的乡下人的态度。

穆：一个作家要真正拿出大的作品，要有大境界的，你觉得你目前沉醉的这种境界够不够？

贾：这个问题不好说。在我的书一本一本地出，我就有愧对读者的心理，总觉得自己写的与心中的相去太远，而读着太多的读者来信，心里更是不安。我究竟写出了什么呢，竟让人们这么厚待我。这样的念头下，我只有埋下头继续写。

穆：你怎样理解作家要不断地"进步"这个问题？

贾：作家的进步是多方面的。但更重要的不是指技巧、写法的老熟，而是指内心的修为，对人世品察的态度，性情的锤炼，但这种进步又不是指把人修炼到无动于衷的程度，我觉得，一个作家无论他年龄有多老，他的血液该是年轻的。

穆：你的文学素材多取自你的家乡，你的文学语言也多来自你的家乡方言，你能具体说说这些方言在你作品中的使用吗？

贾：我的作品外人总产生这样的感觉，一是觉得语言有质感，有特色，一是有人说我古文底子好，夹杂了古语。其实，我是大量吸收了一些方言，改造了一些方言，我语言的节奏主要得助于家乡山势的起伏变化，而语言中那些古语，并不是故意去学古文，是直接运用了方言。在家乡，在陕西，民间的许多方言土话，若写出来，恰都是上古雅语。这些上古雅语经过历史变迁，遗落在民间，变成了方言土语，这是以前的写作人不以为然而已。我是十分熟悉这些方言土语的，把它写出来发觉不但不生僻，而且十分之雅，于是以后极注意收集运用，这种情况，恐怕只有商州和陕西具有，真是得天独厚！

穆：你具体举出几个字吧，这土语土话，怎么就是上古雅语了呢？

贾：我们日常说的"招呼"一声，在我们那里说"言传"，一个人叮嘱一个人说："把孩子抱上"。我们那里则说"把娃携上"，粗话中的"滚开"，我们则说"避"，这个字读pì，古语中回避的意思。县上干部到乡下去，老百姓与公家官人交谈时，就担心说土话被耻笑，故意说官话，"把孩子抱上""去招呼一声"，当着领导面训斥不听话的孩子时，也不再说"避"，而是"滚"。

穆：很有意思。

贾：这样的例子很多，日常用语有很多都是这样的上古雅语。

穆：你对陕南家乡的一切都是非常了解的，你能不能比较着你的家乡，谈一谈你对陕北的感觉。

贾：我有一个文章叫《黄土高原》。你读过了？嗯，你读过了也听我给你念一遍吧，你读和我念是两个效果呢！

沟是不深的，也不会有着水流；缓缓地涌上来了，缓缓地又伏了下去：群山像无数偌大的蒙古包，呆呆地在排列。八月天里，秋收过了种麦，每一座山都被犁过了，犁沟随着山势往上旋转，愈旋愈小，愈旋愈圆。天上是指纹形的云，地上是指纹形的田，它们平行着，中间是一轮太阳；光芒把任何地方也照得见了，一切都亮亮堂堂。缓缓地向那圆底走去，心就重重也往下沉；山洼里便有了人家。并没有几棵树的，窑门开着，是一个半圆形的窟窿，它正好是山形的缩小，似乎从这里进去，山沟内部世界就都在里边。山便再不是圆圈的叠合了，无数的抛物线突然间地凝固，天的弧线囊括了山的弧线，山的弧线囊括了门窗的弧线。一地都是那么寂静了，驴没有叫，狗是三个、四个地躺在窑背，太阳独独地在空中照着。

路如绳一般的缠起来了：山垭上，热热闹闹的人群曾走去赶过庙会。路却永远不能踏出一条大道来，凌乱的一堆细绳突然地扔了过来，立即就分散开去，在洼底的草皮上纵纵横横了。这似乎是一张巨大的网，由山垭哗地撒落下去，从此就老想要打捞起什么了。但是，草皮地里能有什么呢？树木是没有的，花朵是没有的，除了荆棘、蒿草，几乎连一块石头也不易见到。人走在上边，脚用不着高抬，身用不着深弯，双手直棍一般的相反叉在背后，千次万次地看那羊群漫过，粪蛋儿如急雨落下，嘭嘭地飞溅着黑点儿。起风了，每一条路上都在冒着土的尘烟，簌簌地，一时如燃起了无数的导火索，竟使人很有了几分骇怕呢。一座山和一座山，一个村和一个村，就是这么被无数的网罩起来了。走到任何地方，每一块都被开垦着，每处被开垦的坡下，都会突然地住着人家，几十里内，甚至几百里内，谁不会知道那条沟里住着哪户人家呢？一听口音，就攀谈开来，说不定又是转弯抹角的亲戚。他们一生在这个地方，就一刻也不愿离开这个地方，有的一辈子也没有去过县城，甚至连一条山沟也不曾走了出去；他们用自己的脚踏出了这无数的网，他们却永远走不出这无数的网。但是，他们最乐趣的是在二三月，山沟里的山鸡成群在崖畔晒日头，几十人集合起来，分站在两个山头，大声叫喊，山鸡子从这边山上飞到那边山上，又从那边山上飞到这边山上，人们的呐喊，使它们不能安宁，它们没有鹰的翅膀可以飞过更多的山沟，三四个来回，就立即在空中方向不定地旋转，猛地石子一样垂直跌下，气绝而死了。

土是沙质的，奇怪的是靠崖凿一个洞去，竟百年千年不会倒塌，或许筑一堵墙吧，用不着去苫瓦，东来的雨打，西去的风吹，那墙再也不会垮掉，反倒生出一层厚厚的绿苔，春天里发绿，绿嫩得可爱，夏天里发黑，黑得浓郁，秋天里生出茸绒，冬天里却都消失了，印出梅花一般的白斑。日月东西，四季交替，它们在希冀着什么，这么更换着苔衣?！默默的信念全然塑造成那枣树了，河滩上，沟畔里，在窗前的石磙子碾盘前，在山与山弧形的接壤处，突然间就发现它了。它似乎长得毫无目的，太随便了，太缓慢了，春天里开一层淡淡的花，秋天里就挂一身红果。这是最懂得了贫困，才表现着极大地丰富吗? 是因为最懂得了干旱，那糖汁一样的水分才凝固在枝头吗?

冬天里，逢个好日头，吃早饭的时候，村里人就都圪蹴在窗前石碾盘上，呼呼噜噜吃饭。饭是荞麦面，汤是羊肉汤，海碗端起来，颤悠悠的，比脑袋还要大呢。半尺长的线线辣椒，就夹在二拇指中，如山东人夹大葱一样，蘸了盐，一口一截，鼻尖上，嘴唇上，汗就咕咕噜噜地流下来了。他们蹲着，竭力把一切都往里收，身子几乎要成一个球形了，随时便要弹跳而起，爆炸开去。但随之，就都沉默了，一言不发，像一疙瘩一疙瘩苔石，和那碾盘上的石磙子一样，凝重而粗笨了。窗内，窗眼里有一束阳光在浮射，婆姨们正磨着黄豆，磨的上扇压着磨的下扇，两块凿着花纹的石头顿挫着，黄豆成了白浆在浸流，整个冬天，婆姨们要待在窑里干这种工作，如果这磨盘是生活的时钟，这婆姨的左胳膊和右胳膊，就该是搅动白天和黑夜的时针和分针了。

山峁下的小路上，一月半月里，就会起了唢呐声的。唢呐的声音使这里的人们精神最激动，他们会立即放下一切活计，站在那里张望。唢呐队悠悠地上来了，是一支小小的迎亲队，前边四支唢呐，吹鼓手全是粗壮汉子，眼球凸鼓，腮帮满圆，三尺长的唢呐吹天吹地，满山沟沟都是一种带韵的吼声了。农人不会作诗，但他们都有唢呐，红白喜事，哭哭笑笑，唢呐扩大了他们的嘴。后边，是一头肥嘟嘟的毛驴，耸着耳朵，喷着响鼻，额头上，脖子上，红红绿绿系满彩绸。套杆后就是一辆架子车，车头坐着一位新娘，花一样娟美，小白菜一样鲜嫩，她盯着车下的土路，脸上似笑，又未笑，欲哭，却未哭，失去知觉了一般的麻麻木木。但人们最喜欢看这一张脸了，这一张脸，使整个高原从此明亮起来。后边的那辆车，是两个花枝招展的陪娘坐着，咧着嘴憨笑，狼狼狈狈地紧抱着陪箱，陪被，枕头，镜子。再后边便是骑着毛驴的新郎，一脸的得意，抬胳膊动腿的常要忘形。每过一个村庄，认识的，不认识的，都要在怀里兜了枣儿祝贺，吃一颗枣儿，道一声谢谢，道一声谢谢，说一番吉祥，唢呐就越发热闹，声浪似乎要把人们全部抛上天空，轰然粉碎了去呢。

最逗人情思的是那村头小店：几乎每一个村庄，路畔里就有了那么一家人，老汉是肉肉的模样，婆姨是瘦瘦的精干，人到老年，弯腰驼背的，却养出个万般水灵的女儿来。女儿一天天长大，使整个村庄自豪，也使这个村庄从此不能安宁。父母懂得人生的美好，也懂得女儿的价值，他们开起店来，果然生意兴隆。就有了那么个后生，他到远远的黄河东岸去驮铁锅去了，一去三天三夜，这女子老听见驴子哇儿哇儿地响，站在窗前的枣树下，往东看得脖子都硬了。她恨死了后生，恨得揉面，捏了他的小面人儿，捏了便揉，揉了又捏。就在她去后洼洼拔萝卜的时候，那后生却赶回来，坐在窑里吃饭，说一声："这面怎么没味？"回道："我们胳膊没劲，巧巧不在。""啊哒去了？"人家不理睬，他便脸通红，末了出了门，一步三回头。老人家送客送到窑背背，女子正赶回藏在山峁峁，瞧见爹娘在，想下去说句话，又怕老人嫌，待在那里，灰不沓沓。只待得爹娘转脚回去了，一阵风从峁上卷下来："等一等！"踉踉跄跄跑近了，羞羞答答，扭扭捏捏，却从怀里掏出个青杏儿来。

可怜这地面老是干旱，半年半年不曾落下一滴雨。但是，一落雨就没完没了，沟也满了，河也满了。住在屹崂洼里的人家，一下雨人人

远山静水

41

都在关心着门前那条公路了。公路是新开的，路一开，外面的人就都来过，大卡车也有，小卧车也有，国家干部来家说一席漂亮的京腔，录一段他们的歌谣，他们会轻狂地把什么好东西都翻出来让人家吃。客人走过，窑背上的皮鞋印就不许被扫了去，娃娃们却从此学得要刷牙，要剪发……如今，雨地里路垮了，全村人心都揪起来，一个人背了镢头去修，全村人都跟了去干。小卧车嘟嘟地开过来，停在那边，他们急得骂天骂地骂自己，眼泪都要掉下来。公家的事看得重，他们的力气瞧得轻。路修通了，车开过了，车一响，哗地人们都向两边靠，脸是笑笑的，十二分的虔诚和得宠，肥大的狗汪汪地叫着要去撵，几个人拉住绳儿不敢丢手。

走遍了十八县，一样的地形，一样的颜色，见屋有人让歇，遇饭有人让吃。饭是除了羊肉、荞面，就是黄澄澄的小米；小米稀做米汤，稠做干饭，吃罢饭，坐下来，大人小孩儿立即就熟了。女人都白脸子，细腰身，穿窄窄的小袄，蓄长长的辫，多情多意，给你纯净的笑；男的却边塞将士般的强悍，大块吃肉，大碗喝酒，上了酒席，又有人醉倒方止。但是，广漠的团块状的高原，花朵在山洼里悄悄地开了，悄悄地败了，只是在地下土中肿着块茎；牛一般的力气呢，也硬是在一把老镢头下慢慢地消耗了，只是加厚着活土层的尺寸。春到夏，秋到冬，或许有过五彩斑斓，但黄却在这里统一，人愈走完他的一生，愈归复于黄土的颜色。每到初春里，大批大批的城里画家都来写生了，站在山洼随便一望，四面的山峁上，弧线的起伏处，犁地的人和牛就衬在天幕。顺路走近去，或许正在用力，牛向前倾着，人向前倾着，角度似乎要和土地平行了，无形的力变成了有形的套绳了。深深的犁沟，像绳索一般，一圈一圈地往紧里套，他们似乎要冲出这个愈来愈小的圈，但留给他们活动的地方愈来愈小，末了，就停驻在山峁顶上。他们该休息了。只有小儿们，停止了在地边玩耍，一步步爬过来，扑进娘的怀里，眨着眼，吃着奶……

**穆**：这文章写得实在是好，读得也好，只是你的方言太重。有些字词听不真切。

**贾**：有些好句子我不是重读了吗？

**穆**：你重读的那些，我第一遍听时就清楚了。你喝一点儿茶吧，你的茶真好，我也是喝过好茶的，但远不能和你的茶相比。我们接着讨论下一个问题：你是怎么理解"深入生活"这个问题的？

**贾**：这个提法时间太长了，原来是提倡作家写工农兵，而作家并不一定就是工农兵，所以让你去到工农兵中"深入"，现在，并不特别强调写工农兵了，这个提法却还在提，就有点儿仅仅是提法而已。作家要写什么，必须了解什么，这十分简单，又有哪个作家不是这样呢？生活，生着活着就有啥写啥，生着活着的东西就是写不完的。要真实地反映社会，时代，人生，要写出大的真正有分量的东西，就应该跑更多的路，见更多的世面，接触更多的人和事，哪个优秀的作家又不是如此呢？现在有的领导并没有关心到创作的实质问题，只会说"深入生活"，为了不犯错误反复念一套老经。现在，连有些作家都不知道"深入生活"是何物了。

**穆**：你相信一个人搬到另一个地方住两年就可以写出好作品吗？

**贾**：虽然有各种各样的住法，我还是不敢相信，你信吗？

**穆**：你在一九八二年写的一篇文章中说："一个人的文风和性格统一了，才能写得得心应手，一个地方的文风和风尚统一了，才能写得入情入味。"现在你怎么看待这句话？

**贾**：我还这么认为的。优秀的作家性格和文风是统一的，地方的文风和风尚是统一的。朱自清的散文只能是朱自清的，沈从文写得最好的也只是湘西，陕北山势缓慢起伏必然使陕北民歌平缓悠长。

**穆**：我信的也是你一九八二年说的这句话。

## 第二天　事记

　　这一次是在他的家中。医院干扰过多，也缺乏适宜这类交谈的气氛。我们改变了交谈方式，除对话之外，重要的问题由他笔答。这次谈话是从下午开始的。上午，他在医院打完了吊针，中午，我们简单地吃了一碗面条，在西北大学住宅区的一个房间里，我们耗去整整一个下午。谈话的中间，有过三次敲门声，都被我们省略了。

　　他客厅中新增了一套沙发，青黑色，很高档，坐在上面腰椎以下的部位感觉挺舒服。他告诉我是"地院"的人送的，在他浓重的陕南口音里，"地"被念成了"ji"，我便笑不雅，会被人误听为"妓院"，他笑着说："那我以后就说地质学院。"

　　我们这一次交谈的中心是商州，商州是贾平凹心灵的根据地，是他的精神家园。每一位优秀的作家都有自己的心灵根据地，福克纳有他的约克郡帕法塔县，老舍有残缺不整的北京城旧址，就是他的旗人父亲曾守护过的那种残垣断壁，孙犁有他的白洋淀。作家的双脚只有先踩在一片根据地上，然后才会有心灵的高遥飞翔。

　　我们"深入生活"的提法越来越显得不自然了，差不多成了让作家搬进陌生的环境里住一住的代名词，这种创作的导向致使一批作家失去了光泽，新酿了"橘生淮北"的苦酒。这种做法就像浇铸与速写，照搬与临摹并不是艺术，我们的心灵需要的是艺术摄影，艺术是由心而再造的形象。

　　我们交谈的核心是商州带给他的影响。席间，他自夸地说：商州是中国改革的发祥地，中国第一位改革大家商鞅就是我们商州人，我那位著名的乡党当时的许多改良措施，于今天都是有启示的。谈到兴致大起时，又起身去厨房取来一瓶家乡的酒，酒是瓷瓶，二两装的，给人白白胖胖的感觉，他先是夸了一遍这酒的好处，入口绵，回味长，不涩不冲，说以前常喝的，只是现在身体欠佳才忌的，最后才给我说："你喝吧，我知道你嗜酒。"我拎在手里，沉甸甸的，捻开塑料的盖，仰脖一喝，却是空的。他跑回厨房，又取来一瓶，我再喝，这里仅有一瓶盖的酒量。他又取出一瓶，一边走一边抱怨："这怎么回事，明明是有酒的，不知是哪个多嘴的给喝了，喝空了把瓶子还放在原处，晃当我呢（陕西方言，晃当有蒙蔽之意）。这是最后一瓶了，要看你的运气了。"我接在手里感觉重了，一摇，瓶内又如鸣佩环，心里有了底，捻开盖子，一口接一口地开始喝了，贾平凹的答问成了难得的酒菜。

酒在贾平凹心中的位置是重的，在他的书房中，最显著的位置放着他父亲的一张遗照，放照片的桌子便成了他的祭台，桌上放着一瓶茅台，一瓶高高大大的日本酒，以及一个高脚酒杯。

我们谈话到六点钟结束，一阵大的敲门声给这一天交谈画了句号，来的是孙见喜和方英文，两个人是作家，是贾平凹的商州乡党，更是知心的朋友。一问，贾平凹和我才知道今天是星期六。"周末打麻将呀！"贾平凹搓着手说。

晚饭是四个人一起吃的，麻将是四个人一起打的，但是输的只有方英文一个。孙见喜与我战绩平平，贾平凹双手沾满了方英文的汗水。十一点的时候，方英文推说晚上有一个文章要赶写出来，便洗手不干了。麻将结束了，他却不走，坐着聊天。贾平凹对孙见喜和我说："方英文要写文章，咱们走，去吃夜宵，让他在这里构思。"我们三个人起身下楼，方英文在身后紧随着，一边走一边说："原来你写文章还要构思呀，我可没有这种毛病。"

夜宵吃的是麻辣烫，席间，贾平凹向方英文说："我是想带酒来的，你喝了也浇浇愁，但三瓶酒让穆涛一人喝光了。"

这是一个愉快的周末之夜，是为记。

## 第三天　散文就是散文

穆：你创办《美文》杂志的最初动念是什么？

贾：《美文》创办于一九九二年九月，申办时间更早些，在一九九一年。当时，全国的散文专刊不多，而写散文的人又多，但整个散文界并不景气，貌似繁荣，却缺乏好的气势。自从新时期文学以来，人们已经厌烦了一种假大空的人为的散文，但随着而起的，则是弥漫了琐碎之气，把那么一点关于自己的愁感得失翻来覆去地咀嚼咏叹，这当然与整个社会有关，可作为从事散文的人来说不能不感到悲哀。当有条件可以申请下一个刊号时，我与我的同事便积极活动，争取申办成功，其中颇受为难，最后终于成功。我们的目的就是倡导散文的真情实感的恢复，呼唤一种大的气象，使散文生动起来，为真正繁荣我国散文创作做出我们的一份努力。现在《美文》创办近两年，社会上反响甚好，这令我们很是欣慰。

穆："大散文"具体是什么样子的散文？

贾：纯以字面上看，"大散文"这个词似乎不通，但矫枉过正，主要是强烈地表现我们的追求和倡导。其具体来讲，一是强调散文的真情，有其生活实感，有史感，有美感；二是强调扩大，或许也是恢复题材面积，不能单把散文理解为那些咏物抒情的，要大而化之。

穆：无疑，你说的"美文"就是"大散文"了，这两者之间可以画等号了，请你谈谈它们之间的内在联系。一些人是这么理解的，"大散文"指的是创作的宽度，多种样式的实用文体都被你规划过来。"美文"意指的是文美的文章，一切读来不美的、索然的文章统统不在此列，那么，这两个概念间的内在联系是什么？

贾：刊物叫《美文》，那是因为当时没有更合适的名而起的，但我们还是比较欣赏这个名的。对于"美文"二字，在人的习惯思维里似乎已形成是文笔很美的文章的意思，其实，应该是认作"好文章"。刚才已经说过对于"大散文"的看法，这就是我们强调的是"一切好的文章"。这方面的内容，我在《美文》发刊词中已讲得多了，以后在《美文》的《读稿人语》里也说过多次。

穆：从创作的角度讲，你的这种倡导是拓宽了文学散文的路子，但从理论上看，你的这种做法恰恰是限制了散文，给人以画地为牢之限，你怎么看待这个问题？

贾：这正说明了刚才我对"美文"一词的解释的必要性。另一点，请注意，一切提法都是与当时的实际现象相关的，我们不能抛开具体的现实而去纯从文字上去说一种理论。何况，一个刊物叫什么名字，那仅仅是一个名字，现在的许多刊物，如《收获》《当代》《十月》《花城》，那仅是一个代号罢了，并不归结到什么理论上去。《美文》起名时，国内有《散文》《随笔》《青年散文家》等，我们若起一个《西安散文》显然小气，起个别的名字，又无法突出是散文专刊，于是用了"美文"的。

穆：你的意思是说"美文"这个名字不是去框架或注释"大散文"这个概念的吗？

贾：从刊名的意义上去理解是这样的。对文章审美意义上的"美文"两个字，我同意你刚才的理解，"一切读来不美的，索然少味的文章统统不在'大散文'概念之内"。大散文的意思绝不是指纳不入其他文体的所有文章，我不想多说这个问题，这个问题也不是靠嘴能说清楚的。我们只想在办刊的过程中，逐步地把我们的想法具体地落实出来。

穆：我个人对"大散文"这个概念的提出是很感兴趣的，"大散文"是确实不能成为小说、诗歌、戏剧、故事之外众文体的收容所，它不能是一盘散沙，其间该有明晰的潜在秩序的。前几年，我们政府的决策人物提出了"大农业"这个概念。"大农业"绝不是农业大国的意思，我们几千年来就是以农耕农种为业的国家。"大农业"指的农林牧渔等行业的种植收获、产品的加工、乡镇企业的市场再生等等。

贾：你的这种理解挺有意思。我们当时研究办刊意图时没有这么想过。但我们办刊的过程中有类似的感慨，散文事实上是最大众化的一种门类艺术，是生活中应用与品味最广泛的一种文体，我们在办刊宗旨上明确提出，散文所包含的除了抒写胸臆心情的文章之外，议论、杂感、随笔、纪实记事、报道、信简、序跋、小品、日记、访谈录、回忆录，甚至中医的处方，等等，都是散文所应容入的，但这些东西在一本刊物中怎样有机地聚起来，是颇令我们劳心劳神的，我说的有机聚起来，指的就是你说的那种潜在秩序。

穆：你办这本散文杂志自然是与你个人的性情喜好有关联的，因为你本人就是一位出色的散文作家，你有过仗这本杂志形成个人写作特色的类似念头吗？我说的这种特色，不一定是指你个人，或许是一位你所尊敬的某位作家。

贾：这是我要坚决避开的，一本杂志如果仅是一个人或几个人的写作模式，这不可能成为一本好杂志，那印一本个人选集，或几个人合集好了。我个人的写作风格，或个人喜好尊敬的作家，那纯是我个人的事情。我们是希望这本杂志成为所有爱文学爱生活人所有的。

穆：你怎么看你自己的散文创作？

贾：你这个问题让我不好说，对我已经写过的作品，我是心内有知的，也是基本明了的，但这是不能自己言说的问题，至少我自己是不能言说，一说就走了自己的板眼。我也从不说这类问题。

穆：那你怎么看当前的散文写作？

贾：经过许多人的努力，散文创作质量是比以前好得多，假大空的矫情文没了市场，路子拓宽了，但还缺乏很厚重的、很有个性的东西，似乎什么都有人写，写得没有了多大意思，翻开报刊，常看到什么"初为人妻""初为人夫""初为人母""初为人父"的题目，我真害怕以后还有"初为人爷""初为人奶"的文章出来。再是散文成了许多人发怨泄愤的文章。这又和先前散文总是老年人的回忆一样令人觉得唠叨。现在，散文缺乏清正之气，而不是闲逸气、酸腐气和激愤气。

**穆：**请你再谈谈对几年来"散文渐热"的看法。

**贾：**中国人爱一窝蜂，以前报刊对散文仅作点缀，这几年散文书编印的多，报刊都辟专栏，可撰稿者过来过去还是那些熟面孔，可看看这些熟面孔，哪儿又有多少有感而发的话呢，为约稿而写，为文而文，这样下去，热闹是热闹，势必又会败了散文的兴的。可以写，但不一定就是写得好。我对什么热与冷不大关心，什么东西太热了倒害怕，我反倒不愿去凑近了。

**穆：**我突然想到一个问题，你的《商州初录》一九八九年在《钟山》杂志刊出后，立即在文坛产生大的回音，那一组长篇的长散文，在题材上，写法上，以及在语言的具体运用上，都给人耳目一新之感，你能具体谈谈这一组散文的产生经过吗？

**贾：**那是我第一次面对商州。那年我在商州游荡，走过许多地方，心中有许许多多东西在涌动，这组文章几乎全是每到一地而写的。原本这次出游，是当地一位很权威的领导要我与他同行的，走了一段，他所到之地，接待的人前呼后拥，我极不适应，他也有意要我写一组报告文学的，后来我要自由自在，与他分道独自去游荡了。生活上是困难了，却获得了生活中极鲜活的东西。在这之前，散文是不这么写的，我当时也觉得我在写着"四不像"的文章，我尽量不事嚣张，求朴求素，删繁就简，没想倒标新立异了。

**穆：**这实在是一组好文章，读你的文章，如同在游历那些地方，你写的那几个人物都是实在的人事吗？

**贾**：这些人物都有影子的，有的甚至是基本的人形轮廓，但文学作品中的人物是不能一对一的，写作又不是摄影。当时，我每走到一处，许多人事都感动着我，听到了见到了许多新鲜人事。那是我第一次较全面地认识我的家乡，感知我的家乡。

**穆**：你是写出许多优秀的小说作品的，但就我个人性情去看，其中的一些细节总不是尽如天意，但你的散文是经得起深究的，有些作品堪称天成，你能谈谈散文与小说的界限这个问题吗？

**贾**：我一直难以搞清它们的界限，只是到了这几年，才慢慢醒悟了小说是一种说话，散文是一种沉吟。有的小说为什么没有散文耐读，问题就是不是从容自然地去说话，还是在"做"文章，散文篇章短，易从容心想，小说篇幅一长，要"做"就难以不露败象了。当然，各人的看法是各人的，有人提倡小说散文化，散文小说化，我以前也这么认识过，现在不了，要两者分化，最大限度地两极分化。自有这个认识后，我写了小说《废都》，不管怎样，我觉得这个小说是依我的认识写出来的。

**穆**：你讲的小说是一种说话，散文是一种沉吟，这应该算是你多年的悟得了，"说话"与"沉吟"的具体方式，若从语言学角度去理解，是不是也可以理解为一种技术？

**贾**：当然可以这么去理解，但更多的是心境。

**穆**：心境这个问题我们就不说了，各人的阅历性情培养了各人的心境，这技巧到底是一种什么东西？你是该有具体深切的感受吧。

**贾**：技巧是不能单独抽出来说的，你能说鼻子应该是什么鼻子为好，眼睛是什么眼睛为好？它只能看具体的五官组合。林语堂说过关于熊掌雄壮美和鹤足挺拔美的话，其实雄壮美和挺拔美并不是熊与鹤的追求所致，是生存所致。技巧是随具体内容而来的。越是考虑到技巧，越没技巧，越没技巧，其中正有大技巧。有人讲长篇小说是结构的艺术，我总怀疑说这话的人并没有写出个好的长篇小说。

穆：五官是可以单独抽出来讲的，譬如我们传统的审美观念中，眼睛是丹凤的，而非吊眉的，嘴是樱桃的，而非河马的，什么鼻子都可以，但鼻梁要直，要正，要高翘，酒糟鼻子与蒜头鼻子是不宜长在脸上的。当然，你的意思我是领会了的，是不能孤立地讲技巧的，我想请你谈的是技巧在一个作品中的位置究竟有多重？

贾：我还是用五官来比喻，丹凤眼是美的，但配上一张河马嘴，这张脸就没法看了。技巧不是孤立的东西，是五官的天然契合。有人的五官样样不丑，眉眼鼻口耳，哪个部位都标致，但组合序列不妥，或两眼间距过于宽，或过于窄，或鼻子太靠上，或五官聚得太紧凑，像灌汤包子的褶门。一张耐品的脸，需要具体器官标致，且它们之间的组织也近于天合。

穆：散文中的"无技巧"境界怎么理解？是"老僧唱经"吗？我看老僧唱经没什么好的。

贾：你看老僧唱经没什么好的，你就知道什么是好的了。知非诗诗，未为奇奇。散文中的"无技巧"，我个人的理解是，在读一个作品的过程中，觉察不到作者在耍技巧，就像一个身体健康从未患过病的人，他是觉察不到自己的五脏六腑的具体位置的，当觉察到肝或脾的存在时，那地方就生病了。

穆：你的这个比喻已经说过多次了，至少有六次。

贾（笑）：有些话是需要反复说的，再者是，尽管总说有些人还是总不明白。（又笑）

穆：读你的散文是感到一种匠心独运的感觉，匠心是不是一种技巧？

贾：古人讲的起承转合，目的是要让文章从容自然而有起伏，西方人讲的隔离呀陌生呀的，目的在于引导读者化入化出。俗语说演员是疯子，观众是傻子，什么技巧都是装疯卖哑，诱你为傻子，有的魔术师做魔术明明是在露他的魔底，却在露着露着又把你装进更大的迷惑里。无技巧的境界是有了技巧之后说的话，说寂寞的人必是曾热闹过了，陶潜的淡泊是不淡泊之后。

**穆**：*你早年的散文多是抒写，而近期又多是说话，几乎是随心而述，无修无饰的，怎么理解你的这种变化呢？*

**贾**：这是年龄及写作的心性所致吧，以前的散文，我多在形上描述，如初画者的写生，我现在的写作虽然也是一种写生，却是删繁去琐，唯记述事物最本质的地方。

**穆**：*差不多是十年前，我第一次参加作家创作的笔会，其间，组织与会者到草原参观，赴会的人多是第一次见到大草原，许多人都呆着，四下野望着却默默无语，有人提议请一个老作家说一句最表达此情此景的话，老人想了想，说："真好。"我听到这话，在远处悄悄笑了，也有不少人放声笑了。我当时便想，这老人这么明明白白的用语，怎么称得上他的盛名呢？其实，这才是大感慨，老人当时是被草原的大美惊呆了，竟到了妙不可言的地步，这直抒胸臆的两个字实在是上好的词。*

**贾**：道界祖人张三丰到过陕北绥德，曾在城墙上用西瓜皮写过一首诗，那诗被人们循着迹以墨描下来，传至后世也是一帧传神的书法呢。散文的高境界就是这样，无拘无束，无序无形，缘心而发，遒劲久远，我是极崇尚这种散文境界的。

## 第三天　事记

比较贾平凹的散文与小说，截至到目前来讲，我更熟悉的是写散文的贾平凹，他的散文写作独出一脉，在文体上也卓有大成，内涵老到，包容百态，人心雕龙，沧桑了悟，却又保持着透明、鲜亮与无忌。

一九八四年，贾平凹在《西安散文选》一书的序中，提出了"美文"的概念，谈到了"不仅是写什么，而还要怎么写"的大识，这是文学新时期以来关于散文文体建设的比较早的声音。在这一年，他的《商州初录》在《钟山》杂志刊出，反响极大，许多人恍然觉悟：散文也是可以这么写的。这组十四篇的长文实实在在地拓宽了散文的路数。事隔几年，贾平凹又身体力行地创办了《美文》杂志，提出了"大散文"概念。他对散文的基本理解是："你可以抒发天地宏论，你可以阐述安邦治国之道，可以作生命的沉思，可以行文化的苦旅，可以谈文说艺，可以赏鱼虫花鸟，美是真善美，美是犹如戏曲舞台的生旦净丑，美是生存的需要，美是一种情操和境界，美是世间的一切大有。"

这一天我们仍是在书房谈。注重谈的是他对散文观念的理解，但涉及他自己的具体作品，贾平凹是极少开口的，用他的话讲，"作品交给了读者，如老爷过街，我只好回避"。

这次谈话总是被来人及不停的电话打扰。谨记。

## 第四天　小说——心灵的激情

**穆：**今天，我们专门讨论你的小说，有的小说我真是喜欢，而有的我也真不喜欢，有的小说中非常喜欢这些方面，但又不喜欢那些方面，我这么说你不介意吧？

**贾：**这怎么会介意，我也是这样对待别的一些作家的作品的，也同样这么对待我写过的一些作品的。你的坦诚非常好。

**穆：**一九九一年九月间，你的长篇小说《浮躁》英译本在美国出版，首发式时，你应邀访问居住在我们后背的这个国家，当时，你走了哪些地方，见到了哪些人？

**贾：**在美国时间并不长，走过了纽约、华盛顿、丹佛、洛杉矶，见到了相当的一批美国作家、诗人。遗憾的是，一是时间短，二是语言不通，与他们的交流不甚多，也未能够深入地交流，但认识了译者葛浩文，他是美国人，能说汉语，认识了汉学家李殴梵、华人作家聂华苓等等。

穆：有关这次美国之行，以及在与美国同行的接触中，你有什么具体感触？

贾：在美国最大的感受是一种大气，常常使我遥想中国的汉唐之风。

穆：在你接触的美国作家中，你感觉他们与我们的作家有哪些不同吗？

贾：他们的心态很好。

穆：美国人怎么看待我们的当代写作问题？

贾：总的来讲是不大了解，对中国小说，尤其是农村题材的小说，许多地方无法沟通，因为他们对中国农村的一些事情很不了解，所以接触到这方面的描写时，他们是无法想象的。中国虽没有过黑奴，但中国人读美国这方面的小说时，能想象出来是怎么回事，而中国农村的一些具体事情，如教师的公办和民办呀，一头沉干部呀，两地分居呀什么的，美国人怎么也想象不出是怎么一回事。这是一个不小的交流障碍。再是因为东方西方思维方式的不同，也导致很多东西难于沟通。譬如，他们普遍对中国小说的缓慢节奏不大适应。《浮躁》初译出来，曾让美孚飞马奖全体评委读过，后来，他们中有四个人曾亲口对我说，开头读时觉得沉闷，但很快进入境界，越读越感兴趣，很是激动。

穆：你被公认为当代文坛的高产作家，你的足迹所到之处差不多都留下了你的手迹和心迹。访美已经过去三年了，也没有见你写的有关此行的文章，你是不想写，还是别有原因？

贾：我常见到报刊上有访××国家的文章。这类文章意思不大，我怕我也是那么写，读者会烦的。写异国风物吧，大多读者没去过，不可能有感慨；写一些真正感慨深刻的话吧，又招人非议，因此就不写了。

穆：我首先围绕这个话题来谈，并以此作为今天讨论的开始，是由于我在你的新著《废都》里发现了一种新变化，这种变化是观念上的，比如你对"作家形象"这一问题的认识。以往的小说中，把作家作为主要人物形象塑造的作品不多，堪为名制的是毛姆的《啼笑皆非》，但他是落笔在那类投机钻营的作家身上，他写的那类人物在我们中国文坛上也是不乏其人，可能也因此这部书才具有世界意义。但你是从"背面"去写"作家"这一形象的，你没有着眼于名作家的明面之举，而是绕到背后写一类作家的肮脏与苦痛。我理解这是你的变化之一。我以为你的这种对"自身行业一类人"的反思是很先锋呢！是你访美之后的一种新变化，你怎么看待这个问题。

贾：一个民族的作家，当然他的作品是给这个民族的人看的，但作为作家更希望他作品的腿能够长些。在美国，我较注意的是东西方文化艺术比较，寻其相异处和相同处，从接触过的人身上看他们的思维方式，看他们的境界。所以，这一点上使我醒悟了我的许多狭隘行为，随之也心平气和地回头看国内的问题，包括看我自己写作中的问题。我之所以写《废都》，原因是很多的，但其中有一点，要使我的作品让更多的人都能看懂，不至于有因太偏僻的描写而受阻碍，写关于人本身的事，写当代中国人的一种精神状态，力求传达本民族以及东方的味道，这样，才能引起更多人的同感和想象。如果心胸阔大，注重的是一个民族、一个社会的生存状态和精神状态，是针对人的，就会俯视一切现象，也不存在什么高贵与低贱，伟大与渺小，恶与善等等一些人为规范的。我并不认为作家该被写成什么样，作家是人嘛，我按人来写，这里边其实并没有故意地要标新立异。托尔斯泰是大贵族，但他一生关注的是平民，共产党的一些很重要的人物往往出身于他要革其命的家庭，越是对一个民族的文化浸淫，理解得越深入，其龃龉、痛苦便越巨大。我们现在的任务应是从世界的角度来审视和重铸自己的传统，又须借传统的伸展或转换以确立自身的价值。

穆：你写过的《丑石》是一篇极精到的美文，丑石是一块陨石，丑在少有人知道它的价值。我个人以为，《废都》也是一块丑石呢，是地球上的一块丑石。

贾：是有人持你这种理解的，不管怎么说，《废都》已经写出来了，我现在想的是我的下一部作品。

穆：但是，我不大赞同《废都》中关于性的处理办法。如果庄之蝶的那些行为是在臆想中完成的，而在现实生活中又是处处灰心，这是不是更国情一些。曹雪芹的处理办法很好，他写到宝玉游历幻境，警幻仙子诱使宝玉与秦可卿交好，却是"意淫"的写法。宝玉醒来后，袭人伺候宝玉更衣时以手触到了"遗物"，便又写了宝玉与袭人的交欢，这又是一笔带过去，宝玉初试云雨情却处理得恰到好处呢。我觉得让庄之蝶"意淫"要好一些，他毕竟是生活在当代的西京城里，而不在古代文人去的妓院里，你认为呢？

贾：我写庄之蝶的性行为，出于两个需要：一，庄之蝶虽是个作家，仍是一个闲人，他在想有为而无法去为的精神压力下，他只有躲到女人那里寄托感情，企图在那里放松，解脱，以此获得精神新生；他无路可走，不可能再去干别的，这由他的地位、环境、性情所定，结果，他想以性来解救自己，未能救了。他意识到了自己的丑恶，而再次在丑恶中还要寻找美好的东西，一步一步深陷不拔，最后毁了自己，同时毁了他的女人。二，全书写日常生活，什么都写了，如吃、喝、玩、住、行，而性又是人的相当重要的生活，要避开，或一笔带过，不但失比例，亦不真实。如果写成意淫，效果我想比现在这样更严重呢。再说，意淫可以，性行为就有问题了？我知道有个禅故事，说两个和尚过河时，遇一女子过不了河在岸边啼哭，一个和尚将其抱着过了河。到了对岸，两个和尚继续赶路，另一个和尚说："师兄，我们出家人是不近女色的，你怎么能抱那女子过河呢？"这个和尚说："我早把她放下了，你怎么还没放下？"现在有些人看《废都》，是如这个和尚的。当然，你的意思我懂得，谢谢你的忠告，现在书既然已经成了社会的，我只能任仁者说仁，智者说智吧。

穆：提个关于《废都》的具体问题，这部书写了四大名人，主写了四个女人，开篇还写了四朵奇花，这个数字是你有意写的，还是巧合，四的背后有什么特别的意蕴吗？

贾：中国人在描绘大的东西、完整的东西时，喜欢用偶数的，尤其是四，比如四海为家，四面八方，四大皆空，四喜临门，四面楚歌等等，我用四字，也是这个意思，代表着一个混沌整体。

穆：《废都》这部书在你的写作中是至关重要的，差不多是你寻求转变的一本过渡书，在这部书里，有着极强的与往昔不同的现代气息，同时，仍保留着你往日的最基本的一些守旧东西。虽然你将故事的背景从乡下乔迁到了城市，但透过字里行间，还是叫人闻到一股乡居的炊烟气味，因此，这不能是一本关于城市人生活的小说。你怎么看待这个问题？

贾：如果我没去过北京，我会认为西安是个大城市，是现代城市；如果我没去过纽约、华盛顿、洛杉矶、香港，我也会认为北京是个最大最现代化的城市。而事情恰恰不是这样。我居住的西安，如果从现代大城市的目光看去，我认为更像个大农贸市场。中国历来是农业国家，文化上可以说是村社文化，而发展到今天，城市是多了，但中国人最基本的东西还是封建保守的，都市文化里有相当多的村社文化成分。现在一些大的企业，几千人或上万或数万人，几十年生活在一个独立王国里，有小学，有中学，有专科学校，有福利区，就业人员本企业消化，几代人同一企业，关系盘根错节，这种现象甚至比乡村还严重。《废都》主要写的是中国传统文化与现代化的不适应状况，我是有意写了一批外来的城市人，这样更能体现传统的东西。有人是指责我没有写那些歌舞厅呀、股票呀、投资呀、三资企业呀，那是另一本书的范围东西，我写的是小说，不是写城市的志书。还有，我一直反对把小说分成什么题材的小说，小说就是小说，管什么题材不题材呢？

**穆**：加西亚·马尔克斯说他讨厌他的书像香肠一样畅售，"我非常讨厌自己变成众目睽睽的对象，讨厌电视、大会、报告会、座谈会，也讨厌采访"，这种性情与你差不多。目前，你的《废都》很畅销，盗印本多达二十几种，你怎么理解畅销书问题？

**贾**：不能从一部书发行量的大小来看一部书和一个作家的好坏。一部作品，如果能活半个世纪，那就是真正的好作品；一个作家，五十年后人们还提他，读他，就是好作家。《废都》发行量太大是一个错误，读的人太多。它是一部容易让人看走眼的书，易被误读的书，书中的性描写易吸引一些读者，同时为此而蒙污。当然，书没有人看是作家的不幸，看的人过多也是不幸，书不是流行杂志。有些书就不是为某些人写的。可现在，书印多少，作家无可奈何，现在大量涌现做书生意的个体户，他们为盈利而大加别种的宣传，这是易导致危险的。世上万事什么都不能过，亢龙有悔。《废都》开始印到四五十万册时，我就说：坏了，这不是好事，是很不正常的现象。没想到正版盗版越印越多，我不遭到非议天也难堪的。

**穆**：文学新时期以来，你是首届国家小说奖的获奖者之一，那是你的一个短篇，接下来，你的中篇小说又获了全国奖，长篇小说《浮躁》还获得了美孚飞马文学奖，请谈谈在你的写作体会中，长篇、中篇、短篇在具体操作上有哪些不同？

**贾**：这由要写的东西而定，有人读了某某人的短篇，说这是可以拉成中篇的；又有人读了某某中篇，说这可以挤压成短篇的，我是不同意这种说法的。长篇就是长篇，中篇就是中篇，短篇就是短篇，具体写作各有各的法门。只能这么说，这个长篇没有写好，这个中篇缺乏力量，这个短篇太不俭约了。这三种体例的分别绝不在字数上，而在于心境，或你所面对的事物上。

**穆：**你觉得这三种体例，哪一个你写得更顺手一些？

**贾：**经过了耐心的准备后，哪一种都写得顺手。我是有这种自信的，空静的时候，面对稿纸，我的笔是追不上我的思路的，我从没有空着肠去寻语言的时候。

**穆：**你是怎么理解小说中的"境界"的？

**贾：**境界说穿了其实是一种自在。这自在是不能直说的，我还是用我家乡的事物比方吧。

陕南的地方，常常有这样的事：一条河流，总是曲曲折折地在峡谷里奔流，一会儿宽了，一会儿窄了，从这个山嘴折过，从那个岩下绕走，河是在寻着她的出路，河也只有这么流着才是她的出路。于是，就到了大批游客。当今游客，都是进山要观奇石，入林要赏异花，他们欣赏那岩头瀑布的喧哗，赞美那河面水浪的滚雪，总是不屑一顾那河流转变的地方。是的，那太平常了，在山嘴的下边，是潭绿水，绿得成了黑青，水面上不起一个水泡，不绽半圈涟漪。但是，渔夫们却往那里去了。他们知道，那瀑布的喧哗，虽然热闹，毕竟太哗众取宠了；那翻动的雪浪，虽然迷离，但下边定有一块石头，毕竟太虚华轻薄了；只有这潭水，投一块石子下去，"嘭咚"响得深沉。近岸看看，日光下彻，彩石历历在目，水藻浮出，一丝一缕如烟如气。探身而进，水竟深不可测，随便撒一网去，便有白花花烂银一般的鱼儿上来。

小时候，我常在这样的湾水边钓鱼，我深深地知道她的脾气性：表面上不动声色，内心里蛟腾鱼跃；谁能说不是山中河流的真景呢？湾水并不因被冷落而不复存在，因为她有她的深沉和力量。她默默地加深着自己的颜色，默默蓄积着趋来的鱼虾，只是一年一年，用自己的脚步在崖壁上走出自己一道不断升高的痕迹。终有一天，她被人们知道了好处，便要来赤身游泳，潜水摸鱼，夜里看月落水底的神秘，雨后观彩虹飞起的美妙。湾水临屈而不悲，赏识而不狂，大智若愚，平平静静，用什么也不可能来形容她的单纯和朴素了。

这些年里，我走了不少地方，可谓"八千里路云和月"，但我却常常低头便思起了故乡。故乡，虽然贫穷，但却有真山真水的自然元气。那草木见过吗？密密的不能全叫出它的名目；那虫鸟见过吗？那奇形怪状不能描绘出它的模样。信步到山林去，洼地去，常常就看见那石隙里渗出一泓泉的，或漫竹根而去，或在乱石中隐伏。做孩子时去采蘑菇，渴了，拣着一片猪耳朵草的地方用手挖挖，一有个小坑儿，水便很快满了，喝下去，两腋下津津生凉风，却从不曾坏了肚子；如若夜里做游戏，在地上挖个坑儿，立即便出现一个月亮；遍地挖坑，月亮就蓄起一地哩。这地方，撒一颗花籽长一棵鲜花，插一根柳棍生一株垂柳。城里有吗？城里的报时大钟虽然比老家门前榆树上的鸟窠文明，但有几多味呢？那龙头一拧水流哗哗的装置当然比山泉舀水来得方便，但那一拧龙头先喷出一股漂白粉的白沫的水能煮出茶叶的甘醇吗？我最看不上眼的，是那么高高的薄壳大楼凉台上，一个两个小瓦盆里植点儿花草，便自鸣热爱生活；又偏偏将花草截了直杆，剪了繁叶，让其曲扭弯斜，而大讲其美！我真不明白，就这么小个地方，要拥上这么多的人？！一堆蚯蚓仅仅拥挤在一个盆的土里，你吐过他吃，他吐过你吃，那到了最后，还有什么可吃可吐的呢？

**穆**：这境界差不多可以理解为在自然中的怡然而得及自鸣得意了，但这又怎么能据此写出小说呢？

**贾**：这又是很难说清楚的问题，因为这不是一对一的问题，我还是打比方吧。有一年初春，我又回到老家去，家却搬了地方，再不是那多泉的山沟，而住在了大坡塬上，吃水要挑了桶去远远的林子里。我便提议打口井了，我没有请风水先生，我自觉山有山脉，水有水向。在学校是学过这地理知识的。我看了地势，便在前院里打起井来，打呀，打呀，先还使得上劲，愈打愈是困难，一笼笼土吊上来，但是，就有了一个大石层，无论如何也挖不出个缝儿来。我泄气了。邻家人劝我到他们院子里去打，说那井风水先生看了的，肯定有水，但我怎能把井打在他家院里，而我吃水不便呢？我又在后院开始另打井。蹴在那井坑里，打了五天，又打了十天，已经是十丈深了，还是没水，村里人尽在耻笑起来，我只是打我的。那是黑黑的世界里的苦作，那是孤孤的寂寞的生活。终有一天，毕竟那水是出现了，虽然不大，但我是多么高兴呢！我站在井底，看着井口，如圆片明镜一般，太阳的光芒在那里激射。突然似乎有了响动，愕然大惊；我声小，那声也小，我声大，那声也大；我明白那是地心的回音。笑起来，满井里都是哈哈哈的大笑不止。

　　这井打成了，这是属于我家的。天旱，那水不涸；天涝，那水不溢。狂风刮不走它，大雪埋不住它。冬天里，在井中吊着桶子而不冻坏；夏天里，吊着肉块而不腐烂。我知道地下有一个很大很大的海，我虽然只能得到这一井之水，但却从此得到了永恒之源。有泉吃泉水，没泉吃井水；井水更比泉水好。泉水太露了，容易污染；井水暗隐，永远甘甜。我庆幸在我家的院子打了这口井，但我知道这井还浅，还小，水还不大，还要慢慢地淘呢。

## 第四天　事记

　　下午，我按约定的时间敲开了门。贾平凹说："我们尽可能快一些谈，傍晚有摄影师来拍我的画。"前一段时间，文坛与社会一片沸沸扬扬，他却与三个画家去了四川，纵情山水，心寄水墨，且在四川绵阳搞了一次画展。

我们的交谈持续了近四个小时，是从他的1992年访美之行开始的。接下来讨论了《废都》在创作上的新变化，这变化在于把作家做俗人去写。

中国的小说家多多训世，谕理传教，好为人师。我个人的性情是喜欢《西游记》的写法的，甚至胜过对《红楼梦》的喜欢。在《西游记》中，对人世的万般感叹都是调笑着写出来的，一片童心在大多的酸辛之后，猪八戒有着十足的市民相，集中了市井平民的一切可爱与可气，贪吃，贪懒，无能，还时有嫉贤的小人之举，在悟空受屈时，趁机朝猴背上扔几块石头。八戒又是个情种，对女色没有高矮胖瘦的选择，无论异化为村姑的白骨精，还是妖娆放浪的蜘蛛女，在女色面前他是迈不开步子的，或舔着长涎呆呆痴立，或幻作鱼儿在美腿间戏水。八戒的这种情致与宝玉贪吃胭脂是一脉相承的，仅是宝玉面目出众，自有色来媚他了。八戒又有可爱之处，他是有家庭责任感的，纵然好色，终日念的是回高老庄，与员外之女温夫妻美好，而不是去盘丝洞或白骨洞。而且常有舍弃西天大业的念头，这更是一般男儿少有了。在遥遥无期的西天路上，要是少了八戒，另外的几个会多么寂寞呀。吴承恩别出心裁地把"严肃"这个词放在"猴子"身上，这是实实在在的高明，孙悟空身上贯穿着正直、正气与正义，最终却进不了佛的门槛，被佛耍了被人耍了被猪耍了。我喜欢这本书还在于作家道出了活人的艰难。同时，喜欢作家给人物的命名，猴子叫悟空，重在空；猪八戒叫悟能，重在能，这也是匠心之一。

我们的这次交谈基本是放开的，不拘不谨。近六点钟，摄影师到了，我们将四十几幅画摊在地板上，他们便忙着拍照，我在一旁独自欣赏。我正在看一幅"铁树"的时候，贾平凹走了过来。这棵铁树墨重心沉，占据了多半画面，少有空白，写实的画法却传神情，他指着树尖部一个地方笑说："你看，一个小庄之蝶。"

我缘他的手指看去，一只风干的小蝴蝶粘在树尖上，幻作了画中情。

## 第五天　最后一个士大夫：传统与个人才能

**穆**：你的小说可以粗略地分为两个主要部分，一类是民俗民风的抒写，如你的商州系列作品，如你的《废都》出手之前的几部长篇；二类是反民俗民风的写意，如你的山贼系列小说，如你的志怪味道浓郁的一些短篇精制，这就像你的左右手一样和谐地生在你的身上。前者是仰着平民的"神"去写的，这神很类似村庙里的"神"；而后者入骨地写了庄户人家门扉上辟邪的"鬼"意。你是怎样理解民俗中的"神"与"鬼"这两个征物的？

**贾**：神是远而敬，鬼是近而惧。神是人创造的，鬼却是人自己的影子。

**穆**：鬼既然是人自己的影子，这有什么可惧的？

**贾**：神是人创造的，它是美好的理想，是寄托的希望，是呼吁的清正之气；鬼则是人自己的影子。人可以不害怕老虎、豹子、熊等巨形野兽，却怕小小的毛虫。人其实最怕的是人，怕别人及自己的影子。换一句话说，对于鬼的厌恶，也是对人的另一面的厌恶。当然，有独特的现象，蒲松龄创造了善良美丽的鬼。

**穆**：这善良美丽的鬼该不是人身上的丑恶吧？

**贾**：人身上有些小缺点也是挺可爱的，就像美女子的眉心痣，那痣本是病，是缺陷，却给人传情的美丽感觉，这小缺陷就使美更美了。像毛泽东下颏上的那颗福痣，实在给人伟男子的印象。蒲松龄笔下美丽多情女子也是这般的，那些女鬼却是个个传神情呢。

**穆**：*请你再谈谈神与鬼在中国文化中的位置。*

**贾**：在民间，阳世与阴世的组合才是完整的人生。因此有未婚未嫁的男女死了，家人要为死者买尸身合葬，做阴缘，这又叫鬼婚。否则阴世的孤魂野鬼是要到阳世骚扰家人的。而我们阳世中终身娶不上妻子的男子是无力到阴世寻衅滋事的，这也映昭了鬼在人们心目中的形象。鬼给人的感觉通常是丑陋、作孽、凶险，而又风雨无阻。在我们的观念中，非常独特的是，"神"和"鬼"同在那个阴世里，这阴世是对应着阳世存在的。鬼在神明面前却是胆怯的、卑琐的，而神似乎是高贵、慈悲、美丽，能力无比的，这也正应了活人的法则，邪恶在端正面前总是退避三舍的。

**穆**：*在西方人的观念中，上帝是居住在天堂里的，而魔鬼是屯居地狱的，先是上帝造了魔鬼，接下来把它发展成对手，再打入地狱。而我们的观念却是"神"与"鬼"在同一个阴世里。在我们的民俗信仰中，"神"是众多的，山神、水神、河神、土地神，甚至灶神、井神等等，几乎样样俱全，鬼却是统称"小鬼"的，按惯常的理解，人得了道就升为神，受了屈就成了鬼，你认为我们的神与鬼是怎样的一种关联？*

**贾**：西方人"上帝"就是一切，所以有强烈的宗教意识，我们传统的观念是"天人合一"的。说穿了，神与鬼是人的两个方面。人都不是完善的，但优处与劣处又不是如日夜一样分明，差不多是互溶互渗的，不能分裂开来谈。因此，这又合于我们观念中的"神鬼同舍"的说法。

**穆**：*你画了一幅"钟馗吃鬼"的画挂在客厅的墙上，请说说你怎么就画了这么一幅画？*

**贾**：上帝无言，百鬼狰狞，而民间有钟馗。画家们画的钟馗多是一个具体的人，我画的只是一个头，下边一只骨节铮铮的手，手里倒提一个疲鬼正被头上的嘴吃着。抽象性画意，我只强调一个吃字。我是一直想画一幅钟馗的画的，但老不成功，一九九三年底的时候，有一天

贾平凹散文全编

在一位朋友家，随便在一张瘦纸上画，效果竟正好，遂装了镜框挂在墙上的。

穆：西方也有"鬼"这一概念，英语的表达是CHOST，但东西方的观念里，鬼远没有我们中国人心目中的鬼那么可怕，相反，鬼常常是被取笑的笑料。有一个幽默挺好，说是一个人在夜行回家的路上见到了鬼，人惊吓之后折头便跑，跑出很远停下来回头一看，鬼以更快的速度反向逃跑着，身上披的素白的破片在疾风中飘舞着，像一片扯烂了的帆。

贾（笑过）：这很有意思，其实这正是东西方观念的不同。而我们的传说里，人鬼遭遇，无论人跑得多快，无论跑到哪里，鬼总是在他眼前忽现，在鬼面前，人早已乱了手脚与方寸，鬼却镇定沉着。

穆：西方还有一首诗，是写活人见鬼的：

他看见一个鬼

那该死的秽物

正站在路的前方

他还来不及逃走

脚下已发生地震

他重重地摔倒在地上

他睁开直冒金星的双眼

那可怕的怪物还站在那里

他揉揉眼睛

猛地拂去眼前的金星

才发现——

那鬼不过是一根柱

**贾**：这首诗的思路是东方的，鬼在这里是内心恐惧的象征，诗告诉我们，人害怕的只是内心的幻象而已。

**穆**：正是这样。而我们古代文学作品中，弘扬"神"气的挺多，传下很多的名作名制，但关于"鬼"的创作多在乡民口头上，最著名的只有《聊斋志异》传世，你怎么看待这个问题？

**贾**：这可以理解为人间需求"正气"，人的心性需要神的抚慰与鼓励，这同时说明人们都是向阳的。关于"鬼"的创作虽大多在乡民口头上，但戏曲上、唐人小说以及一些笔记小说也有不少的。最著名的有"目连"戏，那是很了不起的。《窦娥冤》《求悲生》等戏中"鬼"的形象也是很伟大的，但这样的鬼大多只是反抗的鬼，是正直的呼唤正义的鬼，这鬼是不小的。

《聊斋志异》中的鬼是十分可爱的，这本书的写法打破了一种格式。

**穆**：你怎么看《聊斋志异》这本书？

**贾**：我读《聊斋志异》，自我感觉能理解蒲松龄这个人，理解他看人生、看社会的角度，理解他对于男人女人的看法。书中有许许多多的鬼、狐狸精，之所以那么美艳，善良，可爱，作者寄托了那么多感情，我疑心作者是个情种，有许多刻骨铭心的爱的记忆或追求，他单相思，精神苦恋，通过鬼与狐写自己的心迹，人的心迹。以前有人只认为借鬼、狐来反抗，以抒写不满，那只是一个方面，是不全面或故意要逃避的说法。如果一个作家，他作品最大的内蕴只是表明他是政府的反对派，那他就绝不是一个好的作家。

**穆**：蒲松龄在这本书里是放纵忘情地写自己的心迹的，由他对女子的态度，可以领略他是深陷于情的男子，他不回避，且以此为乐事，但作为一个好作家，他处理这类情事的技术手段又有俭约之明，整本书是没有过头儿的描写的，从写作的角度，你怎么看待蒲松龄？

贾：《红楼梦》是一部大书。曹雪芹的伟大之处在于，他在中国文学史上第一次把女子当作与男子平等的人去全面地写；蒲松龄的超人之处则在于写透了女子之美，写活了女子之美，在他的心性里，女子是集大美于身心的，丑的只是男子及社会。蒲松龄是从女子的人本身去写美的，写的是一个男子眼中的女子，而不是社会意义中的女子。

穆：批评界有一种说法说你的作品有汉唐之风，我不同意这种说法。确实，你私存了许多瓦当、汉罐，你也让你小说中一个人物吹响了"埙"，但我认为这和你作品的风采是两回事。

贾：私有了许多瓦当、汉罐就认为是汉唐之风，这你是误解了有人说的汉唐之风，从来也没人说我的风格是私有了什么而得出结论的。对于汉唐之风，要有正确的认识，不能以为慷慨雄健就是汉唐之风，起码不全面。我写作不管什么风格。谈论风格，那是批评家的事情。以我理解的汉唐之风，当是开放、包容、雍容大度，主要在于境界的阔大，想象力的奇雄。扬雄、司马迁、李白、杜甫该是汉唐之风的主要体现者吧，研究他们的创作就会明白一切的，或者，简单些，去看看霍去病墓前的石雕。汉唐之风的提法，主要是针对了一种小家子气的，浮丽的就事论事的宣传的，缺乏想象力的一种文学现象的。

穆：刚才是我表达得不全面。但你后面这一点看法是代表了批评界的这种说法的。如果单说想象力的奇伟放达，汉唐是不及先秦的，如果单讲包容，汉唐又是不及明清的，尤其是清，许多人物都是兼备百家的大才。汉唐之风实在是雍容大度的，文字中隐着百业俱兴的社会大景与大势，多在强调气度，少了个人的性情，当然，这是比较而言的。霍去病的墓是必须该看的，但武则天的墓也是可看的，看看那奇伟女子墓前的那块无字碑，我觉得汉唐之风的美是不能言说的，是感受的，就像我们乘船到公海上，身处浩渺无涯的海中央，还会生出在海滩上见到浪花的那种感叹么？

**贾**：你知道，我是不在乎批评家怎么谈的，我只注意我的写作，一个作家如果被批评家认为是早逝了的某个时代的再现，也不是一件好事情，至少不是一种夸奖。

**穆**：这我同意。你的写作既有想象力厚达的一面，更有深入人心的一面。另外，我也觉得一个批评家在对一个作家考察时，把作家放到以前的某种定式中的做法是不妥的，这太有点儿偷懒。西方的及俄罗斯的几位批评大家的大处，在于就作家论作家的。再有，我一直想知道你是怎么看待继承这个问题的？

**贾**：刚才我谈到了，事实上，我是很少认真地对待别人的看法与说法的，各人是各人的看法，我只是我的写法，且这写法也随着年龄、阅历、修养在变化。在继承这个问题上，我相信我是同于许多作家的，就是凡是有益于身心健康的都吸收。一个作家的成长，营养是多方面的，如吃食一样，过几天爱吃这样，过几天又爱吃那样。我叹服过先秦的放开与深邃、博广，沉溺过魏晋的随心而述、神采飞扬，对汉唐的雍容与饱满，在一个时期里又充满了敬意。另外，我喜欢过"性灵派"文人，读过"笔记小说"，感慨并忘情过元的戏曲及明清的叙事小说。我写作从开始到现在，吃的百家饭，重要的是，我是吃了饭才长大的。但吃了牛肉、猪肉、鸡蛋、青菜，我却不能说身子的某一部位是吃牛肉长的，某一部位是吃菜长的。

**穆**：这也正是读者敬你重你的地方。再者，就我们现在的文学继承来讲，我们大致有两个传统，一是五千年以来的两河文化底蕴，二是五四以来的文学改良热情及解放区文学的革命风骨，确切地讲，后者应该理解为前者的变化与发展，两者该是主流与支流的关系，你是怎么理解后者与前者的接轨及其内在联系的？

**贾**：说这样的话易于犯错误。后者的功绩谁也无法抹杀，但却未能全面地继承前者博大的文学遗产，直至现在，我们所说的"继承"，往往只是"继承"后者，而忽略了前者，把后者当成了"民族的传统"。后者接受了西方的相当多的东西，这是了不起的事情，但前者是形成了中国文学的完整体系的，我们现在研究的不多。在批评界，尤其有一种偏颇，一切以西方的哲学、意识、方法来套中国文学，套上的就捧，套不上的就否定。文学当然是世界性的，西方文学的优秀是值得学习的，但东西方的思维不一样，思维下的形式运用也不一样，应在适应世界潮流的前提下，研究清楚中国民族的哲学、意识、思维、形式，进行参照比较，才可能更利于中国文学的发展。

穆：说得太好了。许多搞批评的人不是在"套"，比"套"还不如，一些人仅是懂了西方的几本书，或者是几个人，就以为懂得了西方哲学体系。我去过一家餐馆，开办时是经营西餐的，后来经营不下去了，为了适宜吃者的胃口，就糅合了我们许多菜的调理办法，比如番茄牛肉汤，吃者在那里坐了，点了这菜，小姐问你，咸一点儿还是甜一点儿，有说咸便放盐，有说甜的小姐还提醒一句：可是腻呀。再有，这汤本是先端上的，若端上了又有人说，汤最后上吧，这汤就端回了。

贾：就是。用这个例子再回看文学批评，我实在是觉得我们该有自己的批评家。另外，有一种现象挺有趣的，我们许多搞理论的在搞文学批评，事实上文学批评同小说、散文、诗歌等文体一样，是心性的创作。除了见识的卓深之外，还应有其独到的阅读魅力的。

穆：我曾听到一位"权威"批评家谈其他搞批评的，使用的标准是：某某某的文章没有"干货"，某某的某个文章算什么呀，没归纳出东西来，某某某搞文学批评是没有希望的，他太富于想象，他该去写小说当作家的。可能在他的认识里，批评家的工作类于品酒师的职业，事实上，批评家就是作家的，我们的批评文章没有读者就在于这一点。

贾：这位批评家代表了我们传统的一种文学批评方式——点评式，在书眉上，行空处，三言两语，一两句撇出自己的读后感。西方的文学批评家是将文学批评作为一种文体的，它是同其他文体一同存在的。

**穆：**文学新时期是从二十世纪七十年代中叶开始的，你是亲自参与了整个时期写作的作家，你能否谈谈当代作家对我们刚才谈到的两个传统有哪些方面的贡献及不足？

**贾：**进一步发展了后者，对中国文学与世界文学的看齐做出了努力的。但对前者仍然认识和重视不足。前者是博大的，精华和糟粕并存，只有浸淫其中越长越久的，愈对其糟粕才有深刻的痛恶，愈对西方民族的优秀的东西才体会得真切，化合得自然，否则易流于纯形式的模仿，导致一种肤浅，说到底文学是一种境界问题。我们现在的作家普遍缺少中西贯通者，人不能贯通，所从事的事业必然难以宏大。作家需要写作的技巧，更需要胸襟、气度的修养，知己知彼，尤其是像我们这样文明如此久远的民族。

**穆：**当代作家中，你更喜欢谁的写作，他们影响了你吗？

**贾：**我喜欢的相当多，新时期文学以来，每一个阶段都有一些代表性作家，我关注他们，吸收他们的成果，每一个阶段的创作差不多都启示过我，但我没有成为某一阶段的集团作家的成员。我学习、吸收他们的成果是竭力想不重复他们。

**穆：**你是怎么看待孙犁和汪曾祺的写作的？

**贾：**他们对于中国文学的真正传统玩得老到，他们不是以某一部分或某一篇作品成名的，他们是以整个创作，或者说是以孙犁和汪曾祺而立身的。他们都是很平淡的人，同时也是博大的人，研究这种似乎矛盾的现象一定会使我们觉悟些什么出来的。

**穆：**到底觉悟了什么呢？

**贾：**每个人有每个人的觉悟。我是觉悟到了妙不可言的地步呢，对于这两位老人，是不能多说的，一说就偏离了他们的性情。再说，觉悟这两个字也不是可说的。

穆：在国外文坛上，你更看重哪个国家的写作？

贾：英国的、法国的让我们增加见识，开通思路；美国的、拉美国家的作家，使我们的实践产生启示；俄罗斯文学又给人厚重长气的感觉。

穆：你是怎么理解"愈是民族的，愈是世界的"这一说法的？

贾：一个国家的文学写作，如果不去追寻、适应世界的趋向，不解决全人类共同关注的问题，愈是民族的，就愈不是世界的。我强调的是前提，然后才是民族的发展。

穆：在众口纷纭中，有一种对你的担心我觉得挺有意思，即《废都》是你的精神疲惫之作，含义大意指的是你差不多"贾郎才尽"了，你自己觉得呢？

贾：艾青说：我之所以双眼饱含泪水，是我对这块土地爱得深沉。"贾郎才尽"，尽的是我的虚情与矫饰，尽的是我四十岁前的"少年轻狂"和"热爱自己"。

穆：但我认为这本书里，你对道家的、儒家的、佛家的及平民抗争的东西都进行了铺陈与敞开的描述与形象思考，我觉得有这种思考力的人不可能精神疲惫，至少目前不会，你有新的写作打算吗？

贾：我是病了，心有余而力不足，所以《废都》后只写些短作品，但我没有停止酝酿我的下一本书，这方面我不愿多透露，我也不要多说什么，因为创作是我个人的事。

穆：有的新小说家认为小说中的"情节"与"冲突"问题已经被昔日的大师们彻底解决了，目前最大的问题是解决"语言"和"技巧"，你怎么看待这种说法？

贾：我面对的只是我的创造，我知道我做过了什么和还要再做什么，我常常怨恨进入的这个世纪和我自己没有了昔日大师似的那种胸怀和境界了！小说是一个整体，好小说更是一个不能分辨细致的混沌体，这又不是修理电视机，说显像管没有问题了，剩下的只是检查电路。

**穆：** 小说中的"技巧"怎么理解？你是怎么认识"技巧"在小说中的作用与应用的？

**贾：** 是认识世界的方法，随物赋形，这就是技巧吧。没有技巧不可能完成小说，有了技巧不一定就写出好的小说。

**穆：** 海明威说他经常在正写着的故事里休息，你有过类似的感受吗？

**贾：** 正是这样，许多人常可怜我写作苦，其实一个常写作的人并不为写作所苦，我好像有写作病，不写倒觉得苦。我的病曾经很严重，每一次住院，最多静静躺十天八天，稍有力气，就要坐在床上写些短文，那确实是一种放松，一种休息，一种享受，越有烦事缠身，写文章越能心静。

**穆：** 你写作时陷入"虚幻"吗？读你的中篇小说《佛关》时，面对着你对蝴蝶和那种小虫子的大段落的幻象式的描写文字，就觉得你的那一刻是升腾或沉浸得太遥远的，你能谈谈你的这种陶醉状态吗？

**贾：** 我是常常陷入这"虚幻"的。陷入这虚幻之中，那文笔是很灵活的。不可否认，我常常在创造"第二自然"，我自己又无法解释这种现象，我想，一个作家所强调的想象力，是不是这也算其中之一呢？当我写作中不进入这种虚幻，笔是很涩的，脑子也转不起来，有些木。每每这样的时候，我就知道是该出外走一走了，到山里去，尤其是到我家乡的山里去，一走，周身上下就鲜活了。好像一个缺血的人又输了血的状态。

**穆：** 你写过一句话："我喜欢森林顶的天空"，这可以理解为你的审美境界吗？

**贾：** 我说那句话，是指群木生长，要长直长高只有望着天空，拥挤着往上。我在《四十岁说》这篇文章里，强调过"云层上边是灿烂的阳光"，是说东方、西方，尽管思维不同，不同的思维下所产生的表现形式不同，但任何云层之上是相同的，我们应追求那大的、相同的境界，这是我所追求和努力的。

**穆**：那可是真空的境界，是没有适宜呼吸的空气的。

**贾**：这只是我的比方而已，这阳光灿烂的世界是深入在我心灵里的，在一个欢欣的人眼里，即便是阴天也是阳光充沛的。

**穆**：和开头比起来，我觉得你小说的结尾更独到一些，比如《腊月·正月》，比如《天狗》，感觉是在公共汽车上，司机突然刹了车，人们还要惯性地往前冲一下。但叫《小月前本》的结尾似乎不尽人意，好似是出于无奈，或有什么事情急着去办，就草草结束了。又好比吃面条，夹吃的一根太长了，嘴一累，索性剪断一截。你能谈谈你是怎么处理小说结尾的吗？

**贾**：我喜欢戛然而止，而留下让读者去神思飞扬。或者是，一个完整故事，我只写出一半，暗伏一半。你见过秦岭中的河吗，常常是很大的水流着流着就没有了，渗了，变成暗流了，需要走很远一段路后，又冒出来流。

**穆**：这种经验我也有过。我是在河北平原上长大的，大学毕业被分到了承德。那是燕山山脉的腹地，最早，我在一个叫大庙的铁矿学校教书，身在矿区，走不了几步就是山，高高低低连连绵绵的山，开始的一段时间，我每有空闲时间，就寻着山间的水流走，那是很新鲜的，对山新鲜，对山中各样的石头新鲜，对那亮亮细细的水也新鲜。那水是从石缝中滋滋往出冒的，好像地下有一只纤纤女子的手在挤似的，那水是甜甜的。只是承德山脉间的水细，没法和秦岭比较呢。

**贾**：你有时间的话，真该到秦岭一带走走呢，看看那里的山、水、怪石，还有走兽，实在给人幻想和启发。那水流的方式是极像好小说的处理的，在纸上流着流着就突然没有了，原来是潜伏着流入读者心里去了。

穆：你最满意的小说结尾是哪一部？还能回忆起当时写作中关于结尾的具体考虑吗？

贾：那个《五魁》的结尾我满意。五魁对那个女人的幻想破灭之后，原本我再写五魁以后的巨大变化，但我没有再写，只留下一句话，说五魁后来做了山大王，下山抢了十一个压寨夫人，被衙门在通缉着。我想，对这样的结尾，读者会各人有各人的补充，我仅在提供了后边的发展线索，就没必要再去写，可能读者会补充得比我精彩。《废都》的结尾我也是满意的，发表后，收到许多读者来信，都在设计庄之蝶是死了还是没死，掐死又该怎么办？四川一个作家，甚至写了一部三十几万字的续书，让原来的人物又组合了一个故事。

穆：你自己最不满意的小说是哪一部，不满意这部小说的哪个方面？

贾：有一部叫《山城》的小说不满意，现在读起来很涩。记得写作的很费劲，主要是想象力的翅膀没有飞腾起来，不得心，即不应手。

## 第五天 事记

这一天是最宁静的一天，没有谁来打扰，甚至风敲窗子的声音都很轻，在书房里，我可以听到空气交流的声音，一小片阳光从阳台上照进来，光线控制内的那片空气尘土飘扬的，简直不可救药。

这一天没有事，只有我们的交谈。我们的交谈已录于前面，我在此辑录几段准备这次交谈时做的读书记：

1. 美国作家威廉·迪安·豪厄尔斯致侨居英国的作家亨利·詹姆斯的信（一九八八年十月）：

我自己对"美国"并不十分满意。它似乎是天底下最荒唐、最不符合逻辑的东西。我认为，我对美国感情淡薄是因为它不让我热爱它。我并不愿意借助笔墨表述我那些放肆的社会观念。

五十年来我乐观地对"文明"及其最终取得圆满结局的能力表示满意，但是我现在却憎恶"文明"，觉得它最终必将一败涂地，除非它重振旗鼓，以真正的平等为其立足点。不过，此时此刻，我正身穿毛皮里子的大衣，享受着我的金钱能够买到的一切荣华富贵。

2. 美国小说家富勒的游记小说《最后的避难所》：

我生活在海边，但事实上甚至从未尝试过走进水里，我看着别人走进水里，我尽我自己的努力，记下了他们似乎感觉到的欢乐以及他们似乎冒过的危险。然而海浪一旦偷偷地扑向我的脚趾，我总是不由自主地退回到干燥的沙滩上。

3. 英国美术史论家E·H·贡布里希《秩序感》：

事实表明，研究图案制作艺术就像研究别的艺术一样，需要的是耐心。一个常规体系要想变得明确化，直到其中所有的微妙变化都得到解释，那要花相当长的时间。如果我们不被新奇和变化所迷惑，我们也许较易于获得一种新的形式语言。如果我们让这个常规体系超负荷，那么我们就会失去秩序感的支持。

4. 哈罗德·罗森堡《荒野之死》：

一代人的标志是时尚，但历史的内容不仅仅是服装与行话。一个时代的人们不是担起属于他们时代的变革的重负，便是在它的压力之下死于荒野。

## 第六天 白日的梦想：女性与性问题

**穆：**你的婚姻往日是被人们称道的，突然间离婚了，一时间人们理解不了，你愿意谈谈这个问题吗？

**贾：**在这方面，我需要安静，需要保守我的私生活了。

**穆：**你以往的文章中，多有关于你妻子的描述，许多次谈话中，也总是提及她是你写作女性的第一模特，你现在怎么看待这些话？

贾：我说过的话没有一句是假的，情况的发展归发展，但不能否定以前的事实。

穆：你最近又写了一篇关于你母亲的文章，是什么原因使你写这个文章的？

贾：我写过两篇关于母亲的文章，一篇是小说，一篇是散文。写这类散文，我只是寄托我的感情，没有丁点儿虚构成分。人到四十岁以后，常常检点做儿子的责任，也是当处于生活困难时，或许说受伤了，就有了恋母意识，这如安泰和大地的关系，母亲永远是儿子的依靠。

穆：你那篇悼念你父亲的文章，让许多人读了都落泪呢，在你心目中，你父亲是怎样的一个形象？

贾：父亲正直，宽厚，爱热闹，乐于助人，但他对儿女脾气暴躁，严厉。他一生都想：干点儿轰轰烈烈的事情，但所处的社会环境不好，命运坎坷，终未奋斗有成。他雄心勃勃，却苦于生计所累。作为社会上的一个人，他是平凡的；作为我的父亲，他是伟大的导师。

穆：我读过你的一个文章，记不准篇名了，其中有个细节非常感动我，是写上大学以前的，你在一个工地上干活计，有一天改善伙食发了三片肉，你吃了一片，另两片用麻叶包了，带回家给了母亲。你能在此谈谈你小的时候，关于你母亲的一些细节吗？我指的是生活中一些细碎的却留给你很深印迹的细节。

贾：母亲对于儿子的亲情，全人类都是一样的。人可以忘掉一切，儿子是忘不了母亲在生活中的细节。我母亲就是一个没有文化的乡下女人，她自己没有惊天动地的业绩，对我只是从生活上，从做人的态度上关心我，牵挂我。在《我不是个好儿子》的散文里，我写了许多。现在，我再谈一个细节，当时我父亲在"文革"中遭到迫害，成为五类分子，父亲领着我去三四十里外的山里打柴，母亲那时多病缠身，也来接我们，她走了十里路才接到我们，将两个人的柴分作三人来背。那天风很大，母亲一手捂着肚子，双脚困难地迈着走，她是患胆结石的，背了柴在前边走，我看了非常难过，当我路过路边一个被拆掉的什么神的庙的时候，在心中就暗暗请神，发誓以后长大了，一定要好好供养我的母亲，让我的母亲活着像旁人一样幸福。母亲在那天的形象，在我当了作家后，时常就浮在眼前。我是个平民的儿子，我无法割断对平民的感情。如今，我更是看不惯对父母不孝的人，谁对父母不孝，谁不会成为我的朋友的。

穆：在你的小说里，写过各式各样的美女人，你却没写过全丑的女子。《黑氏》中的黑氏虽然面目丑一些，却是心美得无限。你觉得女子之丑丑在哪里？

贾：我以前真不愿把女子写丑，认为女子投世就是来贡献美的。写完《废都》，我是立意要写美女人，也要写丑女人的。女子之丑在于凶狠、自私、啰唆、泼赖、猜忌、虚伪和矫情。

穆：你小说中的女性，有的美出母性，有的美在妖娆，有的美于静，有的美于病，现实生活里，你注重的女子之美美在哪里？

贾：女性的美是多方面的，各式各样的。世上最美的风景不在名山大川，而是人，尤其在女人，女子是世上人间的大美。男人有许多丑恶，其中之一是喜新厌旧，如果以一个男人的目光去看，他没得到的都是美的。许多男人注重女人之美都有自己的着眼点，如先看到脸，头发，还是脚、手、腰等。当然，空谈归空谈，一个男人只能面对了一个具体的女人，才能真正注重她的什么。我更喜欢气质，气质是什么？什么样的气质？你一定还要追问这么一连串的问题，我只能告诉你，面对具体对象时有一种意会而不能用言语准确说出的那种东西，我叫它气质。

穆：那正好应了一句俗语："妙不可言"。

贾：正是这样。大美的女子是传神入画的，是最好的境界，是语言无法描述的。如果说，一女子的嘴真是长得好，一定是鼻子或眼不好，才衬出嘴好。这美又不是数学，可以用加减乘除计算出精确数字的，大美就是在于不可言传之中的。

**穆：**你小说中的一些女子，美丽得有些妖娆之气，颇类似《聊斋志异》中仙狐异兔的美法，如《佛关》中的兑子，《美穴地》中的四姨太，《五魁》中的女人，《白朗》中的女人，等等，女子的这种美是悖于我们观念中的女子之美的，是"水祸之美"，是理念中的大丑，你这么写有什么特别的立意吗？

**贾：**这样的女子或许是悖于我们的观念中的女人之美的，但我从内心深处是厌恶这种观念的，这是我们旧道德中最腐臭的东西。我写作的时候，是出于人的本性，出于一个男人的本性的，所张扬的是一个本质的、天然的女人味的，现实生活中，经常见到这一类人，他们主张这样的女人是做妓的或做情妇，或做朋友，却不能做老婆，他们希望自己的老婆安分守己，又盼望别人的老婆放荡，如果所有的男人都这样，那也就没有妓或情妇了，这就是男人的丑恶，这种丑恶从古至今延续着，而所谓的"我们的观念"，正是从这种丑恶中产生的。

**穆：**你小说中的这种美是缘于生活，还是源于你的臆想？在你以往的作品中，你对这种美丽几乎持的是仰视的态度，但在《废都》中，这种态度完全变化了，庄之蝶成了神，对待女人犹如大佛摸顶施恩泽。召之则至，摆手则去，这种处理手法是完全不同于你以往的小说的，这变化又怎么理解呢？

**贾：**你讲的是庄之蝶与几个女人相好之后的情景，他们的初识你却忽视了。男女相好之后，是不存在谁主动与被动的。男女之间未相好时多是仰视，是神，灵与肉结合后，那就是人的活动了。《废都》写的是老俗的故事，既然是日常生活，具体地写了吃、穿、玩等琐事，性的事不写是不真实的。这是题材决定的。《五魁》写一个男人对一个女人的臆想，写一个男人内心隐秘的激情；所以没有写到性的行为，是仰视的。《废都》是庄之蝶在俗世中的沉浮，他对于女人，女人对于他，就只好都俯视了。

穆：性在写作中是一个十分危险的东西，稍不留神就会变得俗不可耐，或目不忍睹。你在小说写作过程中是怎样具体把握这个问题的尺寸的？

贾：我在小说中不可能不注意到国情世情，但有的小说，因题材决定，不接触到性又不能传达清楚我要表达的意思。我还是大着胆去有限地写了。写到性，性实在是为了人物，为了立意所把握的一个区域，一个尺度。遗憾的是，我虽然小心翼翼，仍是踩了地雷，这个区域布满了地雷，寻其中通过的路太难了。从此岸到彼岸，必须要经过雷区的话，我只有冒险了。

## 第六天　事记

贾平凹基本上出院了，大部分时间在家里，只是偶尔到医院做做检查，探望探望医生，我们交谈这天上午，窗外的树上已有了新叶。打开窗子，春天的感觉就迎面扑来。

我们是从气功谈起的，这一段时间，他在用气功自行理疗。他见我随身带着相机，便说："你给我拍，我一发功，闪光灯就不亮。"我照他说的去做了，镜头对着他的脸部，一按快门，"啪"的一声，镁光亮得他闭了一下眼睛。之后我便笑，他却认真地说："有天一位女作家要我与她合影，我们坐好后，我便对着镜头发功，闪光灯就没亮。"

"那一天可能没装电池。"我说。他笑着摇头。

谈到中间，一家报纸的副刊编辑请他写版头，"沉香亭"三字，他横写几个，又竖写几个，都不满意，那编辑就劝他发着功题写，他静了一会儿，提笔写了，果然极好。

这一天谈得拘谨，许多话题他都不愿多谈，似乎一心专注着气功的法术。

## 第七天　快乐的人心

穆：今天是我们交谈的最后一天，是第七天，上帝是宣布在第七天休息的，我们谈一些快乐的话题吧。

贾：能快乐可是一个人的福分，可是快乐在哪里呢？

穆：生活中你感到快乐的事情是什么？

贾：一般地讲，完成了我要完成的一件事，如在摆脱杂事之后写完了一篇文章，觉得对父母、亲朋照顾不足，有了不平衡，唯一解脱的只有寄些钱，去邮局把钱寄了之后。再有，想见某个人时，突然这个人就来了，或者到大街上一抬头就见着的时候。

穆：打麻将赢了快乐吗？

贾：这是很快乐的。我打麻将手气极好，说留哪副牌，哪副牌就顺着上，和单张牌或中间夹张牌的时候，特别爱抓炸弹（陕方言，指自摸）。写长篇的时候，写上一整天，晚上再打一会儿麻将，就休息过来了。打麻将的时候我绝不想写作的事，写作起来又忘了打麻将，这也叫物我两忘吧。

穆：你打麻将有过通宵的时候吗？

贾：以前有。现在不行了，晚上不睡觉，第二天整整一天头都疼，第二天的情绪都受影响。昨天晚上就打了，在一个朋友家。可能是时间稍长了一点儿，头就有些疼了。

穆：昨天是输了还是赢了？

贾：输了。可是最后我连坐好几庄，那三个人一哄而散谁也不给了。

穆：噢，是为这个头疼。

贾：（笑）那倒不是。

穆：许多人都神谈你的卜算，并且你也时时以此自诩。你凭借什么卜算？

贾：天机岂能泄露？！

穆：这是天机还是人机？

贾：（笑）这也不能泄露。

穆：那天在医院，正好见到一个人从日本捎来作家井上靖把他的新作《孔子》送你，你见到书面上的题字，便说井上靖老人的心脏动过手术，你是为什么说井上靖的心脏上挨过一刀？

贾：对他的题字，只是一时的感觉，或许是完全错的。卜算是很神秘的东西，这里边的故事太多了，你见过乡下的阴阳先生吗？我接触了许多，论说他们有的没有多少学问，具体道理也讲不出来，但谁家死了人，他让几日埋，按时埋了就没事，不按时则横事迭出。打墓是这样，盖房也是这样，我想，这种职业的人，干的时间长了，他已不是他自己，他代表了神秘的力量，替神行令，他的话就是准则。这似乎有点儿像某些领导，他的本事并不大，能力也平平，甚至到了平庸，但他在位上，他的话你就得记录，就得去贯彻执行吧？

穆：这和平庸的领导应该是两回事吧。我是见过，也听说过乡下一些阴阳先生的，听说过关于他们的许多说道，这些人在乡下很受敬重。我知道有这么一件事，我读初中时，一个同学，是女同学，她们家自从翻盖了新房新院子后，家里就总是有事发生，先是一只养了多年的猫死了，家人以为是老死的，就没在意；后来鸡呀、猪呀的养不大便死；再后来，她奶奶就病了，本来老人的身子骨硬实实的，说病了就起不来床了，许多医院也查不出病因，不久就病逝了。又过了一段时间，她爷爷又病倒了，一家人慌了手脚，求人从远处请来这么一位老先生。这老人在院子里转了转，让把沿路的院墙扒掉，向里移半米再把墙院正中的门楼移到边上去。这门楼正对着一户人家的后门，这两家人是很好的邻居。果然，这样修好后，她爷爷的病就好了，家禽家畜也旺盛了。我一直不明白其中的奥秘，后来，了解了一点儿我们古代民间建筑中门不对门、路不通路的事理，才知道，我那同学家是犯了民俗的忌的。

贾：这样的故事很多，这其中的神秘又无法说清楚。在乡村里一排房子与一排房子之间的路不是端直的，总有进出的起伏。两户人家的门也是不能相对的。这样的事还有许多，有一年我回老家，才进院子，见到我家老槐树的树身上凸出一个包，我以为不吉，拿斧子砍掉了。才砍了我就后悔，恐这包要转移到人身上。果然，我回城不久，父亲来城里看病，一查却是癌。当然这不一定是必然，但这其中的玄理有谁能说清。

穆：在朋友间，相传着你的不少给别人预测的故事，最有趣的是，你曾测出一个人得了附睾炎，有这事吗？

贾：（笑）这事说起来很有趣的，是凑巧的。那是在一次作家的聚会上，晚上到餐厅去吃饭，才到餐厅，一张桌子上就有人叫我，我坐过去，他就要我测测他的身体状况。我看看这朋友，又看看他周围的环境，这人头顶上的两个壁灯偏偏就亮着一个，一种感觉立即告诉我，他是有附睾丸的，且正在严重着。一问，果然就是。这测算是神秘的，但又不是很神秘的，这一切是服从于周围的环境，就像打仗一样，就说我们这屋子里吧，这桌子，这窗子，这门，这椅子是各就其位的，一旦战事发生，有人攻这屋子。首先，这门是要堵上的，它就不再是门了，窗子成了射击口，桌子成了掩蔽体，如果对手冲进来，这椅子又成了进攻或防守的武器，那么，它原来的意义就全变了。那人要我预测时就和这道理一样，他一开口就等于发出了战斗的命令，他周围一切的意义就全变化了，那壁灯也就成了兆示他身体状态的物事了。

穆：今天我们来测一个字吧。

贾：好吧。不过先要声明，我们这是在游戏。不当真尽管不好，全部当真也不好。你说吧。

穆："武"，就是武术的武字。

贾：（用手指在桌子上反复画几遍"武"字，沉吟了好一会儿便问）你想问哪些方面的事？

穆：大事。事情越大越好，我指的是人生最大的事情。不一定是我的，可以是国家的也可以是地球的。

贾：（又沉吟一会儿）有一个大人物今天死了，（又停顿了一会儿）就是今天死的，这是个很重要的人物，我说不准是不是咱国家的，可能是，也可能不是。晚上，我们可以看新闻联播。

穆：新闻联播一定播吗？

贾：会播的。你尽管相信我这预感，错了的话，我请你吃浆水面，我豁出去了。（注：浆水面，西安小吃，面条的一种。价值一元二角一大碗。这浆水面我是没有吃上的，晚上，新闻联播发布了美国前总统尼克松逝世的消息）

穆：要等到晚上看新闻联播，还有几个小时呢，我们再测一次吧。你测测关于我的小事，我爱人什么时候调到西安来？

贾：你得再说一个字。

穆："平"，就是贾平凹的"平"字。

贾：（依旧在桌子上画"平"字）还要等一段时间，不过时间不长了，你看，这个字是"干"字中间有两点拖累着，就是在"干"净利索中间有两点拖累。

穆：这拖累可是在你！你是主编，又是主席，再说这个平字也是你的名，是不是可以说，这事在你名下拖累着。

贾：（大笑）这可是你测的字，我不是说了，时间离干净利索不长了。（注：我从石家庄调到贾平凹主编的《美文》杂志。妻女仍屯居在原籍，提议测这个字，用心亦在委婉地"批评"领导。）

穆：*你谈谈"《易》"这部书吧。*

贾：《易》太博大深奥，读它是读哲学的，至于数的方面，虽然有时玩玩，却没时间和精力钻进去。这是一部一生都要读的书。

穆：*在给别人题词时，你时而引用《道德经》中的文句。美国有几种《道德经》的译本，其中一本是意译的，书名被译为《生活的小路》（Life A War）。你怎么看这本书？*

贾：《道德经》比《易经》更实用。中国古人的智慧真是伟大，我们现在讲这样，讲那样，古人其实都说过了，我们只是在演义罢了。数年前我下乡采风，常带这本书。但我学得不好，许多东西，一看就能悟到，却难于做到，这是我感羞耻的。给别人题词时，我喜欢引用其中的句子，符合缺什么说什么，给别人写，其实也是给自己写。

穆：*你在寺庙道观内有些朋友，能谈谈与他们的一些往来吗？*

贾：是有一些朋友，有些是登门结识的，又有一些原来就是朋友，后又入了道门的。与他们往来，一是了解一些事情，再是交谈一些哲学方面的见解。在陕西的民间是更有一些高人奇士，这方面我交往得更多些，他们中的一些人，对天文、地理，对于社会及人的见解，对我有过很多的启发。

穆：*你能说一说民间的这些奇士高人吗？*

贾：这是不能说的。我曾有过一个长者朋友，我是听人说了，跑很远的路去结识的，聊得很投入，后来有家发行量很大的杂志把我与这老者的几个合影，配文字发了。不久，这老者便逝去了，其实这山里的老者本看不到这杂志，一定是泄了什么才至此的。这样的事情还有，我在写作中也总出现这类事情。我曾在一处采风，结识了一个很有特色的人，又从旁人的嘴中了解了他的许多故事。回来后依此构思，又综合其他的一些人事写了一个小说，为了小说的发展及情节更具社会意味，我将这人物的结局处理成"死"的，但事隔不久，我听人说，这人竟真的是死了，我为此好久都不安呢。

穆：人的生死是天意的，可能你写这人继续活着，且活得愈发光亮，该死还是要死的。

贾：我也是常这么想，来安慰自己。但还有其他一些人与事，写进我的小说，发展都类似呢。

穆：这便是你作为一名作家的高人之处了。许多的读者尊重你，不仅仅在于你的文笔好，更在于你文章中隐着一种"气"，这是多年品察社会，体味人生的心悟所得。这"气"是合了天意的。

贾：谢谢你这么理解。

穆：你是与一些和尚有往来的，又研读过不少佛经及谈佛的书著，佛是倡导超度众生的，佛也讲究"缘"，这个缘与我们常人讲的"缘"有区分吗？

贾：缘是不分佛与俗的。我觉得人的一生得失都是有缘的。说个笑话吧，我平日喜欢在脖子上系石头，在写《废都》时，我动笔前去游陕西的一个佛教圣地香山，在山下捡到一块石头，上边自然形成了一个柳体的"大"字，我就系在脖子上，直到此书正式出版。去年夏初，有人送我一架古琴，原本黑色，却透有红色，我老觉着是卧狐。到秋，有人就送我一个木雕，是狐形的，白色。到冬天，我一个久别的同学来我家，让我看一块小石，上边天然形成着一个坐狐，惟妙惟肖，我索要，他说，这狐石怕要归你了，我怎么一见你就想给你看，这可是我装在身上七年了。我说，我也等了七年了。这狐石便归了我，我系在脖上。怎么那一段时间，朋友们都送来关于狐的东西呢？有一个时期，我走到哪儿，结识的、碰到的女性都有叫红字的同音，如红、鸿、宏、洪，可过了一个时期，又差不多全是梅字，我都十分惊奇。

穆：贾宝玉也时时有这类惊奇呢，他梦中游历幻境，意淫秦可卿之事，这也是缘吧。

贾：（笑）是缘倒是缘，最好别这么类比。

穆：我新近读到你的一篇随笔，叫《红狐》，是写一把古琴的，又似写一心得女子，行笔深幽幽的，如梦如幻，字里字外绕着"缘"字去写。你记得这个文章吗？

贾：当然记得。这是我去年生病期间写下的，去年，身病与心病同时缠着我，挥袖不去，乱心气肝的事却不召自来。许多知心的朋友都来看我，人散后，那心境真是像丰子恺一幅写意画：一个人反剪了手仰头望着如钩的月，身后一张冷茶桌，杯盏已冷，人去椅空。一个人在这状态下，是时时有异想的。

穆：去年一位作家来西安，我们一起去了大雁塔，你是入了佛堂门槛纳头便拜，每见一佛你都拜的。一般情况下，你是见佛就拜，还是加以选择？

贾：其实拜佛是在拜自己，求神也是求自己，那时节我心乱呀。

穆：西安有几座清真大寺，我住的地界恰好在"坊上"（伊斯兰居住区），早晨时时伴寺内悠悠缓缓的唱经声醒来，那声音远在天国，又如近在眼前，实在是醉人。你去过清真寺吗？

贾：去过几次。那唱经声我也听过，实在好听。

穆：你能比较着谈谈道观、庙宇、清真寺吗？谈谈各自的建筑特色也行，谈谈走进这些建筑的不同感受。

贾：这是个好话题，我的感受也很多，但还是别谈为好，于各宗教门类，我们毕竟有许多事理不懂，谈不妥不如不谈。

穆：那好，我们就谈你的画吧。你最近画了一批画，差不多快成专业画家了，你怎么看自己的画？

贾：你看到的这批画，是前一阵去四川绵阳画的，我感觉画得很好，墙上不挂别人的画，只挂我的。我的画技巧不够，画面上传达的东西却比一些画家的画要多，这令我产生出自信。

穆：画家有一辈子画驴的，作家一辈子写驴就不行了，这是作家与画家的不同。画家可以把对时世的激情与嘲讽移情在动物或花朵上，而作家则不然，必须诉诸文字。你怎么看待作家与画家的区别。

贾：这应该是一样的，只是表现形式不同。有的东西，可以画，却不可以写出。有的东西可以写出，却形不成画，这就是各自之所以独立存在的原因。画家与作家都存在着一个大和小，真和伪的问题。

穆：就我个人性情来讲，我不太喜欢太重技巧的画家与作家，不喜欢心计太强的从事艺术的人物。无论我读书或赏画，感觉到其中有技巧，在作怪后就失去兴趣了。我喜欢宋朝一个画家，名字记不住了，他以画兰见长，金人侵入中原以后，他便只画水中的兰了，一日，有朋友问他为什么不画土了，他愤愤地说："土被金人占了！"可见，这兰是寄予了画家的风骨的。

贾：是的，这样的画家是令人敬重的。我也是不太喜欢技巧型的画家，但没有技巧又成不了一个好画家。

穆：我们聊聊音乐吧，音乐这东西是与血液和神经一类相通的，我不懂乐谱，却喜欢看，看看那一连串蝌蚪一样的符号就觉得心中有什么东西在涌。我不爱看简谱，尽管懂一点儿，却令人觉得眼花缭乱的，看久了心还烦，我不爱看音乐会，却爱听录音，听着也投入，而去看音乐会，心思就跟着指挥和演奏者转，根本听不着音乐的。

贾：我是音乐的外行，不识乐谱，也不识简谱，却是极喜欢听。有时候听过的一首喜欢的曲子，自己一个人的时候，那主旋律被什么触着了竟能又从耳内飘出来，这时候，我就生出本来是该去搞音乐这一行的错觉。

穆：有时候走在路上，一片落叶砸在肩上也能感触音乐呢！

贾：对，落叶呀，雨线从空中斜落呀，一幅耐看的精美的图片呀，随手放置在地上的一本什么书呀，这些都可以的。

穆：你在《红狐》中写到的古筝，就是这一把吗？（我轻轻触了一根弦，那琴古色沉着地回应了一声。）

贾：就是。这是我极喜爱的，寂寞的时候，它能准确地传我的性情的。

穆：你现在是不是即兴弹几指？

贾：现在不行，我不投入，轻拨慢挑的话，它也不会十分回报的。

穆：在小说《废都》中，你直接写到了音乐，这大概是你第一次用音乐传心情吧。你借助小说中一个人物的嘴，吹出了幽幽切切的埙乐，那若隐若现的乐流贯穿着这部四十万言的小说始终，真是有如暗流一般的线索发展。而在小说中以起伏的音乐流动做线索，又配以牛的自言自语及拾破烂老者的谣辞做明线，实在是你的高明之处，你最初写小说时就这么设计好了？

贾：是的。你发现了音乐的暗线索，我非常高兴，你是理解了这部小说的。很多人只是发现了牛的自言及拾破烂的谣辞，这是小说层面的东西，就像太多的人读《废都》只为去读性描写。我以往没这么处理过，我在写作时，是有意没分章节的，心内就由那暗暗的埙乐控制着小说情节的发展与变化。

穆：埙是一种什么乐器，它的吹奏办法有什么特点之处？

贾：小时候在乡下，我们做孩子的常用泥挖一个像饺子或像牛头的那样一个东西，中间是空的，上面有一个孔，吹起来呜呜嘟嘟地响，那时候我们就叫它"牛头哇呜"，这是我最早接触的乐器。后来见到埙，才知道埙就是从"牛头哇呜"演变的，或者，埙是正经乐人的乐器，"牛头哇呜"是民间的仿制吧。埙是古乐器，但现在极少见，一般市面上的乐器店里没有，一些学音乐的人也不大清楚。现在的埙被改造了，有十一个孔，善吹一种浑厚的、幽怨的调子，发出的土声穿透力特强。

穆：你在小说中，经常引用民俗的情歌，你说一说你了解的各地的这类歌曲吧。

贾：我熟悉的只是陕南的情歌。我到外地乡下，喜欢学唱民歌，参观红白喜事，吃小吃，看戏曲，以此来了解那里的人情风土。陕北陕南的民歌不同，节奏起伏与各自地貌相似，陕北民歌悠长、缓慢，陕南民歌急骤、高亢、变化多。但陕北陕南情歌都大胆表达情感，语言生动，陕北都是"哥哥""妹妹"之称，陕南则是"小郎""姐姐"之称，很有意思。

穆：你能不能唱一曲民歌，作为我这长篇访谈的结束。

贾：好吧，我唱的歌词可能不准，但歌调是极准的。你仔细听好，我唱的《孝歌》是原汁原味，是正宗。（说罢呷一口茶，清了清嗓子，便投入地唱了起来，一边唱，手在膝上拍着节奏，声情并茂。下面是根据录音整理的歌词。）

## 孝　歌

哎知道了喂

我亡人到了奈何桥

阴间不跟阳间桥一样

七寸的宽来万丈高

大风吹得摇摇摆

小风吹得摆摆摇

两头都是铜钉钉

中间抹的是长油胶

有福的亡人桥上的过

无福亡人打下桥

早上的过桥桥正在

晚上的过桥桥抽了

亡者回头把手招

断了的阳间路一条咿!


关于《孝歌》的题外话:

《孝歌》是祭奠亡人的歌词,在陕南的民俗里,一家的亡人,百家的丧。《孝歌》是在人去世后,第一晚守灵时所唱,一般是要唱通宵的,因而《孝歌》歌词长,不同的村,不同的龟兹班又有不同的词,但曲调是一致的,歌词的内容也相差无几,先是描述人到阴间的道路、环境,然后历数前朝后代的帝王将相及历史闲情掌故,再后来便是颂扬贞女烈妇,善劝活人。唱到后半夜,唱班人、守灵人几近困乏的时候,又有趣味横生,甚至乡俚野话的男女艳俗唱段,以便醒神。综观这通宵的"歌会",给外人的感觉时悲时喜,如人生一般的无常变化,这又给人一种山里人对死亡的达观见识的感触。

# 答人问奖

　　获奖是好事，也不一定是好事，不获奖是坏事，也不一定是坏事。写作为的是心中垒块发泄，不是要摸彩票。天生人生物，也生文章，男女构精是人欲不能自禁，阴阳鼓荡所致，不期然而然生子，而一交接只为了要传宗接代，却十有九者不孕，若为获奖去写作，写作必成了苦事，硬着头皮去写，哪里还能获奖？写作如地生草芽，该什么时候长叶就长叶，该怎么开花就开花，如流水，行所不得不行，止所不得不止，一任自在。待心中垒块发泄，是好文章，必然就有了责任，也必然可能获奖，是坏文章，想要什么责任和获奖那也枉然。那么，获奖有什么可追求的？获不上奖又有甚沮丧的？加上如今设奖的人都有功利性，他以自己的功利心来要求作品，获了奖就一定能流传后世吗？那就更不必失意的了。

# 惜　时

## ——致青年朋友

　　我在年少的时候，喜欢做大，待到老大了，却总觉得自己还小。四年前的一日，与几个同学去春游，过河桥，桥面上一个娇嫩的女人抱了孩子，我们说：现在是娃生娃了！那女人回头说：不生娃生老汉呀?!挨了一顿骂。她骂倒无所谓，说我们是老汉使我们惊骇了。也自那回起，我发觉我越来越是丑陋，虽然已经不害怕了天灾，也不害怕了人祸，但害怕镜子。镜子里的我满头的脸，满脸的头。我痛苦地唱："我的青春小鸟一去不回来——"真的不回来了！

　　基于此，我不大愿意提及我以前的作品。近几年关于我的散文编选过多种版本，我决意自己不再编，也不允别人去编了。但徐庆平反复地说服我，尤其以给青年朋友编一本为由，我难能拗过她啊。还是徐庆平，女同志，在我默允了她的编选后，又提出要写个序的。唉，牛被拉上磨道了，走一圈是走，走两圈也是走，这也正是失去青春而没有自信的无奈。

　　人不年轻，借钱都是难以借到的。

　　我说这些并无别意，只是过来的人，想让年轻的朋友还年轻的时候好好珍惜。对于时间的认识或许所有的人都有饥饿感，但青春期的饥饿是吃了早饭出差赶路，赶到天黑才能吃到晚饭的饥饿，而过了青春期的饥饿是吃了上顿不知下顿有什么吃的年馑里的饥饿。

# 走进塔里木

　　八月里走进塔里木，为的是看油田大会战。沿着那条震惊了世界的沙漠公路深入，知道了塔克拉玛干为什么称作死亡之海，知道了中国人向大漠要油的决心有多大。那日的太阳极好，红得眼睛也难以睁开，喉咙冒烟，嘴唇干裂，浑身的皮也明显地觉得发紧。车上的司机告诉说，地表温度最高时是七十度，那才叫个烤呀！公路未修的时候，车队载着人和物资从库尔勒出发，沿着塔里木盆地边沿走，经过阿克苏，经过喀什，再到和田，这是多么漫长的道路，然后沙漠车才能进入塔克拉玛干腹地。这么一趟回来，人干巴巴的，完全都失了形！司机的话使我们看重了车上带着的那几瓶矿泉水，并且相互恶作剧，拧对方的肉，问：熟了没？喉咙也就疼得咽不下唾沫，将手巾弄湿捂在口鼻上。在热气里闷蒸了两个小时，突然间却起风了，先是柏油路上沙流如蛇，如烟，再就看见路边有人骑毛驴，人同毛驴全歪得四十度斜角地走，倏忽飘起，像剪纸一般落在远处的沙梁上。天开始黑暗，太阳不知坠到哪里去了，前边一直有四辆装载着木箱的卡车在疾驶，一辆已经在风中掀翻了，另外的三辆停在那里用绳索拉扯，仍摇晃如船。我们的小车是不敢停的，停下来就有可能打滚，但开得快又有御风起空的危险。司机说，这毕竟还不是大沙暴，在修这条公路和钻井的时候，大沙暴卷走了许多器械，单是推土机就有十多台没踪影了。我们紧张得脸都煞白了，幸好大的沙暴并没有发生，而沉甸甸的雾和

远山静水

93

沙尘，使车灯打开也难见路。艰艰难难地赶到塔中，风沙大得车门推不开，迎接我们的工人已都穿着棉大衣，谁也不敢张嘴，张嘴一口沙。

接待我们的是副调度长王兆霖，人称沙漠王的，他笑着说：中央领导每次来，天气总是好的，你们一来就坏了？我们也笑了，说这正是老天想让我们好好体验体验这里的生活嘛！

我们走进了大漠腹地，大漠让我们在一天之内看到了它多种面目，我们不是为浪漫而来，也不是为觅寻海市蜃楼和孤烟直长的诗句。塔里木大到一个法国的面积，号称第二个中东，它的石油储量最为丰富，地面自然条件又最为恶劣，地下地质结构又最为复杂，国家石油开发战略转移，二十一世纪中国石油的命运在此所系，那么，这里演动着的是一场什么样的故事，这里的人如何为着自己的生存和为着壮丽的理想在奋斗呢？我们在塔中始终未逢到好天气，风沙依旧肆虐，所带的衣服全然穿在身上，仍冻得嘴脸乌青。沙漠王是典型的石油人性格，高声快语，又诙谐有趣，领我们去看第一口千吨井，讲这里的过去，讲这里的将来，去英雄的沙漠车队，介绍每一个司机的故事，去看用铁板铺成跑道的飞机场，去亲自坐上沙漠车在沙梁间奔驶，领受颠簸的滋味，去看各处的活动房，去看工人床头上都放的什么书。在过去有关大庆油田的影视中，我们了解了石油人生活的简陋，而眼前的塔里木，自然条件的恶劣更甚于大庆，但生活区的活动房里却也很现代化了，有电视录像看，有空调机和淋浴器，吃的喝的全都从库尔勒运进，竟也节约下水办起了绿色试验园，绿草簇簇，花在风沙弥漫的黄昏里明亮。艰苦奋斗永远是石油人生活的主旋律，但石油人并不是只会做苦行僧，他们在用着干打垒的精神摧毁着干打垒，这里仍是改革的前沿阵地。不论是筑路、钻井、修房和运输，生产体制已经与世界接轨，机械和工艺是世界一流，效益当然也是高效益，新的时代，新的石油人，在荒凉的大漠里，为国家铸造着新的辉煌。

我们在沙漠腹地的日子并不长，嘴里的沙子总是刷不净，忽冷忽热的气候难以适应，我就感冒了，又开始拉肚子，但我们太喜欢那红色的信号服和安全帽，喜欢去井位，在飓风中爬井台，虽然到底弄不明白那里的生产程序和机械名称，却还要喋喋不休地问这问那。新疆是中国最大气的地方，过去的年月里容纳了多少逃难的人，逃婚的人，甚至逃罪的人，而今的塔里木油田上，为了一个共同的目标，五湖四海的人走到一起。塔里木改变了他们的人生观，培养了他们特有的性格和行为方式。他们是那样好客，给你说，给你唱，却极少提到这里的艰苦，也不抱怨这恶劣的气候，说许多趣话，甚至那些带彩的段子，使你感受到生命的蓬勃和饱满。我们采访了那些在石油战线上奋斗了一生的老大学生，更多地采访了那些才从大学毕业分配来的大学生，问他们为什么没停留在大城市，没有去东南沿海地区。他们对这些似乎毫无兴趣，只是互相戏谑：谁谁在这里举行婚礼的那天，竟自己喝醉了酒，沉睡得一夜不起。谁谁去出车，车在半途坏了，爬了两天两夜，又饥又渴昏倒在沙梁上，幸亏派飞机搜索才救回来，去修那辆车时，才发现车座下面还有着一瓶矿泉水的，真是笨得要死。谁谁的媳妇千里迢迢到库尔勒，指挥部派专车将人送到工地，说好明日再送回库尔勒，可活该倒霉，这一夜却起了特大沙暴，甭说亲热，连睁大眼睛端详一下媳妇都不可能。这些年轻人给我们留下了极深的印象，从沙漠回来后，当我们在繁华的城市坐着小车，就每每想起了他们。世上有许多东西我们一时一刻离不了，但我们却常常忽略，如太阳如空气，我们每日坐车，就忘了车的行走需要的是石油！现在的小孩子，肚子饥了要馍馍吃，馍馍是哪儿来的，孩子们只知道馍馍是从厨房来的。我们也做过一次小小的调查，问过十三个坐车的人：车没油了怎么办？回答都是：去加油站啊！谁又知道发生在沙漠中的这些极普通又极普遍的故事呢？

接触了不同岗位不同层次的石油人，临走时，我们见到了塔指的三个领导。邱中建，这是石油战线上无人不晓的一个名字，他的一生几乎与中国所有的大油田的历史连在一起，如今已经六十多岁的人，祖国需要他到塔里木来，需要他来指挥这一场新体制新工艺高水平高效益的石油大会战，他离开了北京和家人，一人就长年待在塔里木。钟树德呢，这位塔指的大功臣，为了中国的石油事业，他献出了自己的一只眼睛。他自始至终在塔指，大漠中的每一口井台上都流过他的血汗。当我们见到他的时候，他才从塔中回到库尔勒不久，而那只完全失明的眼睛，因失去了功能，沙子落进去，摩擦得还是血红血红。梁狄刚更是个传奇人物，他的母亲居住在香港，年纪大了，一直希望他也能定居香港，但他虽是大孝子，可忠孝难两全，当中央电视台的记者采访他时，他没有什么华丽的辞藻，只说了一句，我不能丢弃我的专业。与这些领导交谈，你如坐在一张世界地图前，坐在一张中国地图前，他们的襟怀和视角是那么大，绝口不提自己的事，只强调这一生就是要为中国找石油。塔里木油田可能是他们人生最后要找的一个大油田了，党和人民让他们来，这就是他们一生最大的幸福。但他们压力很大，因为中央领导一个接一个来塔里木，历史的重任使他们不敢懈怠，如何尽快地发现大的场面，使他们只有日日夜夜超负荷地工作着。

我们去塔里木，我们是几个普通得不能再普通的人，又行色匆匆，但石油人却是那样的热情！所到之处，工人们让签字。签什么字呀，一个作家浪得再有虚名，即使写出的书到处有人读，而比起石油人是多么微不足道啊！他们一有机会就让我写毛笔字，我写惯了那些唐诗宋词，我依旧要这么写时，工人们却自己想词，他们想出的词几乎全是豪言壮语。这些豪言壮语在别的地方已经消失了，或者有，只是领导的鼓动词，而这里的工人却已经将这些语言渗进了自己的生活，他们实实在在，没有丁点儿虚伪和矫饰，他们就是这样干的，信仰和力量就来自这里。于是，我遵嘱写下的差不多都是"笑傲沙海""生命在大漠""我为祖国献石油"等等。写毕字，晚上躺下，眼前总还是这些石油人的一张张黑红的面孔。想，这里真是一块别种意义的净土啊，这就是涌动在石油战线上的清正之气，这也是支持一个民族的浩然之气啊！回到库尔勒，我们应邀在那里做报告。我们是作家，却并没有讲什么文学和文学写作的技巧，只是讲几天来我们的感受。是的，如何把恶劣的自然环境转化为生存的欢乐，如何把国家的重托和期望转化为工作的能量，如何把人性的种种欲求转化为特有的性格和语言，使我们进一步了解了石油人。如今社会，有些人在扮演着贪污腐化的角色，有些人在扮演着醉生梦死的角色，有些人在扮演着浮躁轻薄的角色，有些人在扮演着萎靡不振的角色，而石油人在扮演着自己的英雄角色。石油人的今生担当着的是找石油的事，人间的一股英雄气便驰骋纵横！

从沙漠腹地归来，经过了塔克拉玛干边沿的塔里木河，河道的旧址上是一眼望不到头的胡杨林。这些胡杨林证明着历史上海洋的存在，但现在它们全死了，成了之所以称为死亡之海的依据。这些枯死的胡杨粗大无比，树皮全无，枝条如铁如骨僵硬地撑在黄沙之上。据说，它们是千年不死，死了千年不倒，倒了千年不烂。去沙漠腹地时，我们路过这里，拍摄了无数的照片。胡杨林如一个远古战场的遗迹，悲壮得使我们要哭。返回再经过这里，我们又是停下来去拍摄。那里修公路时所堆起的松沙，扑扑腾腾涌到膝盖，我们大喊大叫。为什么呐喊，为谁呐喊，大家谁也没说，但心里又都明白，塔里木油田过去现在是没有个雕塑馆的，但有这个胡杨林，我们进入大漠腹地看到了当今的石油人，这些树就是石油人的形象，一树一个雕塑，一片林子就是一群英雄！我们狂热地在那里奔跑呐喊之后，就全跪倒在沙梁上，每人将矿泉水喝干，捧着沙子装了进去带走。这些沙子现在存放在我们各自的书房，我们不可能去当石油人，也不可能长时间生活在那里，而那个八月长留在记忆中，将要成为往后人生长途上要永嚼的一份干粮了。

1996年10月

# 圌　山

　　八月为圌山来苏，先在江油一望，东北半空黛色，一山独立，只显得天低云白。江油自古称孤城，孤城对独山，山是好山，城也是好城。

　　午后去登临，一路往高处走，上了山山还在山上。收割后的稻田已不存水，稻草一拢一拢却支立在那里，层层递进，遍野密布，圌山主峰逶迤如城堡，稻草拢俨然列阵，已是兵临城下了。顺主峰下一道斜梁再走，走出三里地，才发现梁势为S形。梁左右成洼，聚水成湖，恰夕阳西照，一湖白亮，一湖主峰遮荫为黑。山中自有太极图，难怪山又称灵山，唐人窦子明在此羽化成仙！

　　以为窥得堪舆机理，便急不择路往主峰狂奔，到了峰下，岩陡如墙，仰脖则面壁，已不见峰头古柏。手扯壁上藤蔓，能摇动不能引上，野鸽腾飞，鸟粪哗哗下落。好不容易冲开兵阵近来，却"城下叩关门不开"。吆嚎了数声，无有应和，绕了壁底往右觅路，发觉不对，又往左，行百十丈后又觉不对，回头再往右，慌张约一里地，忽清光一线，峰开小口，忙入其内，便见一片平场，两间茶园，歪歪斜斜数顶滑竿之中，几人正玩牌作乐。还未问路，人已围住，牵衣扯膊让坐滑竿。坐吧，从江油到峰下半天已过，精疲力竭，望峰顶还在云端，天又开始落雨。坐上了，却又想，半天已过，又已到了峰下，何必留个不是走上去的遗憾？遂摆手疾走，一边听那伙人在身后恶声作骂，一边沿一条道路深入。

行不多时，仰头看刀截一般的崖头有人影说话，嗡嗡一团，不辨其语。忽一石从上跌下，忙收脚站定，那石跌到地面时倏忽一滑，无声停落在一棵树上，看清方知是鸟。路高下曲折，需不停撩拨树枝才能前行，五步之外就不知出没，如雾里开车。雨似乎比先前还大，却看不见雨脚。古树尽都没有柔枝，梢林又全藤蔓挂须，大小叶片光亮明灭不定。路两旁长满马蓝，蓝气弥漫，染路面也染人，身上白衫眼见着越来越不白。行了半会儿，怀疑起路的方向，事到如今，也只能随着路走。再深入半会儿，脑子就恍惚起来，感觉迷糊，不敢喊也不敢跑，缩骨塞背人已如雨中鸡。终恐惧不过，拔脚一跑，一跑就收不住，树枝刮破几处衣裤，一跤倒卧在那里。卧着头不敢抬，静听了半时没有声息，睁开眼来，竟是境界大变：树遁天开，面前赫然矗起一座山门，上书"云岩寺"。一时不知是梦里，抑或神鬼使幻？发呆了半晌，也分辨了半晌，才醒悟自己走的是一条后路，已由峰下盘旋到了峰上前路处。错中得福，倒嘿嘿发笑这寺藏得好，这山门造得好所在。

　　便要记得这山门，细细读起门上的雕饰，便闻得一股奇香，回身四顾，一株龙柏后，一僧人在焚柏籽。僧人一定见得我刚才的模样，若悄然离开，太丢体面，遂近去问僧："寺建于何年？"僧说："唐乾符。"又问："山前有太极图，怎么是寺？"僧说："东禅林西道观。"转身而去。心平常下来，拾级而上，楼宇掺杂，果然是文武殿、护法殿、超然亭、飞天藏，佛道既都耐得清凉，一山也容得两教了。殿与殿依山建筑，随势赋形，拐弯衔接之处窄窄斜斜却是茶园、饭馆、旅社、客堂，整个山上倒如一座园林庭院。这一切自与别处寺院景致略同，总不明白窦子明怎么在此修炼，虽能观山前太极图，可识得此机就会成仙？坐在一殿门口歇气，一回头却见殿内上接梁下着地悬一巨型木塔，八棱八方四层四界，上刻天宫星月山水人物。知道这是星辰车，兴趣顿起，进去伏地看了塔柱下边的藏针，依风俗推动三匝，停止后查看面对自己的神像为男为女。竟然是女！不知是喜是忧，也不知往后运势好坏，要寻人问询，殿内无客无僧，墙上有古人诗句："推出星辰空里转，移来日月阁上悬，通天妙智缘针窍，一法明时万法全。"好诗好诗，窦子明能将乾坤视为掌中之物，运转日月星辰又以一针之悬，通天贯地的玄理原来是如此的细微啊！

因在星辰车处流连太久，登上峰高处已是黄昏，雨虽停歇，但风云往来。高处并不阔，涧断三柱，西柱有东岳殿，南柱有窦真殿，北柱有鲁班殿。三柱以铁绳连接，殿皆沉浮云海之中。站在东岳殿外，脚下似有摇晃之感，头也晕眩，但还是去崖头看清人诗碑："人间尽有坦平路，谁向灵山顶上来？"我来了！我千里而来，因我"生无长房缩地术，不能摄取此山长在目，手无秦皇驱山鞭，不能安置此山西湖边"，我只有千里而来；我来并不羡仙，我自知我"亦有陶令兰舆谢公屐，役役奔走风尘只名利"，来了就是来访孤，来问独，来"愁坐正书空"。我捡起一片小石，宁愿落个爱刻爱画的恶名，还是悄悄在崖头写了"平凹来此"四个小字。

写毕，转悠了西柱头所有能站立之地，却不能到对面的北柱头的鲁班殿。那殿坐满柱头，柱头正好一殿，墙角齐边齐沿，檐角凌空，不知当初如何建造？殿门紧闭，唯两窗洞开，天色灰暗看不清里边结构。为桥的一线铁绳发着冷光，萧然无声。传说里，山上的和尚可渡此桥，每日自在来去焚香清馨，但并不是每个和尚能够，每代只产生一人有此技。当今自然有能渡者，便求小僧请出那人，小僧却说渡者不巧下山去了。不能被领携过渡，也不能见过渡人的风姿，心知自己缘分还浅，却心中默默许愿：来一鸟代我前去索隐吧？念头刚起，果见一鸟飞落绳桥，羽毛翻乱，几乎要坠去，遂一声嘶叫，终于飞进殿去。我怔了半天，两拳为鸟加劲竟攥出汗来，继而欢呼不已，感念这鸟了。鸟是不是进山时见到的那只鸟？但我认作就是，我称它是青鸟，竟躬身致礼。此时天已黑，风硬如拳，殿旁古松枝叶嚯嚯，一轮明月涌出，我第一回见得月大如鼓。

摸黑下山，仍宿于江油，一夜学琴不睡。翌日清晨离开孤城，再望圌山，白云已封。

# 二　胡

　　越是到了空旷地方，天地似乎有剥离不开的混沌，我越是感受了人的英雄。八月那日去×　×，携得两狐——一张银狐的皮，一张白狐的皮——回来，一路急行，瘦马快刀地穿过×××峡谷，沿××××草原又是半晌，一道河就从日落处流下来了。雕鹫啸啸，水色如铜呵！翻身下马，从怀里掏出馕"日"地扔到上游，宽衣洗脸，才洗罢，馕已顺流到了跟前，捞起来，分明是软和了，咬一口馕，喝一口水，是将单手掬了水，高扬着，从手腕的窝槽处喝，我便忽然唤起二狐，一个是冰妃，一个是雪姬了！

　　我无意真要做皇帝，但真愿把二狐，不，二胡，当作美女善待呢。西域有格达慕峰，世称冰山之父，有库什拉卡湖，二胡就出生在那里。那样的环境，只能以狐的形象生存啊。灵魂与躯体原本就是两回事，圣洁的灵魂或许寄存于非人的躯体，人的躯体或许寄存的是野蛮灵魂。我之所以称二狐是美女，也是它们死亡了狐的生命来与我相见的——

　　那时候，它们却并不相识，维吾尔人的村镇集市上，冰妃是在北口的葡萄架上挂着，雪姬又在东南角的一家帐篷货店里，这中间是一排一溜的木板搭成的货摊，咕咕涌涌堆集着地毯、毛线团、花帽、纱巾和各式各样的刀具和巴达木。强烈的阳光，奇异的色彩，热腾腾的膻味，我们满头大汗地在那里拥挤，一抬头，我瞧见葡萄架下的冰妃了！相见是那样的骤然，我几乎不敢相信这是现实。那是悬挂着的七八张狐皮和雪豹皮，但冰妃脱颖而出，雪白的绒上一层蓝灰的毛，其实并不是蓝灰的毛，白绒的毛尖上一点点的蓝灰，这就如雪地上均匀而稀落的狗尾子干草，立即使其成白纯若冰色的晶莹。它小小的脸，长目尖嘴，尾大如帚。我近去将冰妃卸下来揽在怀里，不忍心这么被吊在那里，即使被吊着在展示一种美丽，我也不情愿美丽泛滥给每一个集市上的人。我说：这狐我要买了！似乎这话是对银狐说的，是信誓旦旦的承诺。同伴忙制止我，悄声说，你这么个急切劲，卖主就会漫天要价的，越是想买，越是装作可买可不买的样子最好，进疆以来，我一直听同伴安排的，他的话或许正确，我将冰妃重新挂在了架上，但我却再不愿离开那里。年前，我居住的古城剿灭无证养狗，城南的广场上枪杀了上百条，轮到了一条栗色的，美丽非凡，竟使所有执法者都慈悲起来，不约而同地决定放生，就让一个郊区的农民牵走了。一百条狗中幸存下一条，这狗一定是什么神灵或魔鬼变的。我四处打问那个收留狗的郊区的农民，但终无音讯。如今我立在葡萄架下，在斑斑驳驳的阴影里，我与冰妃对视传情，那俊俏的脸有突然吃惊的神色，没有妖气而显一派幼稚和纯真。同伴在呼喊着谁是卖主，大胡子的卖主却去做祈祷了，在远处的砖台前的太阳白光下，他和七八个人垂头在念叨着什么，一会儿匍匐在地，一会儿又站起——好久好久的时间了，才走过来，与同伴在说维语。双方似乎都说得不高兴起来，同伴过来拉了我就走，我不想离开，但我还是被强行拖走了。在拐弯处，同伴说人家要一千五，他给八百，无法成交，咱们去别处看看，说不定会有比这张更好的狐皮的。我们就往集市的南头走，又往东走和西走，果然就在东南角的一家帐篷里遇见雪姬了。雪姬也是极美艳的尤物，通体雪白，没一点儿杂色，我感觉里这一定是冰妃的姊妹。年轻的卖主很随和，他开价也是一千二，我们压价到八百，终以九百元买下，皆大欢喜。我把雪姬盘作一盘抱在怀里，我的口对着它的口，我意识到我是吃过蒜的，便偏过头去。依然要经过北口，偏要给冰妃的卖主瞧瞧。卖主说：多少钱呀？同伴说：同你的那条一个样吧，八百元！卖主并不生气，说，一样？你比比吧！把冰妃从架上取下来，两狐就在这一时间认识了。它们真是姊妹的缘分，长短不差，粗细难分，但一个呈雪色，一个则是青白，冰妃果然是比雪姬颜色要好的。这不免有些尴尬，似乎对不住了冰妃。但已经买了雪姬，就不能生出嫌弃心，我们就往外走，但我却一步一回头地看冰妃，甚至感到它在葡萄架下哭泣。太阳斜在了头后，自己踩着自己的影子，我真恨我；雪姬和冰妃都是在这里的，难道这姊妹就从此分离吗？为一千元就可以失去它吗？那年在南方的某城，目睹过夜街上三三两两企盼着能被人选中的年轻妓女，曾感叹过自己若有巨资一定赎了她们发放回去，而如此纯美的尤物，竟要因一千元而失却恻隐心，让它孤零零悬挂在人市上吗？我终于停下步，说："我还要买它！"同伴吃惊地说；"还要买?！"我说："买！"语气坚决。我们就又返回来，再次交涉，以一千元得到了冰妃。我递过钱了，卖主把冰妃从葡萄架上卸下来，我先拎着它的脖子，又托在膊弯，一下一下抚摩茸茸的毛，一举一动非常稳实，夏末的阳光与树上的蝉声有着一种远意。

狐易于成妖，一般人都这么认为，当二狐随我来到西安，安置在床头的衣架上，朋友们皆惊羡着它们的美丽，却对于藏之卧室有恨恨声。人际间的怀疑、猜忌、争斗太多了，怎么看狐也是这般目光？它们姊妹是从西域来的，西域有佛，玄奘也去那里取经的，即使它们无佛意，一身的野性和率真，在这卑微而琐碎的都市里自有风流骚韵。我从此改它们姓为胡，二胡，依然称作妃与姬的，尊其高贵。每天的每天，我瞧着它们入睡，天明睁开第一眼就又看见了它们，心里充满无比的安定。就在这一个夜里，读罢了《西游记》，可笑了一回猪八戒，时时想回高老庄，便去弹起古琴，琴弦嘣地断了，又去弹琵琶，琵琶也是断了弦，就知道有了知己。

# 缘　分

　　一九九五年七月，周涛邀我和宋丛敏去新疆，支使了郭不、王树生陪吃陪住陪游。先在乌鲁木齐一礼拜，还要再往西去，王树生因事难以远行，就只剩下郭不。郭不说：没事，我有的是拳脚，什么地方不能去的?!三人便换了长衫，将钱装在裤衩兜里，坐飞机便到了喀什。

　　依周涛原定的计划，在喀什由喀什公安处接待。但一下飞机，有一个女的却找到我们，自我介绍叫郭玉英，丈夫是南疆军区的检察长，是接到周涛的电话来迎接的，问我们将住在什么宾馆? 我们还不知道公安处的安排，郭玉英说："喀什就那么些大，到时候我来找，话说死，明日下午两点我来接你们去军区！"到了喀什，住在一家宾馆，宋丛敏就忙得鬼吹火。他是曾在这里工作过，给一个熟人打了电话，这个熟人竟联络了十多个熟人，于是，我和郭不又随着他不停地接待拜会，又去拜会他人。第二天的下午两点，专等着那个郭玉英，可两点钟没有来，直过了两个小时，估计郭玉英寻不着我们，正好是礼拜日，她去公安处了不好打听，我们又未留下她的电话，只好以后再说吧。四点二十，宋丛敏的旧友老曾来了电话，一定要让去他家，说馕已买下了，老婆也和了面，晚上吃揪面片。我们应允了，老曾说五分钟后他开车来接。刚过三分，门被敲响，惊奇老曾这么快的，开了门却是郭玉英。郭玉英满头大汗，说她在城里一个宾馆一个宾馆地找，找了两个多小时的。正说着，老曾就来了，这就让我们很为难，不知该跟谁走? 郭玉英说："当然去军区，老曾你得紧远路客吧。"老曾无可奈何，就给家里挂电话，让老婆停止做揪面片，相跟着一块去军区。

军区在疏勒县，郭玉英的丈夫并不在家，郭玉英让我们吃着水果歇着，她去找检察长。约莫五分钟吧，一个军人抱着一块石头进屋，将石头随手放在窗下，说他姓侯，抱歉因开会没能去城里亲自迎接。我们便知道这是侯检察长了。接着郭玉英也进来，也是抱一块石头，径直放到卧室去。我是痴石头的，见他们夫妇都抱了石头回来，觉得有意思，便走到窗下看那石头，不看不知道，一看就大叫起来。这石头白色，扁圆状，石上刻凿一尊菩萨的坐像。我忙问，"哪儿找的？"老侯说；"从阿里弄的。"我说："你也收藏石头？"他说："给别人弄的。"老侯似乎很平静，说过了就招呼我们去饭馆吃饭。我把石头又抱着看了又看，郭不悄悄说："起贪婪心啦？！"我说："我想得一块佛画像石差不多想疯了，没想在这儿见着！"郭不笑笑，再没有说话。

在饭桌上，自然是吃酒吃菜，我不喝酒，但大家却都喝得高兴，也没那些礼节客套，一尽儿随形适意。老侯是言语短却极实在人，对我们能到他这里来感到高兴，说新疆这里也没什么好送的，只是英吉沙小刀闻名于世，他准备了几把。郭不就给老侯敬酒，说，老侯，你真要送个纪念品，我知道贾老师最爱的是石头。我去过他家，屋里简直成了石头展览馆了，你不如把刚才抱的那个石头送给他。郭不话一出口，我脸就红了，口里支吾道："这，这……"心里却感激郭不知我。老宋更趁热打铁，说："平凹也早有这个意思！"老侯说："贾老师也爱石头？那我以后给你弄，这一块我答应了我的一个老领导的。你说那石头好吗？"我说："好！"郭不说："贾老师来一趟不容易，给老领导以后再弄吧，这一块让贾老师先带上。"老侯说："那好。这一块给贾老师！"我、老宋、郭不几乎同时站起喊了个"好啊！"给老侯再续酒，又续酒。

吃罢饭，去老侯家就取了石头。这石头我从疏勒抱回喀什，从喀什抱回乌鲁木齐，从乌鲁木齐抱回到西安，现供奉在书房。

日日对这块石头顶礼膜拜时，我总想：如果当时在乌鲁木齐决定去北疆还是去南疆时不因老宋曾在喀什工作过而不去南疆，这块佛像石就难以得到了。如果到了喀什，周涛未给郭玉英打电话，这块佛像石也难以得到了。如果那个礼拜天郭玉英迟来两分钟，我们去了老曾家这块佛像石也难以得到了。如果去了郭玉英家，老侯先一分钟把佛像石抱回家然后在门口迎接我们，这块佛像石也难以得到了。如果老侯抱了佛像石如郭玉英一样抱放在卧室，我们不好意思去人家卧室，这块佛像石也难以得到了。如果老侯的老领导还在疏勒，这块佛像石也难以得到了。如果酒桌上郭不那么说话，我又启不开口，这块佛像石也难以得到了。这一切的一切，时间卡得那么紧，我知道这全是缘分。我为我有这个缘分而激动得夜不能寐，我爱石，又信佛，佛像石能让我得到，这是神恩赐给我的幸运啊！

为了更好地珍藏这块佛像石，我在喀什详细了解这佛像石的来历，在乌鲁木齐又请一些历史学家论证。回到西安再查阅资料，得知：

一，此佛像石来自西藏阿里的古格王国。古格王国始于七百年前，终于三百年前。王国城堡遗址至今完好，有冬宫和夏宫，宫内四壁涂赤红色，壁画奇特。墙壁某处敲之空响，凿开里边尽是小欢喜佛泥塑，形象绝妙。但为模范制作。王国传说是在一场战争中灭亡的，现随处可见残戈断剑、人的头骨、马的遗骸。山下通往山上的通道两旁，摆着这种佛像石，是当地佛教徒敬奉或来此处祈祷神灵而择石凿刻的。

二，阿里属西藏的后藏，从喀什坐三天三夜汽车，翻越海拔四千五百米以上的雪原，再行二百里方能到城堡的山下，一般人难以成行，成行又难以安全翻越雪原。即使到了城堡，还有藏族群众在城堡看守，并不是想拿什么就能拿了什么。

三，石是雪原上的白石，不是玉，却光洁无瑕，质地细腻，坚硬有油色。菩萨造型朴而不俗美而不艳，线条简约，构图大方，刻工纯熟，内地四大佛窟的塑像和永乐宫彩绘皆不能及。更可贵的是，任何人见之，莫不感受到一种庄严又神圣的气息，可能是当地的信徒是以极虔诚的心情来刻凿的，与别处为塑像而塑像或纯艺术的塑像雕刻不同，又在西藏佛教圣地数百年，有了巨大的磁场信息。

有缘得此佛石，即使在喀什，许多信佛者、收藏奇石人、学者、画家、作家皆惊叹不已，他们知道有这种佛石，谋算了十多年未能如愿以偿的。此佛石归我后，正是我《白夜》出版的本月，对着佛石日夜冥思，我检讨我的作品里缺少了宗教的意味，在二十世纪的今日中国，我虽然在尽我的力量去注视着，批判着，召唤着，但并未彻底超越激情，大慈大悲的心怀还未完全。那么，佛石的到来，就不仅仅是一种石之缘和佛之缘，这一定还有别的更大的用意，我得庄严地对待，写下文字的记录。

# 友人杨毓荪

毓荪去美数年，回国探亲，送了我两把琵琶，一把是他作为平湖派传人曾演奏过的，一把是他作为制琴家亲自监制的。他喜木，我痴石，木石之盟是《红楼梦》里曾经写过了的故事，我们也相见恨晚。短短的几天，在西安，又到咸阳，又到临潼，游乐歌弹，通宵达旦，很过了一段放浪形骸的富贵闲人日子。

临走的前一日，在华清池遇着诗家李尤白，李也与毓荪熟，一时兴起，寒冷里披了毛毯，腹鸣中鸣嗝软柿，毓荪拨弦，李老咏诗，我书法六幅。毓荪说："今日痛快！有此笔墨，何不合作一图？"我遂画"天乐洗耳"，他提笔作补，数笔勾石梅，石瘦而透，梅老花红，我不知他能画，且画得如此好，不禁就噢哟叫了几声。

此后逢人来家，见琵琶说起毓荪，差不多都知杨氏两代，却不闻毓荪善画。一日客友满堂，恰邮递员送来一信，正是毓荪寄来的一沓画作照片，争着看了，感叹人若有才，能推了磨子，就能推了碾子。

毓荪的这一路子画，若依学院派的标准，功力还欠火候，但少了学院派的严谨，却多了学院派伪活泼。一样是画花草鱼虫，线条色彩随心流动，清新可人，有极强的音乐感。时下的中国水墨画界，大师级的画家愈少，名家就辈出，要么媚俗，要么欺世，这如越是治不了的病，越是在治这类病里有著名医生，那么，看画去，看那一点儿清新倒觉亲近。

毓苏是才情之人，他的长处是永不满足，总觉得一身本事未能充分发挥，他的绘画其实就是他在音乐界或商界未能尽兴酌一种发泄和消遣。他的短处也在于不把一种艺术门类的才情发展到极致，结果，望见云在山头，登上山头，云还在远。人生应有不安生的态度，具体一门却需沉静。说这些话是另一个侧面的道理，猜测毓苏，或许他无意于一定要成为大音乐家和大画家（大音乐家和大画家也不是想要大就能大的），一个文人，古时讲究琴棋书画，现在强调艺术素养，这仅是文人起码的要求，毓苏要的是才情的发展，各个艺术门类相互影响而贯通，活得有趣罢了。若有这般心态，刻苦下去，不期然而然，还真能成就一方大的事业。

今日他又自美国来信，谈及今年筹备在白宫的琵琶演奏会和在北京出版个人画集。朋友的好事令我高兴，便以寥寥数语，寄托我的思念和祝福。

也就在今日，有幸得到了一块奇石，这石来的时候正好，待毓苏再回国，我得送予他了。

1996年3月10日西安

# 江浙日记

## 前边的话

四十三年间，我曾做过无数次的日记，但每次记到十天左右，便生懒惰，愈记愈少，最后到了每日只写"无事"，自己厌烦自己，就作罢了。公元一九九六年初，也即是阴历乙亥年的冬日，受中宣部、中国作协安排赴江浙生活，下定了决心要做日记，为这一段日月留下资料，一是将来易于作汇报，二是随时录下感受，既可练手，又可静心。庙里的和尚敲木鱼，除了传递信息，那一声一声的"笃笃"里，也好一心念佛，不生他想吧。

作者

## 江苏日记

### 一月十二日

早晨起来，天下起了雪。下起了雪好！入冬一直干旱，西安病毒性感冒流行，差不多家里都有一个两个病倒的；虽然千注意万谨慎的，屋里还熏了醋，母亲还是卧床数日，不进汤水，挂了三天吊针，病情也刚刚好转，昨夜还听到她的咳嗽声，这雪一下，我就可以放心去了。披衣过来，母亲和陈每已在厨房包饺子，陈每的右眼上还沾着一些面粉，看见我，上齿咬着一点儿下唇，默默地笑。家乡的风俗，由母亲带进城来，也成了我家的风俗：出远门要吃饺子，意在囫囫囵囵地走，无牵无挂。

可我怎能无牵无挂呢？数月里等待北京的消息，只说今冬是要免了，几日前忽接到作协张锲的电话，要我务必十三日前到京，这几天忙乱地料理单位上、家庭里以及许许多多社会和写作方面的杂事，人累得几乎要趴下来。一切该放下的都放下了，不该放下的也得放下，但最后仍揪心的是母亲的病。

母亲把煮好的饺子端给我，她就坐在对面看着我吃。母亲从来是不理会大事而只管小事，我吃饱了她仍还是要我再吃，我又吃了一颗，说："今早感觉身上轻省吗？"她说："头不重了……这雪一下，要全好了！"我告诉母亲：我不能亲自陪她去医院镶牙了，但已经安排好了人，现在满口没牙，多吃些软东西，饭后活动活动可以增进消化。家里有暖气，出门进门注意增减衣服，防备再染感冒。用煤气要特别小心，每次检查关了总闸没有。热水器里要勤加水。来任何人不要轻易开门，隔着防盗门就说我出差去了，有什么事让二三十天后再来。身体一有什么不舒服，就去楼下找我的同学，他会打电话叫医生的。母亲只是点头，眼睛似乎有些潮。陈每就忙在一旁打趣，尽量活跃气氛。她的父亲才去世十天，我又吩咐除了陪她母亲外，有空也过来陪陪我母亲说话。母亲说："天寒地冻的，你能不能不去……"陈每说："你儿现在是朝廷命官嘛，他能不去?!"母亲摇着头，就去佛像前烧香，口里叽叽咕咕不知说些什么。

我对陈每说："什么朝廷命官，你别瞎说！"陈每说："不是朝廷命官了，那就是'毛主席的战士最听党的话，哪里需要到哪里去，打起背包就出发'！"正笑着，门被敲响，进来的是一些同学和邻居。他们是看了今早的报纸，知道我今日要去江浙，特来送行的。报纸上怎么写的，我不知道，但昨日上午，市宣传部举行了一个小小欢送会，崔林涛书记及政府、人大、政协、省宣传部、省文联、省作协的领导都参加了。崔书记是我的朋友，多年来一直关心着我的生活、身体和创作，他又在会上讲了长长的一席话，热情洋溢，又语重心长。我感激着这些领导，也感慨着这种待遇。到昨天晚上，一拨一拨文学朋友来看我，他们要为我举行个送别晚宴什么的，我拒绝了，只把照顾母亲的事一一托付他们。现在，我借居于西北大学的这间小小房间里，留校任教的同学和邻居坐得满满当当，七嘴八舌地询问和叮咛，他们担心的是我的身体，是我的饮食习惯和语言障碍。有人就笑着说："活该你写《废都》《白夜》，这下好了，发配那么远的……"这话难听，未等他说完，我挥手就说："这你胡说！"生活是创作的最基本的条件，在西北待得久了，去江南看看，岂不是难得的幸事，就说发配，哪有发配到天下最先进最富裕的地方去？！陈每便说："有个故事，说过去一个人不吃肉，部下犯了事，他的惩罚就是让吃肉。——如果真是这样，我天天盼着受罚哩！"大家都笑了起来。末了，他们帮我收拾了行李，临走时，说："祝一路顺风！"陈每又说："坐飞机不能说顺风的。"大家便说："一路顺利！"笑笑去了。

四点的飞机，两点离家往机场，同行的宋丛敏一进门说走，母亲就穿外套，戴帽子，要送我。老宋赶紧挡住，说外边风大雪大，不要送了，我也随手把门拉闭，匆匆下楼而去。

单位的车停在楼下，雪淋得人眼睛睁不开。

到北京，北京竟无雪。作协书记处高洪波以及翟泰丰和秘书王海燕、张锲的秘书秦友苏等在机场迎接。洪波是旧友，数年不见，格外热乎，但他又粗又高，站得太近，我就自惭形秽了。那一年开政协会与冯骥才照相，照片如一幅漫画，便有人指点，与高个人一起，一定得保持距离。今夜从候机室到停车处，我和洪波就是隔着走的。这么走着，自己也觉得好笑，灯影处里"嗨"的一声，老宋还问："你怎么啦？"我说："拿破仑是一米五吧？"老宋莫名其妙。车是径直开往和敬公主府的，这里做了中纪委招待所。数年前来京住过一次，今又来住，只是想与那公主有缘呢，公主是什么模样无法想象，个头估计不会是多么高的。府宅深广，知道住宿楼是在后院，进去楼却拆了，月明星稀之下，楼前的那棵老棠梨树还在，不禁生一份伤感出来。树一老便有精灵的，仰头默默地向它问候. 一片枯叶便落下来。接待吃饭的还有三人，其中一位叫赵翼如的，当年在南京见过，依旧同约，去白魁老店，吃一种豆腐，基本上是豆渣做的，少见有味美。饭价也颇可观，老宋暗中咋舌，我悄声说："不贵，除了菜，这店名也该值五十元，店里仅开这一桌，幽静值五十元，有老朋友相聚值五十元……"老宋笑道："还有秀色……"我没有接话，问赵翼如，南京方面的气候如何？赵一一答了，却担心我去江浙语言不通，我请她说一句老家话，她说了，一堆莺歌燕语，我听懂了两个字，她竟说：这两个字你也听错了！

## 一月十三日


一早，张锲来和敬府接我去文采阁。他明显有些老了，但样子更像了毛泽东。这次南行，是中宣部副部长、中国作协党组书记翟泰丰的点子，具体与我联系的是张锲。车驶到文采阁，翟泰丰、王巨才、施勇祥等作协领导已在那里等候多时，还有《文艺报》的记者贺绍俊。受领导的接见，也是南行前的送行吧，各位领导都讲了话。翟部长大致讲了三层内容：一是充分肯定了我和我的创作；二是对这次江浙之行和今后我的写作寄予厚望；三是下去开阔视野，自己总结自己。这是我第二次见到他。社会上早有传言，说这位领导是工作狂，两次见面突出的印象是精力过人，思维敏捷，办事果断。不知怎么，见到他总想起那个马拉多纳。为安排这次南行，他费了许多心血，亲自打电话、写信给江浙的地方领导，又写长信给我，使我在《废都》之后漫长的孤独苦闷中，深感到一种暖意。但我口笨，竟无以说出一套感谢话来，在这样的场合里只显出一副呆相。会后正要吃饭的时候，翟却接到电话，部里要开会，便匆匆离去。这似乎使我觉得有些过意不去，张锲说："这是常事。"席间大家谈说起翟的工作作风和作协领导班子的生活节奏，简直使我大吃一惊。他们忙得几乎没个在家的半晌，王巨才书记出差途中接到通知来京上任，一干半年了还未回原籍省城去看看家人。官做到这个位份上，其累也是寻常人难以想象和相信的。饭菜很丰盛，"文采酥"也极好吃，我多吃了几块，张锲说："给你带些晚上吃。"我说："撑得这么饱，晚上也用不着吃饭了！"张锲说："北京还有什么事，下午抓紧办，明日上午我陪你们去南京！"我万没想到他会陪我去江南，一时倒愣了。张锲说："得把你在那儿安排好才放心嘛！"

　　下午无事，在小院里看一棵老桐树。北京城里有许多这样的老树，我把它们视作老者，背靠上它，顺着树干往上看，干硬的枝丫在墙头屋檐上高指天空。后来打电话想趁机讨要《白夜》的稿费。电话打不通，老宋取笑我怎么老是拿不到钱，《白夜》又出现两种盗版本。对这类事，我已经愤怒得没愤怒了。

　　黄昏，李廷华夫妇得知消息来看望，硬要接我们去他的住所。李是陕西人，来京临时在《书法》杂志社做事，借居于东四一条胡同中的旧宅院。宅院明显是昔日的大户人家，但全然败坏了，偌大的厅房西厢里，唯有一床、一桌、一凳，和一炉一壶，格子门窗厚厚地糊着纸，一角在风中嘶响，煤炉火旺，烤着焦黄的烧饼。但李氏夫妇十分乐观，大谈人到四十多岁的苦难，和在苦难中的乐趣，便在炉上用炒瓢煮面条，用碗喝白酒，又拿出写就的古体诗念了我听。念到"疗饥自有三文治，遣兴莫如二锅头"，我说："好！"在豪华京城的一条窄胡同里，在待拆的旧宅院里的冬季，四十多岁的夫妇夜夜以纸堵窗，拥炉而坐，吃挂面，作诗文，享受的是人生的另一番境界，无疑对我是极大的感染。是的，廷华兄，幸福完全是一种感觉，换一副心态对待人生，就有融融之乐。

告别时，夜已深沉，和廷华去蹲胡同里的公厕。厕房极小，冷风森森，得一手抓着裤子，一手伸直了去撑那一扇小门。廷华说："每天早晨，这里就排队了，我在这儿结识了几个胡同里的朋友。"我嘿嘿地笑，他说："你别小看这地方，北京人蹲茅坑谈的也是朝廷的事，联合国的事！"

## 一月十四日

下午飞到南京，住西康宾馆。一路车外闪过无数白面长身女子，到宾馆很快见到苏童、叶兆言、赵本夫、周梅森、储福金、黄蓓佳、范小青等一批当地作家，江南真是出才子出佳人的地方啊！正好南京翌日要召开报告文学《张家港人》研讨会，北京、上海来的名家很多，江苏文联作协的领导又都在，宴会是十分热闹的，欢声笑语，敬酒不绝。凡是人多的地方，我向来伏低伏小，极不愿应酬也不会应酬，唯是吃菜，吃罢菜吸烟。张锲一定瞧我太呆板，两次说："平凹你给大家敬敬酒嘛。"第一次要敬时，旁边有人敬大家，对每一个都说一段话，说的得体又中听，我便作罢了。第二次才终于端起酒杯，只是笑着给各位碰了一下，说句"谢谢"，便不知再说些什么。有记者一边拍照，总要我笑笑，但我没有笑，我恨我不会笑。张锲就拉着我给江苏省委宣传部的同志、文联作协的领导，以及张家港市的领导——介绍我来的目的，望他们关照。他是了解我的生性的，怕我的老实和生硬在陌生地有为难处，时时呵护。我一面在心里感激他，一面深恨自己的没出息。我是太敬畏一切人了，当年柳青说过他是挑了鸡蛋篮子上大街，不是要挤别人，只怕别人挤了自己，陕西人的德性就是这样吗？当地的行政领导当然十分客气，说他们会照顾好的，给我笑笑，我也给他们笑笑（记者又在拍照，我又不会笑了）。一顿饭就这么吃过去了。

天竟又落起雪来，雪落地不驻，即时化水。和老宋步行西康园前院，说起席桌上的尴尬，便让雪淋湿着脖脸，忽想起"我醉欲眠君且去，有情明日抱琴来"，相视一笑，又一笑，仰头大笑回到后楼。回到后楼房间，却又无聊，翻看《张家港人》一文。看过一半，拉开后窗，窗外恰是一处小花园。风雪之中，花皆残败，三棵黑松萧然，一堆太湖石，一片水塘，雪落下无影无声的无纹痕泛起。有一穿红衣的女子在塘边的冬青丛边伸舌接雪，一仰头瞧见我，忙闭了嘴，却又装着对雪无所谓的样子，慢慢往左走，就走出窗框了。

一伙作家来房间看望，此时倒放松，说一回，笑一回，留一房子烟雾，各自散去。关门洗澡，打开了行李箱，才发现在家整理好的电话通讯本忘记带了。更糟心的是拿了电须刀器，而没拿充电绳，一日不刮脸将面目全非的，何况又是"满头是脸，满脸是头"模样。老宋说："瞧瞧，没个女人照应，就丢三落四！"洗漱用品是陈每给收拾的，她不刮脸，当然不知道还有个充电绳的。箱子里的烟却装了四条，拆开一条是假的，又拆一条，还是假的，气倒没有了，只是笑：假烟假酒假（贾）平凹嘛！

### 一月十五日

昨晚睡前读完了《张家港人》，为的是对张家港有个大致了解，也准备今日开研讨会，如果让发言，也有个说头。但张锈来说，与会议负责人商量过了，怕我参加会议，可能记者们要采访，势必冲淡会议，建议今日让储福金陪我和老宋去城中各处走走。行的。九点钟储福金带了车来，我们直奔中山陵。

江南的冷竟是这般地阴险，站在有风的地方浑身打战，躲到避雨的地方，骨头里还疼。我是向来怕风怕冷怕光怕动的（西安的朋友总作践我害有林彪病），一到中山陵，人已瘦去许多，只显得夹大衣空洞，瑟瑟如雨中鸡。储福金要脱一件毛衣给我，我坚拒，只将他的一条彩色围巾裹了脖项。中山陵以前来过，已不觉新奇，虽有气势，终不能比乾陵，武则天那个女人有豪气，死后将陵墓横在关中平原上，几十里外便能看得见一个女人形仰躺在天地之间。中山碑很高，可以与黄河东岸司马光陵前的碑子一比，但都写了字，还是没乾陵上无字碑的派头。中山陵侧有灵谷寺，却是好去处，进了山门，一条路上干净无泥，道旁松上落了雪，雪又不大，银里幽幽透出绿来，柔柔可爱。无梁殿其实是陕北窑洞式的建筑，江南人少见就觉稀罕了，若见过甘南藏族聚居区的拉卜楞寺和新疆喀什的香妃墓大殿，这里就是大巫前的小巫了。出了寺，储福金说：看不看塔，寺后有个塔的。我说天下塔都一样，不看了。话刚出口，一声呐喊如雷一般轰然碾过林子，吓得我忙噤了口。储福金说，这里有人登临塔上大呼小叫了。我乖乖往殿后望去，未望见塔顶，却想：那呐喊人一定寂寞，就制造声音。人的生命，其实是追求声音的存在的，做婴儿要哭，做老人要唠叨，甚至夜间犬吠，老鼠磨牙，苍蝇蚊子嗡嗡……但是，在塔上呐喊的人儿又何必呢，沉静的山谷里，这里不是已经有这座寺，寺里的神灵不是中介着让人与天地对应交流了吗?

午时到城中吃饭，储福金问吃什么，我说："小吃。"小人物小食品么。结果六人两车走散，我坐的那辆车停驻在一座石桥头，司机去寻另一辆车上的储福金他们。没想这桥竟是半月桥，桥头一楼，脊檐破旧，漆染剥脱，上书：李香君旧居。曾两次匆匆过南京，总恨无缘见秦淮河，没想却置身香君楼前，恍惚若梦中。我说："这就是秦淮河？这就是秦淮河？！"天白不能见灯影，落雪又未闻桨声，一河清水活活而动。遂想起当年侯朝宗，一顶文士帽，一袭长袍衫，骑驴携书来下江南会才子，却得一佳人，发动了一出美丽故事，一时竟也百感交集，仰天浩叹！我久久地立于桥上，望那河水小楼。时在午后，又逢阴雪，月是不会水的，河岸也不是开桃花的季节。侯郎昔日南来是不是有过这阴冷天气，但阁楼歪歪斜斜依然存在，那个李香君却再也没有了。

我从桥上又一次折身过去，立于楼阁门前往里张望，门里有卖胶卷的柜台，坐一女子，阔额长眉，抬头用普通话问我："买胶卷不？"一连问了三句。

后来，去"秦淮人家宾馆"吃饭，门里轰地拥出一群小女子，忙正经上二楼，目不敢旁视。二楼上红柱彩屏，无数灯笼，如喜庆之堂。小女子侍应更多，一律粉红斜襟紧身镶边小袄儿，梳明式丫鬟发髻。歌舞在席桌之前穿行表演，软语轻音，好听而不辨名目。一侍应前来送茶，见襟下挂有一菱形小牌，遂问："是玉佩吗？"答说："塑料的。"倒恨自己多嘴，又怨侍应不该实说，坏我遐想。所食小吃，每人一漆木小盘，每次上三样，上六次，一十八道品类，尽是小碟小碗小罐小瓯的。吃毕，喜欢上了漆木小盘，说："这漆木花盘真不多见了！"翻过来再瞧，却也是塑料的。

## 一月十六日

一早离开南京往张家港市。行程三小时，沿途屋舍不绝，却粉墙蓝瓦，崭新如洗。江南水乡，二十世纪五十年代尽是草屋，六十年代换了瓦房，七十年代扩修走廊，八十年代就盖了楼房，但楼房简易，到九十年代则讲究了式样，且里外都装饰了。北方的乡下，即使富起来，盖了两层三层的小楼，仍注重营造院门楼，雕石镂砖的，还要在门框上装匾，写上"耕读之家""山明水秀""紫阳光照"之类，古风依存。这里却西洋起来了，但又不脱尽土气，一个村落一簇屋舍，同一样的结构设计，在粉白色的两层水泥楼上架人字形老式瓦房顶，犹如西装却戴了瓜皮帽。秦淮河上的那些高低错落、钩心斗角的建筑风格已经殆失，唯喜欢在瓦房顶两端的背处保留细小而直翘的角，又如瓜皮帽外一根乍着的小辫，显得滑稽有趣。中国人讲究造屋，芸芸众生一辈子有出息没出息就看能不能造屋或造怎样的屋，所以，沿途仅看村镇人家房子外观，便惊叹江南之富非西北人所比。有释易的一本书上讲："以人才论，圣贤通生在西北一边，以山高耸秀，出于天外故也。以财赋论，通在东南，以水聚湖海故也。以炎凉论，天地严凝之气，始于西南，感于西北；天地温厚之气，始于东北，而盛于东南。严凝之气，其气凉，故多生圣贤。温厚之气，其气炎，故多生富贵。以情性论，西北人多直实，多刚多蠢，下得死心，所以圣贤多也。东南人多尖秀，多柔多巧，下不得死心，所以圣贤少也。"江南自古富裕，现今国家改革，发达已与西北地方拉开档次，数年前与一外国作家交谈"乡土文学"，其乡土概念截然不同，他们说"乡土"指回归自然，当然我颇为不解，今观江南乡下，始有觉悟。

午时到达张家港市，洗漱，吃饭，稍作喘息，即开始集体参观。张家港市的参观极讲究时间，每人发有参观路线表，上写：

沙洲宾馆（2：00出发）——中港（2：05—2：15）——大菜巷（2：20—2：35）——沙洲工学院（2：40—2：45）——精纺城（2：55—3：10）——梁丰中学（3：25—3：45）——市府大院（3：50）——国贸宾馆（3：50—4：05）——园艺场（4：10—4：30）——集贸市场（4：34—4：55）——沙洲宾馆（5：00晚餐，小憩）——步行街（7：

20—8：15）——沙洲宾馆。

所到之处，只能是匆匆而过，但印象极其美好。饥渴之人，遇到饭食，第一碗狼吞虎咽，第二碗第三碗才是品味，这就是我产生要多在此待些日子的念头。我尽量收集各处的介绍材料，多眼，多嘴，成了导游者的尾巴。张锁问我："怎么样？"我说了想法，张锁说："你情绪这般好，我就放心了！"他这话倒让我感动。他又说："明日再参观半天，我领你去昆山，与那里的领导接上头了，我就该回京去，你要再来，就可随便往来。"晚饭中，他又将我多次介绍给宣传部的领导，已经说定从昆山回来，就住市党校。下乡生活，当然不能住宾馆，这道理我知道，但我害怕党校那儿没暖气，这里的冷确实让我受不了。话到口边，没有再说。

晚上，翻看了一些资料，和老宋谈对张家港的印象，情绪激动，不觉已过十一点，忽觉肚饥，就想起了母亲。在家常熬夜，有吃夜宵的习惯，总是母亲为我下一碗酸汤辣子面的。便给母亲打电话，母亲接着，问家里没事吧，她说："好着哩，你放心。"问："这么晚了还没睡呀？"她说："我在看电视。"再问陈每在不？她说："她爸明日'三七'，她回那边去了。"家里就母亲一人。我在家的时候，母亲是十点就睡觉的，她不识字，从乡下到城里又无人可以说话，天一黑她坐床看电视，我忙写作或在客厅陪客，去卧室时总见她已靠在床头打盹儿。我把电视一关，她就醒来了，笑笑，要说："电视里的事我解不下，一坐到电视前就眯瞪，去睡却睡不着。你忙完了没？完了咱码牌吧。"母亲唯一消遣的是码纸牌，我虽觉得那游戏没意思，但每日陪她一会儿。今夜，空空的房子里只是母亲一人，她一定是又睡不着了起来开的电视的，或许她依旧在打盹儿，电话铃惊醒了她，才明白自己还是在看着电视的。

## 一月十七日

上午继续参观，依然是冷，将所带的衣服全部穿在身上，愈发身短腰粗，不成个形状。肝部数天里不适，脸有些浮胀。今日跑动的是南沙镇、东山小区、永嘉码头、保税区、沙钢润忠公司、鹿北丰产方、塘桥镇。我先是坐在后边的大车上，半路张锲将我叫下来，同他坐到小车上，可以听宣传部李副部长讲述好多张家港的故事。张家港富已不必说，但怎么就富起来的呢？江南人的思维超前这是极重要的。农村只能以发展企业摆脱贫困；这观念他们在二十世纪七十年代就产生了，偷偷地干，瞒着外边，有什么领导来，工人放假，厂房关闭。待全国倡导了办乡镇企业，他们一下子全冒了出来，很快占领了市场。现在各地发展乡镇企业，张家港却已更新机器，扩大规模，重点发展招商引资，使管理水平和产品质量的档次，完全达到国家级大型企业的水准。这些是墨守成规的西北人能想和敢想的吗？一位镇干部讲：事情就怕你干不成，事干成了就会承认你！西北人不是在改革之中胆子更大一些，步子更快一些，而是等上边，往往上边说到十，下边干到七，一旦上边要限制什么了，说到七，下边则干到十，一切都是要自己不犯错误，出发点不是在干出事业，只怕自己官职保不住。存大志，干大事，这里的农民已脱农民习气，所到之处，镇镇竞争，村村竞争，无萎靡之风。有一个现象十分有意思，即，在南方沿海地区和中西部地区，夜总会、歌舞厅甚多，尤其越贫困的中小城市，这种设施更多，这里却少见。

见到相当多的干部、群众，能听到这么两句话："有经济地位，就有政治地位。""在位子就要捞票子，捞不来票子退位子。"直奔经济工作的主题。中西部一些地区哪一个领导敢这么说？可以翻开这些地区的任何一份文件、报告，听听任何一位领导的大会讲话，敢肯定讲，往往是一堆一堆空话套话之后才说到经济的。

中国是农业大国，文化基本上是村社文化。中西部有相当多的国家级大型企业，工人阶级原本是先进的阶级，但现在大型企业多不景气。据我所知，这些企业几十年来在那里，已形成了一整套的小社会体系，工人可以不出厂区，在那里几代人一起生活、生产、消费，早已沦入新的一种村社文化之淖塘里。张家港的企业多是新生的，每一个企业在开始都是极简陋的工作条件，极简单的管理机构，一步步滚雪球似的发展。中西部呢，只要一沾国营集体性质的企业，要办一项事，先是得有办公楼，得设置这样室那样科，得有家属区，哪里还有盈利和盈利了扩大生产？

一边参观，一边思想到中西部的现象，说给老宋时，似乎满脸涨红，很是气愤。老宋说："好像你有治国之才！你当的西安市文联主席，一年倒去不了单位几次！"我嗤地笑了，说："总统不一定就是个好村长！"脑子却又在想，中西部经济搞不上去，不是说那里的干部都是庸才，那里仍有出类拔萃的人物，仍有雄心勃勃想成就事业的英才，但往往你放开大干时，受牵限的太多，有来自主管部门的，有来自同僚部门的，烈火不停地被冷水浇灭，人也就没劲了，恶性循环，人人只有混着下去，似乎什么都抓，什么也抓不起，做一个平安为好的维持会长罢了。那么，张家港的领导是怎么干的，为什么能得心应手，在时下中国法制并未健全的时候？

有幸的是，午饭中见到了秦振华书记。秦出身农家，没有多少文化，是典型的工农式干部。快六十岁了，不见老态，发际极高，前额阔大，似有豹相。言语紧急，做大动作，滔滔而言。他的话我一句也听不懂，但那气势能煽动我。我喜欢这人。

工农式的干部我经见得多，往往有这样那样的毛病，但大多相当可爱。世上的女人易出现两极人物，农民更是如此。江苏这一带有许多干出大业的村、县、市，领头人都是农民。农民在一般的观念里是保守、小气、自私，但农民往往没负担，敢于冲出束缚，一旦出头，叱咤风云，不可一世。现时改革开放，社会主义初级阶段允许一切兼容，农民就以各自的形态出现，采用不同方式创业。河南南街村是一套治业办法，江阴华西村是一套治业办法，无锡西塘村是一套治业办法，秦振华又是秦振华的一套。如果细细研究，这里边有些是各种因素的集合体，有现代的，也有封建的，有民主的，也有专制的，有西方的管理体制，也有中国儒家的仁亲之术。一个国家的发展，得有国际大环境气候，一个地区的发展，也得有国家小环境气候。邓小平的伟大，是他开创了新的治国政策，使这些农民人物充分发挥了想象力和创造力。发展是硬道理，逮住老鼠为好猫，已不论是黑色白色。一些人对这种现象似乎很不惯，那是局限于一时一地的问题，缺乏天下目光，不站在治国位置上思考。毛泽东的一首《雪》，令所有作诗填词人惊叹，家雀哪里有鸿鹄之志啊！

下午，《文学报》的郦国义、徐福生，与《新民晚报》项伟回上海，南京方面的作家、编辑及有关人回宁。张锴、王光伟、周桐淦等同我和老宋去昆山市。临走，郦国义叮咛老宋写写我的情况给《文学报》，老宋告知我，我谢绝了。来江南之事再不要做文章，我不希望做新闻人物，作家只对应作品，别的毫无意思。天又降雪，司机说，多年不见下这么大的雪了。

## 一月十八日

昆山也是县改的市，但是老城，老城而新，比张家港市繁华，文化味也浓厚。昆山的领导人为知识型，有上海味，形容文质彬彬，谈吐温文尔雅，另一番景象。昆山人多不服张家港，苏南地区市与市竞争十分激烈，这是可以理解的，何况昆山也是全国的名市，一样富裕。据说昆山的外资企业发展得很好，手里有大批的钱，城建就改造得好。

因为张锲回京的飞机是下午三时，一早大家浏览市容，便同去周庄。昆山有可以炫耀的"城市广场"，如大连的"国际大厦"，这是年轻的领导人的新式思维所致，一般的中小城市难以做此动作。国际上评价新加坡的李光耀：小国家，大总理。"城市广场"和"国际大厦"的修建。也足以体现两市领导人的气派。昆山的副市长徐崇嘉说："城市从市容来讲，需要一个广场，我们的广场建起来，象征着一个农业小县怎样过渡到了一个现代化城市的意义。"这广场确实气派，有水有桥外，一尽草坪，而广场边的办公大楼极其雄伟，将市委、市府、人大、政协等部门集中一起，这也是别处不能做到的。我们的车停在那里，大家跳下来拍照，雪正下得大，不想市电视台得到消息，早有人扛了机器在那里等候。摄像机只是绕着我转，使我受窘，忙摇手，让去采访张锲。草坪外一片水磨石地面，上覆有冰雪，下却消化，我企图从上面通过，才说句"这有天安门广场的味嘛！"话未尽，脚下打滑，三次要倒，三次努力平衡，慌忙中四肢乱抓胡蹬，终啪地仰面倒在雪水里，大衣尽湿，水灌了袖口，大拇指紫青已不能动。大家急去拉扶，一脸的狼狈，却说："江山如此多娇，引无数英雄竟折腰！"

周庄，水乡古镇。一入其内，便见小桥，桥是石板所拱，桥缝里竟生枸杞，胳膊粗细，一派古意。街没街，流水代之，幽幽似死水，但白亮鲜活。人家的屋舍短小，构造精巧，沿水而筑，随高下弯曲之势赋形，台阶即河岸，有码头，有缆船石，敞窗上有斜搭的晾衣竿，竿下有垂着的吊水的桶。从石驳岸上悠悠地走，屋檐上的雪开始融消，水扯了线地滴，你的思绪也线一般地扯，扯出了清代明朝的诗来，一时自己怅然若失，不知今夕何年。接待的是年轻的镇长，他领我们看沈厅、张厅，两处极考究的古宅，解说什么叫水墙门，什么叫河埠、墙门楼、茶厅、正厅、大堂楼、小堂楼、过街楼、过道阁，正厅前的轩廊有多深，旁边的备弄有几个壁龛，屋后怎样为两坡硬山顶，除天檩至七檩为单屋顶棚，其余又如何为双屋顶棚，穿屋而过的小河可叫"箸泾"，敞窗下的木棱式拉杆便称"美人靠"，这一切一切的结构则可是"轿从前门进，船自家中过"了。参观了沈、张二厅，我们就跑着看那十座石桥，难忘的是那南北市河和银子浜交汇十字处的联袂双桥，桥面一横一竖，桥洞一方一圆，宛如钥匙。再是那富安桥，桥头的楼，有五块石头采自陕西安康，石质坚实，颜色深赭，一块在桥东做栏杆，一块做桥阶，三块铺在西桥堍，最是那贞丰桥，桥西侧，有一"迷楼"，曾是"南社"柳亚子、叶楚伧、费公直等人诗酒聚会之处。周庄人现不愿说"迷楼"当年风流事，但进得楼去，上到二层，四壁墙上却悬挂着这些文人昔时写就的诗文，分明有着寡妇店里的酒美、阿金的秀色可餐的内容。诗酒会友，纵情谈笑，文人毕竟是文人，抒的真性灵，写的美文字，事过境迁，虽然墙粉脱落，油漆斑驳，却长留着一段长长的遐想给后人了。

连日来，张锴已十分疲劳，他是领导，什么行动他都领队，应酬最多，说话最多，又马不停蹄参观访问，游完周庄，看着步履却不整了。在一家饭店吃过万三蹄肉、韭菜白蚬、水晶虾、三味圆和莼丝鲈脍，便与我们告别。他又是嘱咐了一番，末了对老宋说："平凹就交给你了，你要照顾好啊！"我不觉一时伤感，眼里热潮，忙别过脸，恰雪大如撕棉，可以掩饰。

张锴往东，我们往西，两个半小时沉默不语到了张家港。在市委大院寻到宣传部，由新闻科长卢润良接待，安排住进市党校。房间奇冷，幸有空调，打开多时，身上始有暖意。看窗外，天已经黑下来了。

## 一月十九日

卢科长七点准时来敲门。这位张家港的"第一笔"，穿一件黑呢外套，长目突颧，言语不多，办事踏实。人是有气味的，有的人无冤无仇的却一见反感，有的人则气味相投，昨日下午交识了卢科长，就感觉我们能合作。在张家港期间将一切由他作陪。我们大致做了计划：一是尽量收集各个方面资料；二是去不作为集体参观点的一些村镇，深入到村民家中；三是具体接触一些市、镇各方面的人物；四是听卢本人随便介绍。

这一天，我们三人上街闲逛，想走到哪儿是哪儿，就去了居民区，过小巷，穿通一家菜场，看小吃点，到公共厕所，进书店，瞧报摊，与清洁工交谈。一路信步，见什么问什么，巷巷道道，圪圪崂崂，直转到天黑，人已冰棍似的冷。

张家港的卫生程度，确实无可非议，在偌大的中国简直是个神话。所到之处未见垃圾、污水和乱七八糟堆积物。在一个小巷里，我瞧见一个行走的老头从地上捡起了一片废纸，转身去一个古亭似的一间小屋前，将纸片从窗口扔进去，然后继续走他的路。我也走近那小屋，小屋原是垃圾站，里边放着一个大垃圾箱。天冷，当然没见有苍蝇。老卢讲，热天也没苍蝇的。去年夏天秦书记在沙洲宾馆陪客，突然发现一只苍蝇，立即给主管城建的副书记顾泽芬打电话："沙洲宾馆发现了一只苍蝇，请你重视一下，查查苍蝇的滋生地。"如今狼是没有了，要看狼得上动物园去，张家港的孩子们以后要认识苍蝇，可能也得去苍蝇标本室呢。

我和老宋都是烟鬼，往常一晌得吸一盒的，今下午竟不敢抽。去一家邮局，过道的角落放着一个垃圾桶什么的，我说："这里可以吸吧？"烟掏出来，想了想，还是装进兜了。我庆贺我竟能扛过一个下午，但一回宿舍，却连吸了三支，自己也恨自己没出息。老宋说："在张家港住上一月，烟瘾绝对就戒了。"我想是的。

张家港的市民如此洁净，靠的是什么？去居民区看了居民守则，那里实行居民新风牌制度，家家评比新风户，评比的一条便是卫生，若未评上，免挂新风户牌，就要取消一切补贴，如医疗补贴、蔬菜补贴、教育补贴等等，若三次摘牌，对不起，停电断水。新加坡实行有鞭挞，也是一套严之有效的法规，而这些法规长久执行，居民就习惯成自然地遵守和维护起城市的卫生条约，文明起来了。

张家港的市树是香樟，大街小巷都栽有这种树。香樟是名贵树木，恐怕只有张家港敢以此树作市树的。据说，公安局大门口有两棵较大的香樟，改建路面时，有人以妨碍出入而要砍掉，秦振华亲自干涉：不能砍，要砍得我同意！张扬大道上装什么灯，秦振华也要过问，选定北京机场高速路上的灯的式样。一个市委书记除了抓大事，也管到了一只苍蝇、一棵树、一盏路灯，实在是少见。

张家港短短的几年里建设成这样，它提示给中国的最重要的一条，即是一种精神。他们满到处也在写着他们的口号：团结拼搏，负重奋进，自加压力，敢争第一。这是一股清正之气，是一种扎扎实实，有别于中国一九五八年的"大跃进"。

经济抓上来，人自然追求文明。领导层真正公仆式地为这个城市辛勤工作，群众就会齐心协力跟着来。我问老卢：这里社会治安如何？回答是，一切平安无事。当然有警察，公安力量甚至还比别处强，主要是防止外地流窜作案的。

## 一月二十日

遇到中央党校赵教授，她是研究当代社会问题的，我们便结伴而行，去杨舍镇。杨舍镇的办公楼一般，在陈旧的会议室里与镇上领导交谈了半天，就去农民家。其中一家居上下两层小楼，实用面积二百五十余平方米，且装饰得富丽堂皇。赵教授大呼小叫：北京城里部长也住不上这么阔的！屋主却说："我这家算不了什么，在村里仅是中等水平吧。"赵教授遂问我居住如何？我说两室一厅四十三平方米，还是借居的。一想到自己的住房，我就蔫了，一小间是七十岁的母亲住的，除一张小桌外，堆满了杂物；一间稍大，安我的床，安我的桌，讲究着安一排低柜放电视机录放机，仅仅再放下两个小得可怜的书架，衣服就一沓一沓堆在床头。客厅见天要接待各路来客，沙发得有的，茶几得有的，那就只留下仅容一人通过的空地。厨房里的窗台堆放着我的书，案板除了擀面切菜，铺上毛毯即是书画桌。

因母亲在，弟妹便常来，晚上睡不下，我只好出去寻人打麻将，一打通宵，打着打着一想房子就来气，便要输得一塌糊涂。我给赵教授诉苦，诉着诉着倒笑了，说："古句说'普天之下，莫非王土'，这是指王的，如果记者称无冕之王，作家也算是吧，那也该是普天之下都是咱的了。再说，人睡着了，还不都是仅占一尺宽的地方吗？"老宋就笑我阿Q。

最后去的一家，是小河坝村。一进门，一个女孩儿就喊："爸！爸——！"楼上有应声，循梯而上，梯扶手上才刷了油漆，墙上的彩色图案还未干，小小心心走上去，那个叫葛金才的提着一支毛笔从一间小屋出来，他是正在那里作画呢。这是位在村企业上班的农民，下班回来竟喜欢绘画，工笔画是十分的到家，画纸上老虎才成形了头，神气毕现，似乎破纸欲出。此人腼腆，交谈时直挠头，所说什么我听不懂，却由小女儿翻译。

曾在别的地方参观过许多富了的农家，房子也大，装修也好，但摆设零乱，一看就是农民住所。这里所到之户，都极讲究，与大都市人家没有两样。

现今中西部和东南一带差距颇大，而中西部的城乡差距又颇大，这里城乡一致，穷富无较大区别，故安居乐业，社会稳定，禁不住为中西部犯愁。可以说，在那些贫困落后的地方，我们都是有罪的人，都应该有一种忏悔意识。对待"文革"是这样，面对当今现实也是这样。张家港依然在中国，能这样迅速改变面貌，是有秦振华一批人，他们首先以自廉自清而破"网"而出，当然广大群众就会热烈拥护，跟着一起干。而他首先是面对着农民，改造和引导，以很高权威行令。

在小河坝遇上的村长助理，读过我好多书，后应要求在村娱乐室写字，接待的一位女子也认出了我，她也是我的读者，并遗憾她的一个朋友不在，"我朋友是一个'贾迷'！"在这样的村子里有我的读者，我感到欣慰。

返回住处，给女儿电话，因走时匆忙，未能给她招呼。孩子上高中，正关键的时候，作为父亲很少能照看到她，使我心里隐隐作痛。西安也落了雪，上苍保佑她骑车安全，学习能有进步。

## 一月二十一日

雪。又起了风。房子里的温度低了许多。数天来腿杆子发痒，洗了澡仍是痒，又未见长什么疹子，怀疑是不是气候不适所致？换下了衬衣衬裤，水凉又懒得去洗。昨晚吃饭时明显吃得少了，给厨房管理员说想吃些馒头，今早去时，端上来却是包子。老宋问有没有不包馅的，人家说：哦，你要吃大包子呀！原来这里把馒头叫包子，把包子叫馒头。南北人饮食是这样不同！按五行说，南为火，北属水，但北人刚南人柔，而且北人喜食麦面，麦为阴性生殖器形状，南人喜食大米，米为阳性生殖器形状，是一方水土养一方人与物，人与物又相济吗？不明白的是江南这般潮湿，为什么这里人什么食品里都放糖不放辣？我们每顿饭都提出要辣子，大嚼尖椒的时候旁边的人都惊得龇牙咧嘴。对于饭菜，老宋的口比我粗，他说我不是美食家。其实什么都能吃，吃又吃得饱的人并不是美食家。美食家是在特定的饭菜里特别讲究色、形、味。比如我喜食面，但面食几十种，爱吃宽片面，不爱吃细条面；爱吃炝锅宽片面，不爱吃捞面；爱吃素菜炝锅宽片面，不爱吃肉臊子和炸酱面。老宋就笑起来，说我是穷讲究，一生烟钱比茶钱花得多，茶钱比衣服钱花得多，衣服钱比吃饭钱花得多。他又开始讲中国八大菜系，一样的鲤鱼，川菜怎么做，粤菜怎么做，鲁菜怎么做，淮扬菜又怎么做。我就批判道，中国人在食上花样太多，才导致了中国人的胃口退化，小孩子得了厌食症，大人才变着花样哄诱着给吃，越是这般，越是厌食。中国的食文化是一种罪恶，中国人常常恨自己体格不健，抗衡性的体育竞赛比不过洋人，根子就在吃上。这个早上，因为没有吃好，两个人却为吃闲聊了半天，直到卢科长来，争辩才告结束。

老卢抱了一大堆资料，我们开始吃书。我细细地翻阅一本张家港的《文明市民守则》。类似的守则可能别处也有，但往往贯彻不力，流于形式。人们习惯了走形式，这种恶习已经严重地危害着各项工作，更严重地涣散了人心。张家港人成功在于大事小事都贯彻法规政策，取信于民。据老卢说，市上开千人大会，宣布几点开会，谁也不能迟到，曾经有老领导迟到过，这老领导就当众作检讨。

党校两位校长来看望，送"东渡"烟两条。

东渡，指鉴真和尚去日本传授佛法的历史事件。鉴真曾五次渡海，均未成功，有一次甚至被风吹船到海南岛，第六次于张家港的黄泗浦扬帆启碇，方取得了成功。于是，张家港成为象征成功的地方，故当地产有"东渡"烟、"东渡"酒。张家港人经济头脑发达，产这种香烟，价钱颇为昂贵，且全市境内大多出售这种烟，而别的香烟品种很少。品尝着烟，忽然发笑，想起我在西安的住处，正好是鉴真受具足戒旧址，而今又到他东渡之地，觉得十分吉祥。

翻一份资料，得知此地称作江尾海头，便提出让老卢几时领去看看。老卢说，那是以前的事了，现在到哪儿看去？我又说，新庄里村在哪儿？老卢问：你怎么知道新庄里？我说昨日在院子听人闲话，说到那儿有过美人鱼，常游到海滩边，坐在礁石上，以胸鳍抱了幼仔授乳。老卢就哈哈笑，说：这是民间传说，我以前也听到过。那其实是海豚，新庄里村就出土过宽吻海豚头骨化石的。可领你去新庄里村，你在那儿也见不到海的，哪里还有美人鱼？老卢的话当然是正确的，但我脑海里总出现一个有着鱼尾的美妇人在礁石上露出白胸抱儿吃奶的图像，甚至就又是洛河上甄妃远去的影子，挥也挥不去的。

午饭后，冒雪往塘桥镇采访。

塘桥镇自古以来就是富地方，田土肥沃，天雨及时，但这里人的工商贸易意识又十分强烈，1979年以前乡镇企业就有大的发展，近几年步步台阶，乡镇企业已上规模，上档次，着眼外资。张家港的各镇党委书记或镇长均是镇企业集团的董事长或总经理，他们是不拿企业工资，仍领取行政干部工资。且允许村民搞个体，绝不准一家两制，即有人搞个体有人在集体企业中。我们去的时候，几个主要领导人已去外地谈生意了，接待的是一常委叫裘嘉云的。小伙子十分精悍。因政府大楼内不能吸烟，我们到村宾馆房间说话，他的手机就连续鸣叫，他得不停地用本地话讲什么，然后再用普通话和我们交谈。随后，由他领着去村民家，专门去看看各类家庭，所到之处，无不令人叹羡。又去厂镇文化站，那里文化设施俱全，且村民娱乐全都免费。重点参观了围棋室。塘桥镇是中国围棋之乡，全镇两万多人，竟五千人能下围棋。在一家遇年轻夫妇，都是大学毕业，现为镇企业中技术员，也都喜欢文学，对我去他家十分高兴。镇落比市区相对集中，正是下班时间，街上多是女子，一问都是外来打工妹，就有一个着红呢大衣的和我擦肩而过了，愣了愣，又返过来问我是不是姓贾，我知道又遇上一个读者了，点头说是，她就跳起来，说她读过我的书，能不能给签个名，就要跑回宿舍取书。我说我还有事，怕等不及的，她想了想，就掏了手帕让在上边签名。晚饭在村宾馆吃，服务员也认出了我，絮叨她们读过我什么书什么书，又是签名，又是合影。这一路处处有读者，倒让我惭愧，恨自己写得少，也没有写出什么更好的东西。

苏南经济发达，却又读书人多，这是我意料之外的。

据我了解，在陕西各县，大凡读了大学的，难有几个愿回原籍，乡镇企业因缺乏技术人员、管理人员，往往只能从事有地方特色的、手工的、鸡零狗碎的项目，难以上规模上档次，以致恶性循环。张家港全国第一家县级市办大学，目标就是为乡镇企业输送人才，我上边提到的那一对年轻夫妇，就是大学毕业后已分配到上海，又返回到塘桥镇的。企业的现代化，又吸引了外地人才纷纷聚来。据介绍，这里外来的大学生、研究生很多，甚至有博士生也从上海、南京来就业。裘嘉云的谈吐风趣，他是熟悉我的作品的，时不时就说出书中的情节和人物，我尽量避开谈文学，让他谈塘桥。从数年间的塘桥发展看，张家港人已摆脱了说空话，发展是第一位，他们选用干部就是要位子就得捞票子，捞不来票子退位子。坚守一个主意，有经济地位就有政治地位，没发展什么都不是，发展了什么都是。而抓经济，又是以政府来抓，集体来抓，人人收入大致平衡，故社会稳定，人的文明程度相应提高。

有一种说法：南方的文人北方的将，陕西的黄土埋皇上。江南之地当然出才子佳人，但奇怪的是倒出大英雄，自古以来产生了多少显赫角色！那个朱元璋在南京建都，也是个农民，成就了大业。朱元璋值得再研究，此人遗传给后人的有哪些东西？在华西村，在张家港，接触一般基层干部，所谈之语言，常有二十世纪五十年代至七十年代的毛泽东时期的痕迹，但他们就靠这些提心劲，凝聚着民众力量。毛泽东也是农民出身。中国又历来是农业大国。农民性格里除了习惯说的落后、保守、自私之外，还有什么成分？怎样把握中国特色？这些问题值得沉思，可以说得明白，也可以不言传而意会。人治当然不如法治，而时下中国，还得从人治过渡到法治吧。无论如何，将军济济，于民无福，企业家辈出，必然社会富强。

苏南一带，极少见到教堂和庙宇。

# 一月二十二日

无雪却是雨，往华西村去。实在没想到，张家港到华西村坐车仅一刻钟时间！

进村便是一个大的广场，三面看台，一面的一边是凤凰楼，一边是龙头馆，龙凤呈祥，中间的大戏台称作龙凤阁的。仰头能见远处的十七层塔形华西大楼。这里的颜色大红大绿，十分吉庆，如到了什么游乐的地方。广场角有一处房子，挂着接待站字样，进去接洽，一位副村长和接待站的吴芳已等候多时。从屋内顺楼梯而上，竟到龙头内的歌舞厅里。华西村不禁止吸烟。我们坐在厅里交谈，吴芳的口才极好。后叫陈旭的小伙又携来一卷材料。他们早知道我要来的。我说明了原先中宣部和中国作协安排我挂职长住华西，后又决定在江浙跑动的原因与经过，便笑着对老宋和同去的中央党校的赵教授说："要不，我也是华西人，你们来我就做导游了！"吴仁宝不在村，无缘见面，副村长陪了一会儿，村委会又有会，电话催去了，两个年轻人就陪我们参观。先后看了村容，再去"农民公园""世界园"旅游点、华西大楼、村民住宅、村区长廊等，一边走一边提问，大致了解了华西村历史、人口、收入、村班子组成、村区建设。可以说，在华西令我特别兴奋，引发了我许多深思。黄昏返回时，脑子里还是萦绕着那些问题，夜里写下观感。

一，华西村是中国首富村，无论怎么富，却保持着农村的特点，仅从村中一些设施建筑，处处无不渗透农民的思维。导游的两位年轻人，一口一个"老书记说""老书记认为"，自自然然，又充满自豪，可见吴仁宝的权威是很高的，这种权威建立在村民的完全信赖上。这里的一切规划，包括在哪儿栽树，栽什么树，都是吴仁宝的点子和要求，吴仁宝的意志得到完全的体现。吴仁宝虽未见到，但在张家港时就听到关于他的许多传闻，比如，他总结华西是"不土不洋，不城不乡"，他用人之道是"大材小用，小材大用"，他为儿子起名，名字里分别要用老一辈国家领导人的名字中的一个字。他是有他的特有的农民思想，且较有体系，是一个相当不简单的人物。

二，"农民公园"大致景点有"议事厅""桃园结义""三顾茅庐""生肖亭""鹊桥会""建业窟""二十四孝亭"和"寿苑"。这个公园作为村民休息地是次要的，重要的在于教育村民。吴仁宝理解干大事就得团结，团结如桃园结义，治村乃同治国，刘玄德定都之后，北让曹操占天时，南让孙权占地利，他占人和，西和诸戎，南抚彝越，外结孙权，内修政理，先成鼎足，后图中原。实现华西目标靠什么？就得顺应大局，先是坚持靠思想教育，靠党的政策，靠干部带头，再是靠"一个中心，两个基本点"，靠实事求是，靠"自己有错自己改"，后再靠正确决策，靠科学管理，靠整体提高。这里有吴仁宝的精明性和适应性。"鹊桥会"是男耕女织的传统耕作生活的缩影，吴仁宝推崇这种生活境界，他意不在什么爱情的顺利和挫折，只看重牛郎，牛郎也可以找天上的神仙，牛郎也可以升天。而牛塑像最大，又取意于纪念牛，不要忘了农民的根本。二十四孝，别的地方是不宣传了，华西却造亭塑像。"寿苑"是水中曲桥，第一亭就是花甲亭，桥曲最多，下来是古稀亭、喜耋亭、庆耋亭、期颐亭，然后前面不再架桥，转身而回，取返老还童意。这又是农民对生活的理想。有意思的是，既然以人生道路建桥安亭，开首一亭却是花甲亭。我问吴芳：吴书记今年多大了？吴芳说："六十七了。"华西大楼原准备盖一般性大厦，吴仁宝认为你盖二十层，可能外地也有盖三十层的，那就不稀罕，他要的是第一，便修成塔形，既实用，又有传统性的修庙建塔的纪念意义。村中的长廊纵横几条，相当气派，样式类如颐和园的长廊，令我想到了阿房宫。一切建筑都大红大绿，但塔式大楼十七层内，所有的柱子、门框、窗框，皆金黄色，有皇宫气象。华西村环境卫生比张家港差，吴仁宝并不在意，据说别人问起，他说：要那么干净做啥？！

三，中国是农业国，第一次社会变革，知识分子最先觉悟，但最早起来干的却是农民。安徽的农民第一个起来分田搞承包责任制，乡镇企业还不允许时，张家港的杨舍镇偷着干，华西村偷着干，上边有领导来，关厂门隐蔽。这些农民，若有大志，绝不循规蹈矩，虽不能去治国，但一定要将本土，即在他的权力所在之地治理出样来。农民政治家在成就大业中，吃苦，敢为，有狠劲而颇具心计。

四，历史上各朝各代，江南均有"巨富""大户"，有传统的聚财敛富经营之法。现江南借地理、政策、现代管理之优势，同样出现"巨富"，只是不在个人，而以村、镇形式。但虽以村镇集体富裕，而领头人满足的是成就感。这些村镇细究起来，大多还是以氏族为纲系。现在社会，以个人暴富，往往难以长久，以集体富裕，国家保护，社会亦不产生嫉恨或侵害。事实上，领头人也都有政治地位，挂职了地委或省委，或是全国党代会代表、人大代表、全国劳模等。值得思考的还有一个问题，一个农民在本地本土贡献赫然，形成绝对权威，又易出现传统的封建方面恶习。昆山周庄在明代有个叫沈万三的，当时号称"江南首富"，朱元璋定都南京，他助筑都城三分之一，但他又提出犒军，朱元璋则怒了，说：匹夫犒天下之军乱民也，宜诛之。后谏曰：不祥之民，天将诛之，陛下何诛焉！才放过沈万三一命，发云南充军。沈万三是农民，朱元璋建立的是封建政权，他更是农民，农民最懂得农民。

五，华西"农民公园"有两个景点，别有他意。一是"桃园结义"，塑像为一棵桃树上，张飞立于树上部，关羽蹲于树中间，刘备双足踏地，抚膝安坐树底。村人说：当年张飞提出，树作证，谁爬高，谁为长，说完一蹿到顶，关羽蹲中间，刘备坐树根。二是"生肖亭"，十二个动物列位一圈，圈外有一猫。说明是：猫发起点生肖，但猫忘了自己，猫也乐意当帐指挥。这些塑像内容和形式是吴仁宝的点子，制作者是村中工匠。吴仁宝的意思或者是要说做人要有根基，要以农业为基础，要先群众后自己等等，却是不是也表现了他作为村中老大身份的一种自得自信呢？离开华西村时，偶然得一消息，说华西村的接班人为吴仁宝侄子吴协东，又听同行人讲，有名的无锡西塘村也是如此，而一些有名的富村也有这种现象，不禁又生出许多感慨。

昨夜南京方面来电话，是中国作协要求查问这边的行踪，今早刚起床，秦友苏即来电话，老宋一一做了汇报。

刚才给家电话，询问母亲状况，一切还好，说到这里吃饭了，母亲说："这些日子了，还没吃到面呀！"就又问几时回家，叫苦地天天在盼着。陈每亦来电话，说了一大摊难事，都得等我回去解决。末了，知这边晚上寂寞，叮咛要注意调节，譬如夜里去逛逛夜市呀，去歌舞厅呀的。唉，天这么冷的，往哪儿去了？老宋买了一副扑克，但两个人又玩不成。

## 一月二十三日

看天气预报，雨雪还得持续到月底。已有些感冒，趁早吃强力银翘四片。厨房为了满足我们的口味，特去街上买了拉面来下，但面下得太软，又无什么调料，难以下咽。人家一片苦心，只是不会操作，万不可晾好人，我强吃了半碗，老宋吃一碗半。

午去南通，摆渡长江。我老家在丹江边，丹江入汉水再入长江，全然没想到这里江阔八里，水波连天。时雪雨迷蒙，望不清彼岸，依船舷下望，混浊水面，摇曳片片，如削面团，触景感怀，想坎坎坷坷半生，事不成事，家不为家，更是一颗心揪心这个，放不下那个，自己倒落得恓恓惶惶，不禁心事浩渺，顿觉苍凉。

登岸见南通港务局邹美祥等三人已在等候，才知老卢早已通知他们，遂受其安排，参观了码头，走游街市，于一家白宫酒店吃饭。南通是古城，为苏北富地，但明显差于张家港。而所到之处，皆遇着我的读者，见面备说对《浮躁》《废都》《白夜》的见解，有得知者，疾跑回家取所藏的我十余种书来签名，并恳求书法，故在酒店书写十余幅。

原来来南通看看，感受苏北的状况，不料谈说间有人提及本地有狼山，有水绘园，问了狼山有寺院，是南通一旅游景点，并不在意，说到水绘园为明末冒辟疆和董小宛的旧居，颇多向往，就改变速回张家港的主意，驱车往百里路外的如皋去。

水绘园在如皋市北，如皋意为"到高地"，明清时极为繁华，"士之渡江而北，渡河而南者，无不以如皋为归"。冒辟疆伤于国事，绝意仕途，携秦淮名妓董小宛回住老家筑水绘园游觞啸咏，才子佳人知己，留下无限佳话。其实，此地两人居住并不长，董小宛才艺双绝，却红颜寿短，二十八岁而逝。冒辟疆做《梅影庵忆语》风传一时。他则寿至八十三载，于董小宛后又娶二妻，晚年在狼山一带卖字画为生。相传他曾在树上架床夜眠，意在上不顶清朝天，下不着清朝地，现水绘园还挂他一条幅手迹，落款"巢民"。游园讲解是位姓石的小姐，喜好文学，讲解十分有激情。她知道我曾写过冒辟疆的事，当文化馆的一位摄影师送我一张董小宛的昔年绘像照片时，她说："你的唐宛儿老以董小宛自比，恐怕唐宛儿没见过董小宛的绘像，你也没见过吧？今日送你一张，说不定董小宛要认你也是活着的冒辟疆的！"众人大笑。末了，她从怀里掏一本《白夜》求签名。参观毕，天已黑，文化局长得知，邀去吃饭，恰市里召开文化会，摆席两桌。席间，俱来叙酒，必言及读过我的什么什么书，虽多为寒暄，但此地读书人多不假，且读书均有各自见解亦不同于外地。

参观水绘园时，忽想起欠文债一事，是离开西安前答应了为作家孙琪一书作序的，因走时匆忙，未能做成，来江苏每日早出晚归，竟忘了此事。今夜便不单独说记水绘园情景，意欲序里提及，不想冲动即起，略作构想，将序粗粗的框架写下，待回去后重抄给孙琪了。

老宋买了一副扑克，但两人又玩不成。

序文如下——

西安城里，孙琪家是老户，住仄巷旧宅，有砖饰，有雕梁，吃饭要坐桌子细嚼慢咽，竹竿撑起菱格揭窗子，看得着花架上的××，可以染猩红指甲。长长的身子在镜前剪刘海，爹在院子里——爹也在镜子里——翻《康熙字典》，问："女孩儿叫琪，什么意思？"词条上解为美玉。斑驳的山墙头上恰掉下一片瓦来。从此自改了名字，叫雨薇。那是十年前春天的事，院里的紫薇成蓬，枝蔓如铅笔画出的一堆线，素素的花一串一串吊着，在雨后湿淋淋地闪光。

我以前不认识雨薇，识时雨薇已半老，常穿素服，知书好佛，态度与人异同。渐熟，每有闲聚，她必来，来却迟到。我喜欢拿出新作的文章念给众人听，人都听着，她只是趴在桌上那架琴前，无声地抚着，吃吃笑。念毕人皆奉承说好，她则批点，由文及人，言语尖薄，见解却是精绝。自然中心转移，大家便听她的说道，她偏正话反说，反话正说，戏谑里又空白太大，将听者都装在套里，待觉悟过来，没有不骂她是鬼狐子的。

雨薇是有趣的女人——人无趣不可交——朋友们就乐于同她聊，但绝不单独与她相处，她太聪明，说不过她，你肚里的意思还在酝酿，她似乎就知道了是什么，便觉得累。她后来清楚男人们最终喜欢的还是简单女人，就不大来参加闲聊。

遇到她丈夫，问到她的情况，她丈夫说，下班回来，闭门不出，瞎写吧。雨薇不仅是读者编者，还要做作者，她会写出怎样的文字？又一回闲聚，大家挂电话强逼她来，她先示出一张纸片，上面密密麻麻千字文，我锐声叫好，她竟从兜里掏出一大卷来，篇篇清丽，大家都惊骇了。后来几篇被人拿去发表，惹动了诸多人读，社会上已嚷嚷西安又有一个才女了，她却极少动笔，班余洗衣买菜，玩琴习禅，走动近乎绝迹，只是有电话来，说：你们话写作，我是活人，哪儿有恁多文章？她的话说得我们羞赧，聚会也自此渐渐散去。

但她的文章毕竟还好，有人就怂恿结册，她仍是不肯，待他人为她集了起来，她推辞说，平凹肯写序我就肯出版。这话传到我耳里，去电话问她，她说："你还真肯写？你怎么写？"我问她一年来做什么，还写了什么，她在电话里吃吃笑，说："守身如玉，惜墨若金吧。"笑得话筒也掉在了地上。

答应写序，原只是要促成她的书出版，但君子出了言，却真应了她的问，该怎么个写法。正寻思哩，接北京方面的指令，赴江浙一年，不辞而别了。今日来到如皋，无意中得知明末冒辟疆和董小宛旧居在此，哦的一声，急急赴去，见识了一处小小的园林，是称作水绘园的。水绘园建筑是徽派风格，一半为水，唤做洗笔湖，一半为屋，有匾"水明楼"，格局约束，构筑却极精雅。时天降雨雪，隔菱窗花墙见雪如絮入湖无声无痕，顿觉阴冷异常。穿过一堂，过窄廊，在庭院间看奇石异木，浑身已索索颤抖不止，直到书堂立于冒、董旧日画像之前，忽然平息，不知什么缘故。书堂过后，有琴室，双层透雕的红木竹屏里，一长桌供香，一几案置琴，琴已不在，有河泥烧制的空心琴台，鼓杌在旁。伫立长久，逮不住湖风里有一丝音韵，低头又往琴台案下看看，自然不见那长裙下一点鞋头，地砖粗糙，缝合模糊。默默又过廊亭，踏梯上

远山静水

楼，楼上隔间更显拘谨，船舱式顶棚，有寐房，有吃茶间，床榻空空，躺椅脱漆。遂想数百年前，复社名士伤于国事，绝意仕途，携才美人栖隐水绘，游觞啸咏，那诗书之笔洗墨于湖，湖底游鱼最知，那瑶琴古时不操而韵，今留琴台，风雪里才诉这般凄冷？一个是秦淮名姬，一个是复社名士，知己人双双古远，这一桌一椅一床一杌，明式家具，线面组合，随人体仰俯转折的结构啊，终是留下了多少他们卿卿我我的气息！下楼到"隐玉斋"，立于小叶黄杨前拍照留影，小叶黄杨世间只见盆景，这株竟成大树，覆荫满院，不觉浩叹：读书可辟疆，佳人宜小宛。感叹方出，却蓦地想起写序的文债，在水绘园里竟想到了序事，连我也惊讶了。

夜归张家港，急急写就以上文字，已是子时。推窗西望，风雪呼呼，一派迷茫，不知雨薇肯不肯认同这些文字作序？或许让她看了，要说"随意就可"，谢我吃茶。前年冬天，她领一外地读者向我索字，写毕了，曾泡着我的茶而说"用茶谢你"，修身坐喝于窗前，那读者就笑，她反问笑什么，读者便说她坐姿好，坐着像竖琴。

今夜还能写出这一篇文章来，令我高兴。服四片银翘，睡吧。

## 一月二十四日

还是雨，空调又坏了，热气不出竟放冷气，只好关掉。同赵教授谈及她提出的一些问题，即：张家港的改革之道与政府职能的转变；张家港对发展才是硬道理的理解和实践；对"铁饭碗""平均主义"的理解、改革、实践与张家港人的绝招；张家港的从商之道与市场发育、完善和管理；张家港的整体素质与反腐倡廉；张家港党组织的时代责任感与权威；张家港人才辈出的环境与党的干部政策；社会主义精神文明建设与经济的起飞；张家港的农业发展与农业、农民、农村问题的地位；

张家港的对外开放政策与效益等。

这些天来，每看到苏南的发展，无不就想到中国中西部的现状，尤其陕西的现状。陕西的发展拖后原因到底在哪儿？和老宋讨论了多次，原因可能很多，有些涉及国家的某些体制和政策，而仅从我们陕西的实际提出自己的看法。

一，自然环境差。陕西一省包括几个生态区，北从沙漠，向南依次为黄土高原、关中平原、秦岭山地、汉中盆地，除关中和汉中外，其余皆自然条件极差，稍有天旱雨涝便成年馑，人的意识里总有温饱的恐慌感，即使手里有钱，亦不敢经营大的事情去冒险，一切留着后路。

二，西安为陕西省会，经济比较发达些，但全省穷，西安负担极大，这就又影响到本身的再发展，使龙头不能跃起。全省贫困面大，有钱不能集中，分散使用，又使全省缺水短电，投资环境不好，外资难以吸引。

三，内陆环境造就了民性的保守，背上了内陆意识的包袱。而又曾是唐以前十三个王朝建都之地，文物遍地，意识里还有一种老大自尊，先是口上不服输，等不得不服输了，又易产生浮躁气。

四，有延安圣地，老区意识严重，有依赖中央救济思想，观念陈旧，虽"自力更生，艰苦奋斗"精神是正确的，但一味这么讲，永远这么讲，不符合时代潮流，其实是一种无奈和惰性。

五，普遍缺乏超前意识，事事不敢为先，对一些新生东西，没有先例的事情，宁"左"勿右处理。对基层或第一线干部太苛刻小节，挫伤积极性。

六，重厚实轻机巧的文化观念，影响在经济领域里的适应性和主动性，常常错失机遇。

七，农耕思想根深蒂固，经济管理人才短缺。

谈论和思考这些问题，使我不时想到已写出数万字的长篇《制造声音》，此长篇原计划前半年写出初稿，现在得拖后了，但许多方面能得以完满，毕竟欣然。

明日准备往昆山，宣传部晚宴送别，席间不得已又喝了些"女儿红"，回来身子明显不适。因空调坏，稍有感冒，头痛，服索密痛一片。后勤人员拆除了旧空调，重换了新的。

## 一月二十五日

雪更大，到昆山时天晴日出，路面雪已消融，杨守松和宣传部马部长在文联等候。这次南行，走时西安大雪，到南京大雪，到张家港大雪，两次来昆山又都有雪。老宋说："你属龙，是水龙王。"我半生里常有这种现象，一出远门便下雨下雪，连我也奇怪。这现象老家的一些人也知道，曾笑说过：咱这儿一旱，你就回来啊！

饭后，安排住到鹿都宾馆四号楼二〇二室。昆山又称鹿城，是明时皇家的养鹿地。多美丽的名字，昆山市里的人物比张家港鲜活，年轻女子多清纯活泼，便疑心是林里鹿的小兽所变。我一直穿那件深色大衣，又短又丑，在街上走，自己也觉得格格不入。四号楼原是县招待所旧屋，房间设备很差，有条桌，没台灯，一把椅子，腿却也坏了，地毯颜色模糊，脏乱不洁。但这也就好了，能便宜些就便宜些。当年我在商州，背个包儿走乡过县，逢摊儿吃饭，遇小店住宿，一月两月回来，生一身的虱子，甚至患过疥疮，折磨我十多年的肝病，就是那一回感冒在山乡卫生所打针染上的。这次到江南，已经是天壤之别了。在张家港时没敢住沙洲宾馆，住党校的招待所，今早结账竟一千六百多元的床位费，心里吃了一惊，虽各方疏通只收了一千一百元，但已经让我害怕了，这样下去一年多，该要掏多少钱？

向杨守松索要十多本《昆山文史》读，大概了解了这个市的一些情况。傍晚在城里转，买药品和方便面。晚给家中电话，陈每正好在家，言及中午去批发市场买得一些年货，心较安妥。母亲说去医院咬了牙模，医院让二月六日去试牙套，问我到时能不能赶得回去？后又与秦友苏通话，汇报了这里情况。

房间里的电视小而旧，只能收到两个频道，昨夜得知今晚转播国内足球赛，但无缘看到。

## 一月二十六日

原安排与市主要领导人交谈，或具体参与他们一天的办公活动，因领导人有急事外出，只好另择机会。我们便和文联秘书长一道自由活动。

昆山是老城，历来文化味极浓，商贸繁荣，现今外资企业发展最好。翻阅了资料和采访了解了半世纪前这里的绸布业、国药业、百货业、茶纸业、估衣业、酱酒业、香烛业、米粮业、鲜鱼业、菜馆业、铜器业、钟表业、水果业、银楼业，漆作裱画命课缝纫灯笼雨伞储押放款镶牙修脚等等，无不惊叹昆山的驳杂丰富，便知昆山发展到今日，其经济、文化居于省内、国内显赫地位的缘由。南人占天时地利之外，普遍文化素质比北人高，且吃苦耐劳。在西安，乃至整个西北五省民众，有一普遍现象，即大钱挣不来，小钱看不上，那里的裁缝铺、修鞋的、补伞的、焊盆钉锅的、弹棉花的，由大中城市到村镇，莫不是江浙一带人所为。据说江苏陕西干部交流，陕西干部到此虽觉江苏好，仍总是归结为自然条件优越，好是好，无法学；也常有陕甘宁地区输送劳务到此，叫苦劳动强度大，生产纪律严格，吃不消，大部分已返回。

在城中信步走，坐茶坊，进酒肆，入菜馆面店，细细体察昆山风格，可惜软语难懂，多用眼少用嘴，嘴留着吃鸭汤面、奥灶面，面多汤少，盐轻糖重。昆山是昆剧的发源地，可惜昆山已无昆剧院，也少有人唱。中午遇着三位评弹艺人，但见其衣冠楚楚，彬彬有礼，未闻弦音肉声。登临昆山，没有采到昆玉，却亲眼见识了并蒂莲和琼花树。更喜的是得知陆机出生于此，顾炎武（亭林）出生于此，归有光出生于此，瞻仰塑像、壁画，鞠躬作拜。回来至"玉山草堂"书画院与副市长徐崇嘉、书法家陆家衡等诸人以墨会友，书条幅近十张，其中有自联：

一，坐看娄水顾亭林
　　起拾昆玉归有光
二，文笔高挺天下有一峰
　　琼花盛开世间无双树

昆山市以昆山为名，昆山实则颇小，仅一百七十余丈高。城内有娄河一水。昆山上有文笔峰，是一塔，为纪念昆山历史上第一位状元所立。并蒂莲和琼花俱为世间罕见之奇花异木。

还拟一联，但未书出，为：

仰头大笑文笔今日成一峰
低眉沉吟美莲何时开并蒂

"亭林经济，震川文章"，归有光的书我以前曾读过，极为叹服，故寻找了全集看过一个夏天。他说过："文太美则饰，太华则浮；浮饰相与，敝之极也。"此话甚合我心，亦是合于当今文坛弊病。《美文》杂志三年以来，高举"大散文"旗帜，旨在文章内容上求大气求清正，在题材上开拓范围，虽引起国内散文界激烈争论，我等自信满怀。今到归公家乡，与老宋颇多感慨，祈归公阴佐后学！归氏在《归氏世谱》后有自谓之句："虽长不满七尺，而心雄万夫。"是个存宏志人物。但他文名著世，招致嫉妒和诽谤多多，也有他"经世致用"之术，即"公怒私愤，义不容默"。我一生坎坷，虽四处说人好话，却常遭人坑害，曾书写佛家语悬壁："默雷止谤，转毁为缘。"可能归公性情刚直外向。

瞻归墓，在河边桥头道旁夹角地，内一墓一亭，草木不整落叶废纸不洁。有十多人在那里营营吵吵做邮票生意。归墓据说自明后十数次修复，十数次毁灭，今其正墓穴亦不在此。查史料，知："乾隆六年，县令丁元正主持修墓时，亦不辨东西两冢孰为震川墓，姑筑墓门于东冢之前，适值天暖季节，西冢穴前芦苇中入晚时奇光闪烁，县令疑辨误，适先生嫡嗣归元龙自虞来昆应试，询之，确认西冢为震川墓，遂移墓门于西冢之前。"不知现今奇光将在何处闪烁？

## 一月二十七日

晴日，多云。苏南几市均属苏州市管辖，颇想去苏州再乐乐，且苏州有诸多朋友。给苏州第一百货公司赵总经理挂电话问询，他竟派车来接，遂去，竟一小时即达。以前对苏州的印象并不好，盖因小巷小桥小园林，太多雕饰。此回苏州大变，单是城建，街面开阔，高楼耸立，式样各异。那一年夜来城中，坐三轮车到一处，拐来拐去许久，后灰昏灯光下过一小巷，窄而曲，如入蛇腹，车一到巷口，就急骤摇铃，招呼巷那头来车暂停，巷中之人纷纷背墙提立，吸收了肚皮让路，偏就有一孕妇侧身不了，只好让她坐车我步行，一到巷头，车夫、孕妇和我皆大笑。这次去景德楼吃饭，似乎觉得那条巷在经过之途，但四下看了，却再未寻着。饭间与苏州人谈起城市老市民老风俗，便谈到一个问题：现在的城市，差不多已无旧习惯上的那种市民了，市风当然日趋不同。那么，文学上的所谓×味小说已不鲜活，而若仍如此求一种某某城味，大都是一种怀旧。这种怀旧之风中国人最甚，在某种程度上暴露了保守。西部音乐、电视、电影、文学是这样，东南音乐、电视、电影、文学也是这样，一种意会加恢复的或制造的旧日风俗，已形成模式。在江苏几座老城，尤其在苏州，我不时想到另一个问题：古人写城市小说，极其有味，今人写城市小说，读起来总觉得味道不悠长，这究竟是什么原因？诚然，过去的城市与当今城市有了质的不同，过去的城市说到底还是村社文化的底蕴，但无论如何我们从事当今城市小说写作就应想办法产生一种味儿来。我也在做这种努力，这或许，有这样那样不精到之处，企图不隔就达到满足，因为中国水墨画做现代题材是多么不容易！张爱玲是极力学《红楼梦》的，她似乎一直在写《红楼梦》的片断，但她的小说读起来不陈旧，是加了许多现代感觉，使行文跳跃起来，这一点儿经验应借鉴。

　　苏州第一百货商店开设有"贾平凹书屋"，这次到一百，见书屋规模扩大，出售的书籍档次也较高，甚为欣慰。后又见到苏州大学范培松教授、作家尹平等。旧友相会，说："你这回是读万卷书，行万里路了！"我说："惭愧，路可能有万里，但都是飞机火车或小车在高速路上跑。"遂作想，古人行万里路，是步行或骑一毛驴，"鸡声茅店月，人迹板桥霜"，一路寻径问道在恶劣的自然环境中，忍饥受渴看眉高眼低在炎凉的人情世故里，那是真正能体证天地人生，而我奔走，则远远不能了，真和尚和要做和尚是不一样的，因赶路一天没吃饭和吃了上顿不知下顿吃什么是不一样的，这是我的幸，也是我的不幸。

　　晚，返昆山，不思茶饭。近八时，上海《文学报》徐福生以郦国义之意前来邀请去上海。前日郦有电话来，已谢绝其善意，现又派人来，倒犯了难。最后徐反复强调，又给北京张锲那儿说情，遂达成协议，按原计划提前一天到上海，去看看浦东，三十日赶到北京。协毕，徐未吃饭，我和老宋也觉有些饥，去街上吃奥灶面。面味比上次吃时要差，服务员小姐一边应酬我们，一边口里嚼口香糖，未吃完即搁筷。

## 一月二十八日

翻身起来，老宋已经不在了，坐在那里吸一支烟，看一柱白光从窗帘一角未遮处折射到那边的桌面上，里边有无数的东西活活地动，一时觉得浑身这儿不美那儿不适的，烟吸了一支又接上一支。老宋推门进来，手里拿着两个小馒头，里边夹着豆腐，说："又想什么了？"我笑着说："脑子一片迷怔，发呆吧。"我有发呆的毛病，常常一个人就瓷在那里，脑子里似乎在快转动，闪现各种念头，但实际上什么都没个囵囵，什么都没想。早晨起床，总是这样要坐长久，恢复清醒，要么莫名其妙地愉快，要么莫名其妙地烦恼，我历来是依这时候的感觉来测知全天的情绪了。来苏南，早饭我是难以起来去吃的，老宋起得早，他吃罢了会带给我一个至两个馒头。我穿衣起来，说："今日天气真好！我记起来了，夜里老是做一个梦，弄得心情怪不好，老是一个孩子，似乎认得又似乎不认得，他将我的鞋拿去了，我光着脚在台阶下反复要，他就是不给……"老宋说："你会拆梦，这是什么意思？"我也不知道是什么意思。

吃罢饭，同老宋、老徐又往城里走动。老徐对昆山熟，讲述昆山以前的模样，我随着他的话脑子里便是一幅幅昔日的图景，遂联想到十多天的所见所闻，以江南的地理、物产、语言、服饰、建筑、饮食等等，对照西北，觉得是那样的不同而有趣。中国的文学艺术有过现实主义和浪漫主义之分，这观点我并不以为然，但确确实实分别着一种写实笔法，一种性灵笔法。这两种笔法，我当然推崇司马迁，但推崇司马迁而鄙视那些毫无灵气的笨写法，对于性灵笔法自己很喜欢又轻贱那些小境界。原先只了解司马迁是北方人，当过史官，受过大难，他注重的是一种天下为怀的、史的目光，这一切又以朴素为底色，而不明白性灵之作是如何产生的。来这里见了冒辟疆、归有光、袁枚的故乡，这一类有才情的人原来也是水土所致。才情之人成功之处在于写了性灵而不靡艳。但这些人作品格局仍是逊于司马迁，原因也可能乏于自然环境的恶劣和人生境遇的灾难。曹雪芹当然是才情人，他的文笔灵动胜于司马迁，他又经历过人生苦难，所以有《红楼梦》。写实易于死板，性灵易于小巧，质朴是重要的，格局是重要的，更重要的是体证人生的大苦大难而又从此有慈悲（以佛经论，同类为慈，同生为悲）之怀。

午后，与昆山市文学作者座谈。我自知此行的目的和任务，虽百般推托，但杨守松不允，只好由市文联安排这项活动。来者有近二十人，交谈文学创作方面的事，我主要说了加强在创作中的视角点和作品维度问题。会后，电视台记者采访。

晚饭是在鹿都宾馆吃的，全体与会作者，还有宣传部长，也是送别宴会吧。江南的饭一直不合口味，唯一吃饱的一顿是初到昆山的第二日午饭，那次我和老宋，点了一盘尖椒炒豌豆苗，一盘尖椒炒土豆丝，一盘尖椒炒肉丝，一盆酸辣汤，绝不放糖，尖椒一定要红色的，切成细条。我吃了一碗半米饭，额上有微汗，拍着肚皮说："这回'鼓腹而歌'了！"饮食里有情感问题，之所以喜食家乡饭菜，有情感上的怀旧和认同吧。

## 一月二十九日

今日到上海。一九八九年路过一次上海，晚上摸黑到，第二天正逢上海百年不遇的一场暴风雨，就在小宾馆的小房间待了一天，第三天微明又去机场飞走了。上海给我的印象就是一个小房间。这次被《文学报》的朋友安排住在清河宾馆。清河宾馆不大，但极幽静，老朋友相聚，谈笑甚欢。舒适的居住、美味的饭菜和朋友们的热情，使我有一种感觉，似乎我和老宋是二十世纪四十年代过了黄河去前线后返回到了延安的待遇。郦国义说："这次一定让你来，上海才是改革之风正盛的地方，整个长江流域是条龙，这里就是龙头啊！下午，你就沿着邓小平走过的路线走一次吧。"饭后稍作休息，徐福生就陪我们去南北高架路，去杨浦大桥，去浦东。上海真是伟大，站在杨浦桥上看浦西浦东，气势磅礴，我也觉精神抖擞。桥上风大，我穿得较单薄，又有恐高症，但极兴奋，问了这样又问那样。一心想看看长江入海口，徐说坐船还得两个小时吧。远远望去，迷茫一片，想，我家住长江上游的丹江，丹江的水也就流到这里吗？看着桥下通过的一艘艘运沙船，倒产生出一股英雄气，从桥上跳下去。遂又想，就是要死，从这里跳下去，死也是美丽！天色黄昏的时候，我们到了外滩。外滩与我的想象相距太远。趴在河栏杆上往江中瞧，街灯已亮，对岸电视塔的灯火五颜六色地铺在江面，似乎看见了那栏杆下的江里有无数的少男少女的脸，江面如镜，镜有镜神，那一定是以往的年代里谈情说爱的人一对一对面江伏栏而映留在那里的。黄浦江里有爱神，这里不知演动了多少缠绵的故事。又突发奇想，说道："那么一对一对面江伏栏，若有小偷这一夜走过去，从屁股后的口袋偷钱包，会极其安全而收获巨丰吧。"老宋说："为什么？"我说："贼去偷包，男的以为女的在抚摸他，女的以为男的在抚摸她呀！"大家都笑起来。外滩的建筑令我喜欢，厚重奇雄，倒比得新建筑多少有些花哨而单薄了。在南京路盘桓了多时，想象一直在二十世纪三十年代四十年代里不得出来，痴痴看着那一堵堵墙，那走过来走过去的人，那光怪陆离的霓虹灯，一辆车就呼啸着开过，险些轧着我的脚。后去乍浦路夜市街上吃饭，报社的几个领导也都来了，上得一家小楼的三层，地方虽窄狭，菜味颇美，又是吃得特饱的一顿。

大上海到底是大上海，它给人的感觉到底不同，许多人提起上海就摇头，似乎不感兴趣，我不知道这是为什么？我不喜欢小巧，上海是洋而大，洋有底气，是另一种的王者气。寒风里，我站在彩色的街头，点上一支烟，想，这个城市之所以产生过许多大的文学作品，这是必然的，现在就居住着巴金、柯灵、施蛰存、余秋雨、王安忆、陈村、孙甘露、格非他们，我应该去拜望他们；但我又不愿简简单单去见到他们，见到他们又呆头呆脑地不知说什么好，只能敬而远之，默默向他们致意了。

上海，我一定还要来的，悄悄地来这里多住几天，好好地呼吸呼吸这里的空气。

已经是夜里十点，并无睡意，又和郦国义等去一家歌舞厅玩。歌舞厅里并无歌舞，寻一间屋子玩牌，临走时那里一个服务员得知我后一定要看看，看了又不信，等信了就让签名，一定又让签到她的白棉绒衫上。

<h2 style="text-align:center">一月三十日</h2>

中午要飞往北京，趁机参观虹桥开发区，那里新建筑集中，更具上海味。在扬子江宾馆吃最后一顿上海饭，不意让服务员认出，极热情，倒多喝了黄酒，往机场去的车上突然浑身不舒服，难受一直到北京。

到北京天已黑，翟部长和张锲的二位秘书来接，他们知道许久未吃到面条了，直拉我们去文采阁吃手工油泼面。回来仍住和敬公主府，仍是那间屋。明日，若能给领导做了汇报，后天或大后天就可以回家了。暗自筹划，回去给母亲镶好牙，就该参加省市政协会了，过罢大年，初七又是市人大会，三月三日又得返京开全国政协会，那么再往江浙就是四月份了吧。想这一年，真是马不停蹄，人的一生从事什么职业是有定数的，写什么文章写多少文章是有定数的，到什么地方遇什么人也是有定数的，那么，一九九五年天南海北走遍，一九九六年还要走，一条走虫，这都是命。

## 浙江日记

### 十月十七日

在京待过了五天，今日到杭州。车进城区，忽觉奇香盈鼻，以为是接车的陈军先生在喷香水，他西装领带，面目光洁的，陈军却笑着说：君来桂花开啊！从车窗往外看去，果然路旁桂树丛丛，有人正铺了报纸在树下，摇树而金雨坠落。愈到西湖边，香气愈浓。咦，这就是杭州了！中国的版图，差不多走遍，唯有浙江却未踏过一寸土地。江浙统称江南，在江苏走动了两个月，以为浙江与江苏差不多。陈军说，真正的江南是在浙江。这使我想起古诗：忆江南，最忆是杭州。陈军是作家，性情极好，或许是气味相投，立即就熟了，他恐怕最担心我把江浙混为一体，如中国人看洋人都是一个样，就不停地给我讲江浙的区别：江苏是香甜糯软，浙江是刚山柔水。我问陈军是浙江哪里人？回答是绍兴。绍兴是古越地，昔时的吴越之战，使江浙人都有了互不服气的秉性的。但陈军的话也是对的，江苏少山，浙江多山，虽山并不多雄伟，无根无脉，随处可见，而又临海，海风是硬的，诚然西湖以秀美名天下，单围绕西湖有岳飞墓、张苍水墓、秋瑾墓，就知道是该有一股刚烈之气了。其实，未来杭州，却早知道在西湖畔居住过的潘天寿的画和沙孟海的字，就知道了与江苏不一样。居住在大华饭店，午饭也在靠湖的一间厅里吃的，隔窗看湖，万顷清波，但太阳暴晒，眼不能大睁。饭厅里正值某单位包席四五桌，劝酒之声汹汹，有些震耳欲聋。西北人如此，杭州人也如此？陈军便又说民间有"杭铁头"之叫法，你要不要试试？我吐吐舌头，只道天热，赶紧吃罢饭就离开了那里。

午休后害头痛，知道有些感冒，又疑心是西湖风吹的，服下解热止痛散一包。翻阅一份材料，看到介绍浙江有地方戏。绍剧，慷慨激越，近于秦腔，颇来兴趣。晚间有宣传部沈部长吴处长及作协林晓峰、叶文玲等宴请，席上问及绍剧事，众人能寻得理由的是宋时南迁，中原的一部分人来到浙江。于是对浙江另目看待，西部和东部因地理、气候、物产不同而形成了饮食、服饰、语言，及人的性情、相貌的存异，但浙江是早年就东西交汇了的，这里的文化形态、人的思维方式对今天的西部人改革有什么启示呢？对我的文学创作又有什么启示呢？几乎是二十世纪吧，中国的文武人才差不多出在浙江，文人如鲁迅、周作人、茅盾、夏衍、艾青、郁达夫、丰子恺、朱自清、马一浮、李叔同，这些人的作品格局大，气象大，完全没有所谓的小家相，原因在哪里呢？而这些人又都是从浙江走了出去成为大家，又是什么道理呢？

饭后，同宋丛敏沿西湖走半圈，湖边尽是老树，树中全装有彩灯，游人踵踵，恍惚如在梦中。湖面已不能分清，有灯光闪烁，听得咿呀桨声，遂有"我想哎……"半句被咽去或是咬去，低头看时，一只小船已靠拢来，一对人拥着上岸。

## 十月十八日

决意在西湖要多待几日。

以陈军的《小说氛围十三悟》为指南。十三悟为：一，寻找氛围的南方小说。二，雪耻的越王与圆滑的师爷及"破脚骨"的子民。三，在两种文化互渗中图利的萧山大哥。四，陶醉于"南宋遗风"半人半仙的杭州人。五，从弘一大师的殉教精神看越人性格深层的苍凉感。六，从丰子恺笔底看越人的闲适、知足感。七，从马一浮超然高洁的人格力量，看越地文化极致的和谐魅力和恬淡感。八，喝酒、做人都懂得

"真味"的鲁迅。九，信鬼神的越人及余华的"鬼气"。十，日常习俗中那种轻逸智慧而快乐的生活哲学。十一，令人尴尬的老城区和新公房文化。十二，困惑的小说家及其出路浅析。十三，我之文学观。陈氏的十三悟是他体证来的，颇为精到，我最感兴趣的是越王雪耻而遗传下来的越人秉性，是师爷式的通圆智慧，是南宋遗风和地理优越下的人的恬淡而快乐。

早起，往潘天寿纪念馆。在现代中国，画家的命运总比作家好，潘氏馆在南山路极幽僻的一条巷中，建造得又十分讲究。馆中存画大多为巨幅。潘氏的笔墨不敢说独步天下，但构图形式却突破常规，虽有霸悍气，却开一代风范。文学史上的大家，不是在内容上便是在形式上集大成或开风气，绘画亦然。后去郭庄。西湖边有四大庄园林，两庄作为国宾馆，岗哨层层，凡人百姓不可入的，一庄是马一浮纪念馆，而郭庄成了真正的公园。我们去的时候，正有新婚夫妇着西式婚纱，佩大红花，在那里一路小步走一路录像，尾随着看新娘俊俏，新郎却有些傻，牵着新娘手，几次却险些绊倒。庄内拐弯抹角，到处坐有游人，皆围桌吃茶玩牌。同行人问我对杭州印象。好嘛，总觉得这里一切不真实，不是人间。大家皆笑。杭州人的眼里，既然投胎在此，有明山净水可游，有鱼虾米藕可食，有丝绸锦衣可穿，功是什么，名是什么，追求得到的享受不过如此吧？所以，性情高洁的，读一册诗文，撇两笔兰梅，玩玩玉，收集些瓷器，半人半仙做名士。一般的百姓，就是吃茶吃豆吃黄酒。想我西北，人始终为生计奔波，既是"闲人"，无富贵，半分魏晋气，半是痞子劲。丰子恺在一篇文章里说，西湖边的人每日钓虾，只钓三只尾，这就足了，拿去酒馆热水烫了，要二两黄酒，一顿饭就过去了，不比别处人贪婪。试想想，北方人做饭，也是在米面缸里舀那么一碗下锅，杭州人是把西湖当作了米面缸，当然就显得悠闲了。

午饭在"楼外楼"上吃，吃罢去西泠印社的望湖亭上又吃茶。据说鲁迅当年在上海战斗累了，就来杭州，也常在"楼外楼"吃了饭再往望湖亭里吃茶，待那么几天，休息是休息了，却又怕消磨了意志，就便赶回上海。忽想到，毛泽东一生也是多次到过杭州，毛泽东在杭州做什么事，不得知，但每次离杭回京，必有一场革命的大运动发起。

西泠印社的布局很合我心，地方小而精致，又不失疏野。见吴昌硕铜像，心中正惊疑怎么几分像我，陈军亦说出我像吴的话，旁边几人便看看铜像又看看我，都说像。大家一阵哈哈。陈军提及吴昔年有一小妾，是日本人，取名温雪。这老头真会风情。立于山顶亭间从一堵花墙破处往远看，旁边有人指点山林那边是林逋坟，问是不是以鹤为妻以梅为子的林逋？答：是。欲去却墙隔了路，快快下山，忽见一观音石像，读石上文字，有"观世观音观我"句，极想呼谁为"观我"，但四下无人。

## 十月十九日

约好早上九点去看望巴金老人的。我四十余年里，走到任何地方，很少去拜望大人或名人的，口齿拙笨，怕不会应酬，又自卑自怯，难免尴尬。最早的一年让人领着见过林斤澜，慌手慌脚，不知说些什么，林也说话极少，就匆匆而别了。又一年去天津见孙犁，早闻孙犁话少，但去后相谈甚多，直待过三四个小时，还在那儿吃了一顿饭。巴金是世纪老人，人与文都是当今典范，得知在杭州疗养，一定得去看一面了。巴老住在汪庄国宾馆，去时正被人推着轮椅在园中散步，前去问候，老人面色颇好，而表情已不生动。一代伟人九十三年便如此衰老，不禁浩叹。为老人推轮椅转了一大圈，时阳光温暖，鸟鸣数声，桂花放香，今生能与大师同时代生活，甚为荣幸，但我仅仅能做到的也就只是为他推一圈轮椅吗？

这一日，陈军送我一块玉，虽是新玉，但面琢青龙，背刻"龙德"

二字。陈军讲，他原要送给巴金的，因巴金属龙，他又与李小林同学，十余年两家往来，以玉为老人讨个吉祥。但小林觉得巴老年事已高，手脚不便，戴块玉反倒麻烦，就谢绝了。陈军便又送我，说我也是属龙。这玉就挂在胸前，我想，以后每抚到玉就会想到巴老了，我会为他的长寿祈祷的。

巴金在晚年，每年都来西湖畔住一段日子，据说这里的气候对他身体很好。是这一湖水能滋润他吗？这湖水滋润了多少文豪，这真是一湖好水！望湖上的苏堤与白堤，想文人在这里主过事，从此真是文运长久了。偶尔得一消息，说西湖去年曾放生过一只巨龟，是省上一位领导的夫人去饭店吃饭，见饭店有一巨龟，说：这怎么能吃，该放生了去！那龟竟突然伸出头来，夫人走到哪儿它跟到哪儿，人人称奇。后饭店老板决意放生，又请了会周易八卦的人选定时间和地点，龟放入湖，龟没入水中游了一会又返回岸边，似与岸上人告别之意，遂再不见，而有雨降落。

沿西湖畔走，很想知苏曼殊的墓在哪儿，无人知道。又问三生石何处，也是无人知道。顺脚进岳王庙，游人如蚁，皆在秦桧夫妇跪像上吐唾沫，抹鼻涕。百姓对于历史的解释就是帝王将相和才子佳人；奸臣害忠良，秀才爱姑娘，永远是芸芸众生的道德价值观。我只跑着看沙孟海的题匾。沙氏书法极有气势，如翁同龢一样。东方和西方相比，东方为阴；中国的北方和南方比，南方又为阴；南方的江苏和浙江比，江苏又为阴。可见阴阳是不停地分下去的。每一个地方都不能一概而论，如什么地方都有富人和贫人，都有美人和丑人。岳王庙里有两块匾最有意思，一是沙孟海的，一是叶剑英的。沙是文人，书法刚劲之气张扬外露；叶是元帅，书法内敛绵静。人与字的关系，可能是有缺什么补什么的心理因素。我是北方人，可我老家在秦岭南坡，属长江水系，我知道自己秉性中有灵巧，故害怕灵巧坏我艺术的趣味，便一直追求雄浑之气，而雄浑又不愿太外露，就极力要憨朴，这从我的文章及书法的发展即可看出。

## 十月二十日

来浙江吃饭比在江苏稍合些口味，盐重，尖椒还有辣劲。我是不大吃荤的，尤其拒食甲鱼、蛇、黄鳝和牛蛙、鸽子。有些动物，如猪、羊、鸡，生来是让人吃的，但有的动物却生来不是让人吃的，吃了会消失人的灵性的。何况我属龙，龙不吃小龙蛇以及像龙的鳝。我名平凹，牛蛙与我同音一字，怎能吃得？螃蟹却是要吃的，菊花黄时蟹正肥，正是吃蟹的时候，每次吃时总想，螃蟹活着时八脚横行，不可一世的，被蒸了端上桌来，人却嚼得全成碎渣，这也是恶家伙的下场。

去灵隐寺看飞来峰，大失所望，那样的一块石头，何必飞来，飞来又有何用？却喜悦山上的佛像，那么多的佛，各具神态，喜悦真是如莲的喜悦。从"大雄宝殿"出来，沿途有人手心亮一字牌：看相。拦住陈军脱口就说：老板是好相！如此四五个纠缠的。我和老宋就感叹怎么没一个人来给我们相面的？看看陈军，一脸富态，衣冠楚楚，就取笑他还真像个老板，老板是肯掏钱的。由是，三人开讲到钱，由钱又讲到财可散不可聚，就坐到一家小茶摊上去买茶吃。

登六和塔，望钱塘江，无福见来潮的壮景。塔梯上遇一女子，清纯俊美，不知谁家妹子。这几日总是说到复仇的越王，此时却对越王没了好感，越王为了江山让西施去卖身卖情，那个吴王终究还是惜香怜玉的男人。就坐于一株老桂下吃藕粉，桂花撒了一身，也撒了藕粉。

再往虎跑泉吃茶，茶并未吃出个味道来，因为顺便看了弘一法师出家的地方和那个展室，缠绕于脑际的，则是一个家资万贯，有娇妻美妾，风流倜傥的浊世佳公子，一位集诗词书画篆刻音乐戏剧文学于一身的大才子，怎么就出了家？

午后去蒋庄看望马一浮，人已去，楼空在，无一参观者，也没售票收票的工作人员。踏入厅门，一股霉味，光线昏暗识不清墙上的联语，寻电灯开关亦寻不着，疾呼三声，有人从后间出来，开灯认得了老先生的塑像，方面长髯，身矬竟比我还矮！在我的心中，一泓西湖滋养了多少才情之人，而圣贤者却只有马一浮，但世间知道马一浮的却寥寥无几。生前大隐，死后也大隐，这就好，这才真是圣贤。出得展室，见小小庭院两棵广玉兰，根系隆出地面，如龙盘绕，就冷笑了树下那一张桌前有一男三女在玩牌。出得蒋庄，顺便往同一个公园中的花港处。花港以观鱼有名，那凭栏上游人红红绿绿挤满，全都丢一撮面包，逗那红鱼起浪。凭栏外有曲径可通各处幽境，但人多却如赶羊。遂出园坐船过湖，天黑至多时上岸去素春斋吃饭。

今晚做甚去？陈军自夸在浙江他有三友，号称四闲，一位是杜文和，远在绍兴，能诗文会玩石砚；一位是袁大梁，擅长医术偶做文章，更喜玩瓷器，昨夜已经登门拜识了。果然是性情中人，将屋中所藏一一抖出，件件讲解。数小时之后，我们站起告别了，他还在兴奋中，又从里屋匣中取出个小瓷瓶，两眼放光地说：瞧这件造型！这胎色！人活到这等境界，真是个真人。第三位呢，陈军说，玩茶的，玩得写了两本书，一本在海外出了，成为新加坡大学的教材，一本才得了五个一工程奖。我说：领去见见。陈军耳语：这么晚了，人家又是女的。只好作罢，回宾馆给家打电话去，因为明日离开杭州要去宁波了。

到江浙深入生活，走马观花地跑，为的是感受这里的社会变化、经济发展和拓宽文化视野。如此在杭州城里待这么三四天，并不是要游玩，而觉得全面了解些本地的历史、地理、风情、世态，以便从文化积淀的视角上进入其政治经济生活，怎么样的文化就有怎么样的思维，怎么样的思维才有怎么样的发展呵。

## 十月二十一日

那天夜里见省委宣传部沈晖副部长和吴天行处长，印象是非常好，他们不庄严，大家就活泛了。为官为文，只要是真味，就更显出人格的魅力和职业的魅力。今早吴处长提出要陪我们去宁波，倒盼望同他一路，也可了解更多的东西。这是位硬派小生，相貌和性格全然不像南方人。他谈了对经济发展前景的看法，谈了各市县政坛上一些人物的故事，颇有见地而风趣。到宁波后，宁波宣传部、文联等部门的负责人已在"文艺大厦"等候。饭后，住新芝宾馆。安排了在宁波的活动，吴就返回杭州。这里具体接待我们的就是市文艺处长赵晓亮了。

宁波我从未来过，但在西安见过几位宁波人，都在说着听不懂的语言，突然置身于宁波，如同到了国外。宁波深受外来文明的影响，很有经商的传统，民间有"无宁不成市"之说，上海即是宁波人和苏北人为主要力量开发起来的，现在几乎每户宁波人家都有上海的亲戚。据说，每年清明扫墓，上海有近二十万人涌回宁波。海外的巨富如包玉刚、邵逸夫，就是宁波人。另外，宁波人的智商高，得益于民间有重视教育和重视读书藏书的传统，所到一地，房屋造得最好的必是学校，而国内闻名的天一阁藏书楼便就在宁波城里。宁波的历史、地理、风物和人文环境都是极优越的，但宁波发生天翻地覆的变化也只是近四五年光景。邓小平"南方谈话"，以前，这里是不如广东沿海地区，即是在本省，也不如温州。"南方谈话"之后，宁波抓住了时机，潜龙一跃冲天，这是所见到的宁波人最自豪的话题，而且几乎是人人自负，说如果四五年后我能再来，宁波又不是今日的宁波了。综观江苏浙江的经济奇观，都是在邓小平"南方谈话"之后发生的。一个领袖人物的决心，一项国策的制定，其作用是何等大呵，尤其在目下的中国。美国的约翰·奈比斯特就曾说过："承认个人的作用是二〇〇〇年的大趋势的主线。"

但是，同样是一个中国，同样是学习贯彻邓小平的"南方谈话"，江浙地区能及时地抓住时机，而中西部则抓而不紧或未抓出什么大的发展。这除了历史和地理的硬件原因外，中西部的干部群众也追查检讨认识到重要的一点是：思想跟不上。思想跟不上关键在于思维的差异。而思维恰是在独特的文化中形成的。正是沿着这种思考轨迹，我提出一定要去看看宁波的镇海口，那里有可歌可泣的抗倭、英、法、日的业绩，也有西方文化进入中国大陆的历史；去看看天一阁，了解了解民间的真正的"耕读传家"是什么样子；又托人寻找宁波籍在海外的大富巨贾的发迹资料。

因天一阁就在城中，下午就是参观。时天色灰黄，略有小风。天一阁已扩建成一个很大的文物保护区，七拐八转寻到天一阁原楼，楼上已不藏书，空落落的静寂在那里。院中香樟森森，假山下池水沉沉。这就是天一阁！朝代更替，世事沧桑，天一阁是宝藏着书魂的，多少文豪来到这里，寻找的就是这个魂，要得的就是一种气。任何轻佻浮浪之徒进入寺庙就缩手缩脚，不敢喧哗，这里不是寺庙，同样使凡来者都悄声敛口，不敢张扬。据说题写遍了天下名胜的郭沫若来阁上，管理人员让书写天一阁三个字，他到底还是没写。我立于楼前，身定思游，想这楼上都藏过什么书，书是何人所写，一人收藏万众护佑，朝朝代代视为珍宝，我这个写书人应该怎样写书？

入展室看资料，有三件事颇多感叹：

一，范钦的身份为明兵部右侍郎。绍兴城还有一个私人藏书楼叫古越藏书楼，主人也是兵部官员。兵部的人却藏书！

在扬州的时候，见过许多名园，都是当年盐商私宅。盐商有巨资，一是交结了一批当世的文人名士，一是不惜重金大兴土木建私家园林，而文人名士就来为园林设计筹划。这种现象，你可以说这些盐商附庸风雅，也可以说那些文人名士攀附富贵，但毕竟正是这一现象才为国家留下了一笔园林艺术财产。商人并不是只会挣钱的动物，其中懂政治懂艺术的大有人在，社会发展到今日，尤其是这样。

兵部右侍郎喜欢藏书，在当时民间藏书风盛之下仅是一个佼佼者。据方志记载，南宋省境内著名藏书家和藏书楼，就有陆宰的双清堂、陆游的书巢与老学庵、石公弼的博古堂等十八处。此外，藏书过万卷的还有会稽的石邦哲、鄞县的张瑞和楼钥、镇海的曹盅、上虞的李光李孟。今人收藏风也炽，多是古董，又多纯为经济价值考虑，藏书者极少，即使藏书，也多收集古籍珍本，还是为了赚钱。回头看范钦，家资耗尽购书，一藏数十万册，是真藏书人。

二，书楼有禁牌数幅，虽未详细摘录，大致是醉酒者不能登楼，手不洁者不能取书，家人不得私自领外人登楼，即使家人不经允许者也不能随便登楼等等，惩罚的方式有一条是凡有违者则以轻重而取消不同形式的祀祖的资格。仅此一斑，可见古人对书的爱护。

三，有文字记载，说是范氏后人在分家时，有兄弟两人，别的财产好分，唯藏书难一分为二，遂定下得书者不得一百两银子，老二的媳妇寡居，便得百两银子而去。寡妇便被人嘲笑了数百年。

从天一阁返回宾馆，沿街见店铺饭堂娱乐厅也有以天一为名者，似觉不妥。范钦造藏书楼，书楼最怕火灾，以古句"天一生水"取其吉利，若用之店铺饭堂，为的是发财，却水不能生金，而是金要生水了，若用之娱乐厅，则有养妓招嫖之嫌呢。

## 十月二十二日

一早赶去北仑。北仑属中国重点建设的四个国际深水中转港之一的宁波港的一个港区。以前去过天津的新港和张家港、南通港，宁波港的规模之大，现代化的程度之高，第一次得见。在港区办公楼听了介绍，看了关于港区的专题录像带，便去码头。此港五百吨级以上生产性泊位四十八个，万吨级以上生产性泊位十八个，还有十万吨级的铁矿中转码头，十五万吨级的原油码头，二十万吨级能兼靠三十万吨船的卸矿泊位。其时，正有数艘巨轮停泊卸货，场面颇为壮观。虽然港区负责人详细解说，毕竟我对于机械方面的知识是门外汉，只能感受一下现代化港区的氛围，粗略了解我国港区事业的过去、现在和未来的发展前景罢了。午饭就在港区食堂吃，见到一伙年轻的机关干部和港务员，他们提说起来，都是在高中时从课本上的那篇《丑石》认识我的。于是有的说没想到我还这么年轻，也有人为我头上发稀得已能见出一块空地而遗憾：怎么衰老了！

在港区觉得特别热，饭后头痛了一阵，吞了止痛片，就十分困倦，但参观的时间紧迫，港区又没有睡觉的地方，只好坐车去北仑港发电厂，在车上打盹。电厂位于北仑港南岸，隔海与舟山的金塘岛相望，是南方最大的火力发电基地之一。厂党委书记早已在办公楼下等候，极其认真热情，在会议室详尽地介绍电厂的建设情况和现生产状况，后又亲自领着去厂内各地走动，边看边讲，似乎要把电厂的所有事情都要说给我，又似乎我是内行，讲了那么多高科技方面的理论和术语。我并没有打断他的谈兴，聚精会神地听他讲解，我虽然最后听得稀里糊涂，但这个人物却使我喜欢而生敬佩之意。他是领导，也是专家，管理家的周全精明和知识分子的认真执着形成了他特有的人格魅力。

参观了港区和发电厂，再了解了高速公路的建设状况，你会为宁波人在重大基本建设上投入了多大的财力人力和精力而浩叹，又会为不久的宁波发展前景而激动了。

## 十月二十三日

　　同文化局长去河姆渡遗址博物馆，一路车快如风，直到了四明山根。这里的风水的确是好，遗址前不远即是一条河，清冽活泼，小小渡口停有小舟，立于岸上正瞧一棵树上有鸟窝，小路上有人说话，听不懂内容，音脆却若鸟啭，人便上了舟，三摇两摇渡过对岸，缓缓往山坡绿树丛去了。以前观南宋人的图画，总觉得山不是山，河不是河的，今日瞧眼前光景，才知晓什么是清丽明净，疑心南宋的画家怕都是来这一带写生的吧。先欣赏了周围环境，再入馆中看那文物，更是震惊万分。说来十分羞愧，关于河姆渡遗址的报道我也曾看过，看过并未在意，脑海里没有留下特别深刻的印象，现在认真看了实物，可以说，极大地改变了我的思维。我长期生活在西安，西安半坡遗址不知去过了多少次，而且从上小学起，接受的教育都是说中华民族上下五千年，黄河流域是中华民族的发源地，而河姆渡将年代提前了两千年，又是在长江下游发现，许多历史定论就推翻了。一件件实物看过，许多问题无法理喻，如：七千年前人与一百六十种野生动物同处一地，没有金属，仅靠石器和兽骨如何做出那么精美的骨针和骨针上的针孔？如果说那针孔是先在一块兽骨上以鳄鱼刺钻出眼儿，然后再将兽骨磨成骨针，那么以细细的兽骨做笛，笛又是怎么凿的？仅仅是那么小的石斧，即使可以系上老长的斧柄，如何又砍出一抱粗的原木为四方锭来筑屋？如果说慢慢来劈，一月两月一年两年总可以劈出来吧，但那时的筑屋是那么简单，花大力气可以在玉璜上，可以在骨针上，犯得着花精力弄木头吗？又如何制出木件上的带榫的卯和销孔，如何在象牙上雕刻出蚕纹，如何造出稻穗纹的陶釜、陶盆、陶蚕，以及那彩绘的漆碗，鸟形象牙圆雕，陶钵上的猪图，玉块、玉璜、莹石珠等等如何做出来的，用什么工具做出来的？以往的许多概念使我们形成了固定的思维意识，这种思维意识妨碍了我们对人类自身的认识，人类发展到底还有什么，我们实在难以估计。黄河文化的半坡遗址文物是北方先民的生存状态，河姆渡遗址的文物是南方先民的生存状态，一个五千年，一个七千年，两相比较，南方先民的文明程度倒高于北方先民，这与如今南北人的智商有关联吗？但有一个基本的定论，可以说中华民族并不是一个发源地了。来到浙江，只知道越文化的独特，这种越文化是如何形成的？这里的山水、气候、饮食、建筑、工艺，从七千年前就有别于黄河文化了。

在博物馆还发生了一宗怪事。馆长请我题写什么，我摊开笔纸，写下"为我中华民族而骄傲"，刚写到"我"字，叭的一声巨响，书案上的屋顶射灯爆裂，碎片落于我身上和纸上，甚为惊骇，不知是不是我北方人不该将河姆渡人称作"我民族"的？故午休在馆办公室主任的房中，重新补写了"文明大观"四字，以替换那一幅题字。

午后即去镇海口参观古海防遗迹，登镇海楼看海空天阔，上梓荫山拜吴公纪功碑，又去裕谦殉职的潘池，去后海塘，最后于黄昏之时登招宝山威远城，又往海边看安远炮台。这海天雄关，每一寸土地都演动过英雄的故事，游古战场真是壮怀激烈。

翻阅史料，在这里守防的军民抗倭英法日虽然可歌可泣，但因当时国家实力单薄，政府腐败，武器落后，所有的战争仅胜过一次，而就这一次胜利之后，政府还是屈辱签约，割地赔款。在镇海城里，我极力想寻寻当年的建筑，看看西洋帝国入侵后，这里潜移默化接受西方文化的痕迹，但如今的镇海城全然现代化，并且马路两旁花木蔚然，车少人稀，干净异常，是我所见到的最美丽的城。其实镇海现在只是宁波市的一个区，你置身其中与去西方发达国家的城里并无二致。

# 十月二十四日

越人的先民以鸟为图腾，这恐怕与面临海有关，虽未查阅资料，想，精卫填海的故事也该是越人创造的。精卫是复仇者，越王是复仇者。浙江人崇尚颜色是黑色，所到之处，尤其到小城小镇及乡下旧村，最易看到人穿黑衣服，房屋建筑为黑门黑窗黑墙柱，有的整堵墙都是黑的。复仇者又是受过灭顶之灾，又会在复仇过程中有所牺牲，故信神鬼，喜奠祀。这里的庙宇都比北方庙宇高大。所有的山坡上均能看到坟墓片片，且墓碑讲究，以往国内许多报刊针对这一带农村建庙修墓风甚而指责是农民富裕后乱花钱，搞封建迷信，其实这里存在着一个信仰和传统习俗的问题。

宁波的天童寺是我见到的最庄严、环境最幽美的寺院，它在山的深处，又占领了一条沟。从沟口到寺院大门处，六七里地三道山门，沿途古松排列，煞是静穆，又疏野味十足。

今早起来，天降中雨，顿觉衣单身凉。依活动日程安排，赵处长陪去奉化市萧王庙镇滕头村。宁波距滕头村并不甚远，途中路过著名的雅戈尔服装厂，便驻车去联系想看一看。雅戈尔服装厂所处的这条道已起名为雅戈尔大道，是服装厂家云集的地方，而雅戈尔厂的建筑鹤立鸡群，尤为显眼。厂办公室主任热情接待，领我们参观了厂展览室，大致得知此集团公司十六年前依靠两万元人民币的知青安置费起家的，现却拥有资产六亿多元，年销售额十亿多元。难得的是雅戈尔衬衫创出了名牌，成为中国十大名牌衬衫之首。又去衬衫车间参观了生产状况，因总裁李如成未在，并未在雅戈尔过多停留。坐车冒雨仍往滕头去，路上一边翻雅戈尔厂的材料，一边同老宋、赵处长谈雅戈尔。浙江人的思维超前，敢于创新，能在实际工作中自觉地调整现成的体制与生产力的关系。正是所有南方人如此，国家决策人才顺应天道民心而实行起改革开放。而一旦国家实行改革开放政策，立即干柴遇见烈火，蓬勃起燃，用不着北方大部分地区需要学习接受启发教育或强行推动的过程。当全国普遍改革开放之后，南方人已赚得了大量资金，又在搞名牌精品。古有说法，处于高寒地区的西北人刚直而蠢，又有坚韧，可以出圣贤的，可这种思维和性格则已不能适应当今经济社会，在芸芸众生的人间，圣贤又有几个，又会在什么时候出呢？

午时到滕头。滕头在富裕方面，虽算不得全省第一，但滕头是一个各方面工作都先进的特殊村子。全村二百八十九户，八百一十口人，六人负责种地，别的村民都从事乡镇企业，且雇用外地打工人员千名。人均年收入六千余元。这是肥土沃野耕田成方，河渠两旁橘树成行，暗灌渠道交错成网，村舍道路花木成荫，一九九三年被联合国命名为全球五百佳生态荣誉村。到滕头村委会办公楼，老书记傅嘉良去市上开会，小书记傅企平接待，且在那里等待我们的有奉化市宣传部副部长和文化局、文联的负责人。傅企平个头不高，但极结实，平易可亲，印象不错。饭后，阅读一大摞滕头的材料，想有个全面了解后，再到村中、村民家中、企业中去实际考察。

## 十月二十五日

雨仍是下个不停，因一些别的原因，市上领导先安排去溪口，说：到奉化不能不去溪口蒋介石老家看看，再就是不能不吃芋艿头，"走过三关六码头，吃过奉化芋艿头"嘛。

未去溪口，介绍的人都说溪口风水好，但去了以后，反倒觉得一般溪口镇已成为一个小城，游人过多，有些杂乱，沿街到处在卖名产千层饼和煮熟的芋艿头。芋艿头已吃过了，类似北方的红薯，买一包千层饼，并不合我的口味。参观了蒋氏的两处旧屋，又去了蒋与宋美龄居住的楼阁及蒋经国读书的小洋房。驱车往镇后山上，最感兴趣的，一是妙高台，虽是二十世纪三四十年代的建筑，但古意犹存，只是风大，不能多待。二是半山处有弥勒寺，中国唯一的一座为弥勒佛造的寺。路过蒋母墓道未去，据说蒋母埋的地穴好，此山酷似弥勒佛态，墓正建在佛肚脐眼上。

晚时，奉化市委钱书记等接去市内吃饭，趁机一睹奉化市容，小是小些，建筑却大多是新的，霓虹灯五光十色。席间作陪的有画家王先生。在浙江一路，大凡当地领导在宴请我们时，免不了有当地名流文士作陪，全都是主宾无序，坐卧随意，这种平等和谐的气氛给我留下极深印象。这样的领导与文艺界人士做真心朋友，并不失领导的身份和尊严，反倒更令人尊敬。若在位上，便觉得自己什么事情都是正确的、高明的，教导这个，训斥那个，他将永远听不到真话也交不上真正的朋友的。这一晚的毛蟹特别香；笑话也是一个接一个地说，其中有说到在公共车上一声屁响，空气污染，纷纷指责谁放的，却始终无人承认。售票员就喊："没买票的快买票啊！谁还没买？"满车上没人应，售票员就数人数，说："还有一个人没买票，刚才放屁的那个买票了没有？"立即一个人说："我怎么没买，我一上车就买了的！"

## 十月二十六日

滕头村在二十世纪五十年代即是先进村，类似这样的村子在江浙很多。四十年里，中国发生了多少风风雨雨，这些村子依旧先进，确实令人惊奇。综观这样的村子，村党支部书记几乎是一人贯穿始终，这除了书记本人已在村民中建立了崇高的威望外，有一个问题值得重视，即：当家人竟能在每个时期跟上形势。滕头村的老书记傅嘉良就是这样。类似傅嘉良现象的一些村当家人，我在中国别的省市见过不少，有的是极其能干又会说善道，有政绩而个人又较廉洁，所以一直未倒；有的是政绩突出却也逐渐养得霸气。来滕头我有心要看看傅嘉良属于哪一类。见面后老书记给我的印象十分好，一个干干瘦瘦的老头，不卑不亢，平易随和。他早已要求从领导位置退下来，但村民却强烈要求他能再干几年，鉴于身体还好，就只好还干着。他培养的接班人是傅企平，我们担心傅企平是不是他的儿子或有亲戚关系。不是，傅企平是他培养的，是村民推选出来的，现在傅企平的威信也十分高，主要负责村办企业，两人配合得极默契。在滕头村取得一系列成就并获得了巨大荣誉后，以后怎么办？这是奉化市委市政府以及宁波市委市政府都关注的事。有人主张定出更高的目标，规划出更耀目的蓝图，轰轰烈烈把滕头的牌子打得国内震响，而傅嘉良不同意。他强调要实事求是，志向要高，步伐稳实，一切得干出来了再说。这是农民的本质，是极可贵的品格。中国如今形式主义的风还甚，浮夸之气仍蔓延，一些先进单位往往在取得成绩后就在各种外在的环境影响下走向浮夸和形式主义，而傅嘉良不为所动，这恐怕也是滕头村之所以不败的一个原因吧。

中国的革命，以前是"农村包围城市"，现在，却已成了"城市包围农村"。新的农村，不是桃花源式的男耕女织状态，也不可能是人民公社化的那一套强制性改造性的大锅饭体制，农村是工业化了的。没有工业，农业是不会有大的发展的，这一种现象在西北广大农村显而易见。但发展工业却必然在某些方面破坏着自然生态，这种由贫穷向富裕发展过程中的代价在江南也随处可见，是全世界的难题，更是目前江南一带引起警觉又颇感头痛的现实。滕头村却工业得到了发展，生态环境又保护得特别好，被评为全球五百佳，为中国农村树立了一个典型。这典型是了不起的！如果说当滕头村1993年被联合国定为全球生态保护五百佳之一的时候，有人并不认为其意义的重大，而任凭土地被侵占，河流被污染，空气被毒化，仅仅过了两三年，一些地方富裕是富裕了，但生态破坏下的环境直接威胁了人的生存，才感到了问题的严重、教训的深刻，那么，在今后，滕头村的经验将是中国的一份何等宝贵的财富！

我和宋丛敏在村子里自由转悠，不要任何向导，想看看更真实的东西。沿着成方成块的稻田走了一圈，田埂上橘树果实累累，竟无人看护；绕村的人造河道清水活活，走近便能看见黑脊梁的游鱼；河道上全部是葡萄架。看了文化活动中心，看了沼气站，看了花卉盆景站，看了服装厂、菜市场。村民楼整齐划一，虽外表已旧，缘于建筑于二十世纪八十年代。村中人并不多，仅见一些老人和小儿，是现代化的居住小区，又有浓厚的乡下气氛。为了有个区别，我们便又到周围的村子去看，这些村子都零乱，有的人家还是老式破旧屋，有的人家却小别墅十分气派，但巷道凹凸不平，卫生不好，时不时见路边有大缸做的粪池，缸上架一木椅状的坐具，那便是厕所。这样的临道坐厕，为我第一次见，惊讶不小。

### 十月二十七日

早上与傅嘉良书记交谈，因语言不通，办公室主任当翻译。我主要提了几个问题。

一，工业发展与生态环境的矛盾冲突你们是如何解决的？

所谓生态环境，我们以前是不知道这个词的，但知道什么是脏乱差，我们是从改变根治脏乱差做起的，慢慢才由无意识到有意识。从我们村的实际来看，人多地少，不能浪费每一寸土地，要想办法增加耕作面积，把差田变成好田，在土地上下的功夫最大，修田修了几十年。我们搞了沼气，再不烧煤或柴火。重视绿化，美化环境。农村不能放弃农业，这是根本，但农村不发展工业，难以富裕，不富裕又难以促进生态环境的保护。我们办了许多企业，有一条原则，不能有污染。曾经有几个可获益很大的项目，就是因为有污染，我们没有去干。

二，对滕头村今后的发展，准备做哪些工作?

一是农业要企业化，产供销一条龙。二是提高农业质量，搞绿色食品。三是工业要上高科技大项目。四是搞第三产业。五是进一步提高村民素质。六是装饰民居，清理河道，修各家下水道，搞新村规划。

三，您觉得目前对农村和农民，不仅仅是你们村，需要做些什么?

要教育，让年轻人知道国史、村史、家史，知道过去。要有一个好的基层领导班子。要巩固集体经济。领导要深入基层，实事求是，真正了解农民存在的问题。

四，你是当了三十六年的村干部，经历了那么多风风雨雨，你的体会如何?

有顺的时候，也有不顺的时候，有好把握的时候，也有难把握的时候。四清，"文革"，是最不好过，人心不齐啊! 作为自己，农民嘛，你千变万化，我踏踏实实干，为大家服务，想的是既然当干部就要造福一方。

五，你们的企业是怎样发展起来的?

一九九二年是我们企业上档次上规模的一年。以前也有企业，都是小打小闹，胆子不大，主要不想搞负债经营，但出外开会，听别人介绍人家的情况，人家比我们富裕，农民收入大，我心里也不安，开始研究要办大企业，负债经营，从那一年我们观念变了，经济就发生了飞跃。

六，周围村子情况如何，有没有想过兼并他们一起富裕?

同周围村子自然条件比，滕头村还是差的，但这些村子没有个好的领导班子，加上宗族矛盾大，再加上现在没有集体经济实力，村民贫富差距大，总平均下来每人年收入仅是我们村年人均收入的一半。我们有过兼并三个村的想法，农业规划已经出来，村庄建设、企业如何搞，还在思考。这些村宗族矛盾积怨太深，要兼并得先派工作队下去解决这些问题。

七，接班人情况如何？

就是傅企平呀！此人人品好，工作能力强，已在担当一面。

老书记谈得很平实，没有什么官话套话，但耐听，谈的问题又十分准确。还要问他，忽接到宁波市委书记的电话，是书记陪北京一位大领导要来看看滕头村，车快要进村了。老书记忙招呼办公室人收拾会议室，他又急着要去村头迎接，我们笑笑就告辞了。

下午，离开滕头，去绍兴。见绍兴宣传部长及文联主席等。绍兴原来是个相当规模的城市，这使我没有想到，受鲁迅小说和一些绘画的影响，总以为绍兴是个江南小镇，到处是水是桥是乌篷船和戴毡帽的人。晚饭桌上，绍兴话更是难懂，但菜味咸，尤喜欢霉干菜和油炸臭豆腐。饭后杨峰来。杨一年前还在陕西工作，都是熟知的，如今回到原籍，他在陕西我们把他当江南人看，来绍兴又将他当陕西人看。这是一个极有才华的版画家，问及回原籍后是否对创作有不适应之感？他说，这里更适应搞版画些，绍兴人崇尚黑色，如黑墙、黑衣、乌篷船、霉干菜等，版画就是黑白的艺术嘛。你来浙江该最早就来绍兴，绍兴最能体味浙江，我想你一定会喜欢这个地方的。他说得很对，虽刚刚到绍兴，但进城到龙山宾馆这一路，大片大片的老式街房和夹立在其中的高大现代化建筑，不知怎么就十分有味，再看满街行人的模样、装束，及晚上的饭菜和老黄酒，就爱上了这个地方。

## 十月二十八日

依市宣传部安排，先去绍兴县一些农村看看，绍兴县就具体接待，又见到了县宣传部长及部里一班人。说来奇怪，就是这么一个城，一城拥有过山阴、会稽两县，到如今，绍兴县里有了绍兴市，绍兴县却有县无城了。据说绍兴县大力发展柯桥，企图重筑城池，但未被允许，只好县委县府设在绍兴城不显眼的一隅。在宣传部的老式木楼上见过了部长们，赵宇和文联的王云根陪着就去寺桥。绍兴的地名带"桥"字的多，但水乡的桥虽是石的却格局都小。西北多木桥，西南多索桥，江南多石桥，地理区别可见。寺桥村其实就是过去的一个大队，七个自然队，七百六十一户，二千五百余人，现有十二家企业，人均年收入五千元。富还不是怎么富，但这么大一个村，基本上实现了农村园林化、农业现代化、农民知识化、生活城市化。寺桥的党支部书记出外不在，办公室主任接待。在那四墙张挂着各种奖状、锦旗和图片、表格的会议室里，主任开始做他的介绍，几乎双眼盯着桌面在背诵，时不时出现一些状语形容词连接的书面才能见到的句子。虽觉可笑，但农民的质朴憨厚又让人可亲。这是个先进历史并不长的村子，他们以自己苦干奔富裕并不是要给外人看的，一旦富裕起来，便受到重视，外边参观的人多，才让秀才们写材料汇报了。这位办公室主任记忆力也真好，当他千篇一律地向所有来的参观者背诵那长长的文章时，心里不知又是怎么想的。当他领着我们去村中走动，去看那一百余幢的民居别墅楼时，显出了一身的轻快，指指点点，说第二个一百幢正在修建，力争数年间家家住进别墅，自豪神气盈于脸上。从村子转悠回村委会办公楼，我们又继续交谈。为了不至于让他背诵材料，我问一句他答一句，大家都活泼起来。他并不知道我是谁，指着墙上的照片说某某领导来过，某某领导来说过什么话，却并未提出和我们照相的话。王云根就给他耳语，意思在说，一般领导来留影没什么，十数年后百十年后谁也不知道那领导是谁，今天来的是作家，如何如何有名，留下影将来才有纪念意义的。我忙制止王云根，不让他胡说，那主任却说："是不？"便过来拉了我要合影，在办公室照了，又到院子的花坛下照。

午饭在寺桥村吃的，饭菜简单，但味道极好，没有任何应酬和客套，我吃得少有的多。后去柯桥镇参观亚洲最大的布匹交易市场。因时间宽裕，路过县广播电视塔，遂上去观光。塔上的负责人和工作人员均是年轻人，读过我的书，甚为热情，签名合影，忙得不亦乐乎，又上下引导着看他们的旋转餐厅和歌舞厅、会议厅，指点塔下的轻纺城。原本想来休息，不料一番忙乱，两点多离开即去轻纺城。偌大的一个城镇，几乎全是买卖布匹的，场面的壮观犹如那一年我去美国到拉斯维加斯，那里是除了赌场就是赌场，这里是走过一家布匹交易场，再走一家还是布匹交易场，纵纵横横，七巷八道，店铺林林，人流拥挤，搬运的小板车不停地摇铃，稍不注意即被撞着。这个市场发育于1988年10月，因绍兴地区轻纺业发达，柯桥又是历史上的集市地，再加交通极为方便，民间就在这里形成了布匹交易集市。不想集市规模愈发展愈大，这时当地政府才加以引导、管理和大力培养，达到现在上市品种九千余种，日客流量六万人次，日成交额三千五百万元。站在轻纺城十字路口，遥望轻纺城的标志，那座古运河上的红色的细拉杆洞拱式大桥，心里是无限的激动！我喜欢这座轻纺大桥，立于桥上想看看河的上下还有没有那一种小巧的石拱桥，拱桥没有再见，却看见了大桥下正是全国唯一保留的一段运河古纤道。古往今来，又是一番感叹。

　　从轻纺城出来，坐车不远便到柯岩。柯岩原是一个镇的，现归属于柯桥镇了。柯桥镇正在努力建成一个融水文化、酒文化、桥文化、古越文化于一体的现代化中等城市，而柯岩则是其中的一个风景名胜区了。到柯岩观景，主要是看石景。绍兴一带传统有以石筑屋筑桥筑路的，山却不多有也是无根无脉，充其量为北方一个峁，但石质优良，就世世代代采石，采石而造就了石景。明明知道柯岩是人工景点，但绍兴人能将人工做出天工，那众多的景点反倒野气十足。那尊弥勒佛造像和云骨石，即是采石时孤零零留下的，让弥勒佛露天而立，这正预兆了今日绍兴有县无城，使我又想到杭州的郭庄之所以成为一所公园而不像汪庄、刘庄、蒋庄凡人难以进入，也是因大门外对着门口有一古木，门中有木便是闲，从那栽木起数百年后庄的命运就决定了。而云骨石"云骨"二字起得好。小小的柯岩，竟是佛教、道教、儒教三教同在，这是极少见的，不知是三教的胸襟广大，还是绍兴人肯容纳，或者是采石者的随心所欲吧。上得八卦台，看紧挨的文昌阁后岩上凿有"文光射斗"四个大字，心中振奋，拍下一照。

## 十月二十九日

皋埠镇自古以来商运昌盛，物阜民丰，在绍兴有"银皋埠"之誉。驱车看了几个村子，到吼山遇到乡党委副书记等人，遂一边谈说乡里的事情，如你认为目前农村存在的问题是什么、农村发展到目前状况以后如何飞跃、作为年轻的基层干部这些年最大的体会是什么，一边登吼山。吼山是勾践当年养犬的地方，山景幽静，石头奇特，过去一直是风景区，但因岁月沧桑，世事变幻，吼山风景区已荒废，也正是一帮年轻的乡干部上任后，以新的文化视角开发吼山，使吼山成为绍兴重要的旅游胜地。上吼山当然去见那尊勾践像。绍兴是古越国建都地，勾践兵败，为了复仇想尽了各种办法，在此养犬为捕白鹿，捕白鹿为献吴王，同时在别的山中养猪养鸡，筹备粮草，终于时机成熟，一举灭吴。越王十年复仇，是一个英雄，但太于工计，终不能如项羽可爱。吼山的风景同柯岩一样，也是采石场，历史上许多文人写过诗词文字，袁宏道曾以其山石险峻而说过"恐是越王城"，但我最喜欢张岱的评语："残山剩水"，准确又形象，更有把一切看透了的人生境界。半山有一云泉，甘甜异常，舀饮三杯喝下。下山时忽见桃林下亮光闪闪，捡起是碎的瓷片。导游小姐说这里也曾是古窑，就企图能捡到更大一点儿的，但终不能，那些间隔瓷器的小泥丸，却如算珠一样，能一抓一把的，遂选了八枚带回。

午后去兰亭，沿途看山，山并不像王羲之所写："崇山峻岭"，但风光的确幽美，想当年或坐舟顺流，或骑马沿山道，对自然的感受会比现在人深切。在兰亭路口，巧遇要出外的馆长和副馆长，经陪游的人介绍，两人极热情，引导入园，把每一处都看过，且学古人风雅，也以酒觞放入曲水中，但流觞不在我面前停驻，未有诗咏，酒落肚只觉得五脏六腑发烧。古人的风流是真风流，时代已不是那个时代，文人也不是那种文人了。

现在的文人，什么样品格都有，心中龌龊，文墨哪会有清正之气？不知怎么却想起新疆的王洛宾，他一生坎坷，酷爱音乐，他的曲、词全为自己心意抒发，并不求发表，更不盼获奖被人赏识，只是做顽仙，到头来却完成了一个伟大的音乐家形象，歌曲唱遍华人世界。在兰亭流连忘返半日，与副馆长交谈，其本身是书法家，读过我许多书，并以我一篇文章的题目做他的书斋名：丑石。此地遇此人，也是缘分。他送我一幅手抄般若波罗蜜多心经第壹佰捌拾陆卷的书法作品，则让我在馆中签名册上留言。我写下"遥想当年，浩叹今生"八字。

夜回绍兴城，谢绝又去吃宴席，往杨峰家吃陕西的油泼面。又与杜文和认识，去杜家看藏砚，喝绿茶，写字数幅，一幅赠杜，为：海风山骨地，守黑知白文。

## 十月三十日

这一天集中在城里参观。小小的绍兴城，人文景点非常多，首先是去鲁迅故居，一代大文豪生养于此，看一草一木、一砖一石都有神圣感。馆中接待处的人特殊照顾我，打开了数间平时不开放的房子，听讲了许多史料书上不写的周家和鲁迅的故事。后登一处二层楼上，见那高高的粉墙；粉墙上柱子显露而刷成黑色，细细长长的下来，顿觉明式家具的艺术与这里的建筑风格一致。南宋之后延及明清，江南繁华，山水清明和生活富裕下人的悠然自得使艺术趣味与广大北方异同，以前喜欢明式家具而不得其解，原来出于江南。再去三味书屋，馆负责人要我坐于鲁迅当年坐过的课桌前留影，说巴金也在这里留过影的。书屋颇小，又很潮湿，不觉想起幼时我读过书的那座祠堂，冬季每日去得很早，为了节省，全不点油灯，齐声把语文从第一课背到学到的新课。

祠堂里没有桌子，是土台儿上架着桥板，又没有凳子，将一截劈柴架在土台柱儿的窟窿里骑着坐。从书屋出来，往咸亨酒店楼上吃饭，饭菜和服务极一般，但客爆满。看一个孩子孝顺不孝顺，现在就看他能不能考上大学，考上大学了，做父母的就省了多少煎熬。看过去了的某个皇帝某个人物是不是好，就看现在能不能造福于民间。秦始皇是好的，如今为中国争了光，为陕西造了福，仅旅游业就养活了多少人；而鲁迅的伟大，仅绍兴城到处是以鲁迅小说中人物为各种店铺名的就无数，多少人是在吃鲁迅的饭。我们上咸亨酒店，真真正正是吃了一顿鲁迅的饭。

又去看了古越藏书楼、秋瑾古屋、轩亭口、大道学堂。印象最深的是青藤书屋，拐进那偏僻小巷，钻入低矮院门，小小庭院阴暗潮冷，地生绿苔，霉点登墙，三四株芭蕉，数十根细竹，一口水井，一棵银杏，唯那丈方池水幽黑，走近可鉴人面，一股藤萝茂繁，爬于墙头，墙头上静卧了谁家的小猫。院门口有三人，一人坐于小卖部柜台里低头看报，进去时看，返出时还未看完；一女人在一凳前嗑瓜子；起身询话的是一老翁，话不出五句，面如木刻。徐渭生前贫困，死后这书屋景点也贫困，管理员难以收更多门票吧。

而在绍兴城西北隅有吕府十三厅，占地四十八亩，所有建筑依三条纵轴线和五条横轴线设计布局，中央轴线上依次为轿厅、永恩堂、三厅、四厅、五厅，东西两轴线上依次又为牌坊和厅各四座，最后一条横轴线上是楼房及平房。主人是明时大官，官家和艺术家到底不同。但是世事沧桑，侯门的豪华哪儿去了？那个叫吕本的谁还知道？吕本的后人现又住在何处？而生前誉毁不一、争论不休的青藤却天下谁人不晓得呢？

又去看城中旧屋，驻于小石桥上看水边人家，去摸奶巷，巷窄仅容一身，深一百五十步，进巷时所幸巷中没人。

原本想看看绍剧，绍剧与秦腔近似，但未能如愿。

## 十月三十一日

今早第一次睡到八点，仍是困得不醒。起来吃粥，去绍兴市黄酒集团参观。我戒酒已十余年，这一路却每饭必饮一盅黄酒的。我爱黄酒，但电视上黄酒的广告最少，山东没有去过，但我知道山东县县有白酒，不知山东人是真能喝酒还是真能挣钱？在酒厂题写了"古越总绍兴，黄酒是龙涎"十字。

午后返杭州。仍住大华饭店。晚见画家吴山明夫妇，同去素春斋吃饭，上一回坐那一桌，今去仍坐那一桌，上一回有两个尼姑吃饭，今去无缘再见。吴氏善画人物，赤面白发，貌有猫相。饭后去他家看画，屋里有三幅黄宾虹造像，一幅是完成品，两幅是草图，先生赠草图陈军一幅，我一幅，我遂在三幅上提笔做记。高晔女士当场做幽兰一株送我。夜半而归，天在下雨。

## 十一月一日

起大早去茶叶博物馆，王旭烽已在那里等着，然后详细看了展览。我戒酒后，嗜茶，在博物馆喝到了明前绿茶，味道好极，可惜馆中负责人知道后，四五人出来接待，茶便未喝到兴处。

午时起天落雨，又起风，顿觉身寒衣单，老宋因有别的事要干，独自在屋中看沿途带回的材料，不知何时竟头歪在沙发背上睡着，夜里感冒头痛。

## 十一月二日

在杭州、宁波、绍兴地区，常常说到良渚文化，回杭州后便提出去历史博物馆看看。博物馆里我感兴趣的是陶和玉。我是极喜欢陶的，家中所藏的汉陶器七十余个。西安是古都之地，差不多的人家里都有那么一件两件，我或者去古董市场上买，或者是从友人处索要，更多的是谁要向我求字，就提两件三件来。但我收藏的尽是汉代制品，汉以前的陶器则没有，所以看到有鱼鳍形和断面呈"T"字形的鼎、高颈双鼻式耳的贯耳壶、圈足簋、宽把带流杯、深腹圜底缸就兴奋。玉器使我开了眼界，琮、璧、钺、璜、镯、环、三叉形饰、牌饰、冠形器、带钩、管、珠，其质地，其造型，其已被人格化、道德化、神秘化的含义，令我不能自已。陪我的陈军是玩玉的专家，他手里摩弄着一块自家的玉，口里给我讲"天圆地方"的玉琮，讲玉琮上的神徽，真有一副名士派头。从博物馆出来，顺路去盖叫天墓，墓前独有一树，落叶满地，纸屑狼藉，不见一个游者。初来西湖，几次驱车路过这里，都是清寂，听人说盖叫天是生前就修好墓的，墓修好后，常于黄昏自个坐在墓前。这回终于来看他，不由得说了一句：观众都到哪儿去了？！

午饭在报社用餐。这次来浙，为了清静和自由，要求接待人保密，并一律拒绝新闻界人士采访，但就要离开浙江了，经报社同志提出，他们请吃一顿，见见面，席间同记者们聊聊就可以了。我是最害怕记者的，因口笨舌拙，不善应酬，再加上以前吃过许多记者的亏，为难了半天，最后还是去了。这一次他们挺好，并没有提问多少，只是说说笑笑，气氛轻松，不知我走后他们会怎么写的。饭毕返至大华，整理日记，书写条幅八张，回报杭州的朋友。

## 十一月三日

机票已订好，明日下午返回西安。因《美文》明年得有大动作，第一期稿件并未备好，我是主编，老宋是常务副主编，两人是得回去一趟，下一次若能再来，就可以直接去温州地区了。温州在国内知名，那里的经济发展模式自成一格，倒想去实际看看。今日取消了再去参观，安静在屋中读沿途带回的各类资料。晚，见宣传部沈副部长和吴天行处长。沈竟送我六支笔，一套茶具，声明是他从自己家里带来的。这样的部长，令人亲切。而我戒酒后嗜茶，见到好的茶具就买，这一把壶倒是极喜欢的，并且有人送笔，这是大吉祥。

## 十一月四日

陈军提议：咱上龙井吃茶去！天虽很冷，衣衫单薄，但龙井的诱惑还是大的，遂去山上看那泓泉水。泉边吃茶的人挺多，且茶农拉客的也多，一妇人百般纠缠，但瞧她手脚不净，头发蓬乱，怕影响茶味，就呼茶亭的人拿张桌子，便一边看着一群姑娘在泉口大呼小叫，一边吃茶。

山上的风景十分幽美，使我想到那一年在峨眉山。但峨眉山的水不好茶不好。桌旁是一堆乱石，其中有块称"来运石"，今日来此吃茶，不知好运今日来，今年来，还是在二十一世纪?

四点半，我将坐飞机回西安，杭州是天堂，也真的是从杭州上天呢。不知怎么，满脑子竟是庄子的《逍遥游》，平日记忆力差，记不得原文，现在却顺口吟出：北溟有鱼，其名为鲲。鲲之大，不知其几千里也；化而为鸟，其名为鹏。鹏之背，不知其几千里也。怒而飞，其翼若垂天之云。是鸟也，海运则将徙于南溟。南溟者，天池也。

## 江苏见闻

### 一

昆山有"半茧园"，园里有"唐亭"，咏"唐亭"者甚多，其中一首为：

爱此唐亭僻
梅花静倚门
无人好太古
有月共黄昏
山凹生云窦
溪平露雪痕
于时何事乐
一卷对清樽

此人清雅，格局不大。江南才子如袁枚、归有光清雅而旷达遂成气候，郑燮、金农清雅到极致，发展到怪僻，也终成人物。无人生磨难，际会感慨，纯性情使然，清风徐来水波不兴，则浅显啊。喜第五、六句，暗藏我的姓名。厌七、八句，文人只是喝酒看书，为喝酒看书而喝酒看书，生你何用？

## 二

半茧园有一石，曰"寒翠"。

形态奇兀，中心大窟窿与边缘小孔，疏密有致，旷野玲珑。石质纯洁，历经风雨，愈是白净。据载：此石本为维扬王忠玉家"快哉亭"物，有东坡题识觞咏之语。元顺帝至兀戊寅顾仲瑛得之于通固桥新安尼寺，以粟易归，置"玉山草堂"。明年，仙居柯九思见而奇之，再拜而去，御史白舒达兼善来观，复为题"寒翠"美之。遂砌石为台，仲瑛自为记。后至清嘉庆八年移置半茧园。

一块石头，数百年间被人珍惜，此石必是美女二世。但人女之美，命运必是坎坷，故永做石头再不生人？

在昆山搜寻此石，不能得见。天黑在宾馆吃饭，端上一盘基围虾，便问老宋：知道哪只虾为雌为雄？宋说：你吃哪只，哪只就是雌的。满桌哄笑。

## 三

到扬州天宁寺，得知郑燮当年在此卖画。到南通狼山，也得知冒辟疆晚年卖字。不知这些先生为何作卖，遂想起我在家中的"润格告示"。我自字画被人看上眼后，先自为得意，不料从此苦恼日增，索字画比约文稿还多，每日敲门者不断，皆是言要解决调动、升级、农转非或等等原因做礼品送人。骚扰太甚，出了告示。

告示为——

自古字画卖钱，我当然开价，去年每幅字千元，每张画千五，今年人老笔亦老，米价涨字画价也涨。

一，字。斗方千元。对联千二。中堂千五。

二，匾额一字五百。

三，画。斗方千五。条幅千五。中堂二千。

官也罢，民也罢，男也罢，女也罢，认钱不认官，看人不看性。一手交钱一手拿货，对谁都好，对你会更好。你舍不得钱，我舍不得墨，对谁也好，对我尤甚好。生人熟人来了都是客，成交不成交请喝茶。

告示一出，果然阻挡了许多人，而且也有一笔收入，到底是好事。

## 四

北方人都知江南村村有水，殊不知真正水乡在江北。扬州地区的高邮和兴化毗连，高邮地形如覆盂，兴化则是覆盂再翻，境内三分之一为水。农民耕作在垛田，垛田大可三亩五亩，小则二分三分。五月份观之，菜花连天，高处金黄，深渠银亮，错综复杂，如演八卦图阵。当地人讲，兴化古来是避兵乱佳地，盖因这垛田之故。商州山高，秦时也是避乱处，我亦不知是四皓的后人或是祖先为四皓的守墓人，今到兴化，多有感慨。商州山上有各类飞禽走兽，且产商芝，俗称拳芽，其形如人拳，可食用。幼时挖过商芝，根成块状，时有人形者，疑避秦乱的人变，兴化鱼虾种类多，可能也是为安全所驱。席间吃有一种鱼，叫昂刺的，样子极丑，一层黑皮，背上有硬翅如锥。此鱼大半为避乱者托生。还有一种鱼，老而不大，仅有二三指长，更是伏小的人物吧。

## 五

康熙六次下江南，六次驾临高邮城：

第一次，一六八四年。康熙帝路过高邮，秀才葛天祚、孙晋等献上开海口图。回京途中，十一月初十日船泊城外，秀才献上诗歌八章。

第二次，一六八九年。驻清水潭视察河工，并从高邮码头停泊上岸。

第三次，一六九九年。驻跸界首。

第四次，一七〇三年。二月初六路过高邮，视察河工，宿秵家闸。

第五次，一七〇五年。三月十一日路过高邮，地方献当地名产。返回时于闰四月初七日路过高邮，驻跸南关外，纳地方所献土产。

第六次，一七〇七年。二月二十七日路过高邮，视察河工，四月二十九日经高邮返回。

此记载现挂牌于高邮古驿馆里。从记载看，康熙帝也够辛苦，十四年间六巡江南。江南当时反清势力最甚，河运又盛，康熙帝当然难以放心。地方富裕，也多秀才，所能献的就是土产和颂歌了。走江南各地，凡清帝当年驾临之所，如今全是景点，高邮古驿是，扬州有御码头，镇江金山寺下也有御码头，但明亡后，江南却是反清重地，人间世情如此，又荒唐又实际。扬州的御码头不远处即史可法纪念馆，参观时，天雨蒙蒙，庭院冷落，有一联正在史公坐像旁，联曰：

公去社已屋；
我来梅正花。

## 六

登泰山而小鲁。但泰山有时很小，小到百姓捡一块麻石，立于村前或门前，上凿"泰山石敢当"。高邮有个叫文游台的地方，南宋的皇帝堆土为泰山作祀。土堆上的庙宇已塌，正在复修，旧时光景不得见，但祀炉还在，锈做一堆铁的。现时人看"文革"中的资料片，万人齐跳忠字舞，不觉肃然而觉悲凉，面对土堆的一环泰山，没有了悲凉却是可笑。

七

在上官河坐船到大纵湖去，时值细雨，却天青河白，岸上菜花金黄，蚕豆已肥，蒌蒿细长，经风梳理，齐茬茬一边倒伏。船是"水上飞"，速度极快，眼见得河的两边涌起两道水波如龙，与船同进。愈进愈深，河面更宽，处处拦网设簖，河岸遂也成堤，偶有堤断处，能看见堤那边也是或河或湖。堤上有活人也有亡人。活人筑小屋，搭茅棚，几株杉树晾挂了衣服和干菜。亡人则安息，小小的土坟就在杉树之外。怕是民以食为天，鬼也以食为天，坟顶上又皆放一土块成碗状。船过一户人家，人家的媳妇在浅水处设簖，水波微兴，身下的小板舷起落不在，但并不瞧看我们，安然探作，唯岸上老妪使劲挥手向我们叫喊，原是门前停泊的小船上盛着沙子，船沿与水面平齐，水波涌起，沙子就刷入水中，我们只好放慢速度，笑笑地向老人致歉。至大纵湖，水天一色，而各自为政地拦了网，一问，全是养蟹。大纵湖产醉蟹，价钱已涨到百元一斤。见一养蟹大户，方头赤睛，引入他家，家是一只大船，内装饰豪华如市内宾馆，言及蟹销之香港及东南亚，口大气粗，洋洋得意，出船见两艘小快艇飞一般驶来，介绍是新购回的快艇，家人去镇上采买东西的，两男西服革履，提有手机，三女一童皆鲜服，并嘴嚼口香糖，能吹山猪尿泡一样大的泡。

# 八

扬州历史博物馆在天宁寺，展一古舟，不知年代，疑古运河盛时物。舟为独木，楠树所凿，长十三米余，宽近一米，敲之笃笃鸣响，有金属音。

馆外有一树琼花，远看并不艳乍，近视序盘硕大，一枝八朵，一朵五瓣，排列有序，蕊素如珠，花白如雪。当地人又叫八仙花。世上都骂隋炀帝为看琼花，"陆地行舟"下扬州，荒淫无度，可见琼花不是人间花，以美勾引昏君，杀灭昏君，而又让他开凿运河，又不失自家高洁。

若再有生，不为龙便为独木舟，孕女当是无双琼。

丙子三月二十二日记。

# 九

三月二十日过江看《瘗鹤铭》，雷轰岩施工加固，不能近前，却见陆游观《瘗鹤铭》刻石，立于浮玉岩畔："陆务观、何德器、张玉仲、韩无咎，兴隆甲申闰月二十九日，踏雪观《瘗鹤铭》，置酒上方，烽火未熄，望风樯舰于云霭间，慨然尽醉。薄晚，泛舟自甘露寺以归。明年二月壬午，圜禅师刻之石。务观书。"世人知坡老《记承天寺夜游》为短文，不知务观七十四字！四十五年间，我又能传几多文字呢，临风浩叹。后体软登山，欲觅一块石携带而不得，定慧寺又已关门，坐末班船郁郁归镇。

# 十

史公祠后院竖一石，约两围，高三米五左右，玲珑嵌空，窍穴千百。据介绍，为南园遗璞。清安徽歙县汪氏建南园别墅，内置九块太湖石，乾隆南巡时到此园，赐名九峰园，后选二石入御园。九峰园早废，七石散落，今仅存此石。

当年曾有诗：名园九个文人尊，两叟苍颜独爱恩。

这一个石头伴孤忠，这石头也是清寂。旁有一梅，不在花期，未能看数点冷艳。

## 十一

杭州有西湖，扬州有瘦西湖，北京有白塔，扬州有小白塔，镇江有金山，扬州有小金山。小金山为瘦西湖一景，传说苏轼在扬州时过江去金山与和尚对弈，输了玉带，而拿了金山一石过来，遂有小金山。今小金山为一土丘，上建一亭，几块奇石，数株老柏，临风四望，倒能烟水全收。丘下有一堂，联语中"如拳不大金山也肯过江来"，其语情殷。

风亭而下，是一庭院，偏门进入，园小二十平方米，只有一柏直挺，薄砖细石铺地，草沿砖缝长，苔在石间生，地青黄如湖面，前有正门，出门则阳台，返回院园，方仰头看门楣匾额题"开畅"，始知园地小而顺柏向上可观天，宁静者致远矣。遂合掌道：好！

## 十二

世人知《白蛇传》皆骂法海，金山寺的和尚至今仍恶白氏素贞，故游金山在山上见塔，塔下见法海洞，山脚洞下见白蛇洞，而山上归属寺院管，山下则是园林局的辖区了。白蛇洞极小，谁人焚过香蜡，荃味未散，但呼吸过后总有腥气。洞内石壁上有一穴，大人不可进入，俯首探望，幽暗却不知深浅。悚然而立，想那女子可怜可亲，虽是蛇变，做人妻何妨？忽穴内有亮光闪烁，一活物慢慢爬出。登时惊叫，活物转身为影子般又滑入穴去，看清毛茸茸一尾，始知山鼠。心怦然悸然，不认为是偶然事件，却又疑心这是白蛇的什么侍者或是守穴者，报给她家主子去了。又久立，身觉寒冷，出洞望江，默然不语。谁又在洞上之洞念那门联："白蟒化龙归海去，山头只有老陀头。"

## 十三

金山下一巨石名"信矶"，是当年金山未上岸时为水所拥，老和尚常与海鼋在此狎戏，老和尚每一敲石，鼋就必至，后老和尚圆寂，别人再敲，鼋终杳然无迹。五月六日天降微雨，坐石上半日，面前海水已远，沙滩上荒草蔓生。

## 十四

江南人不能望貌论年龄，尤其少女，面有蜡像色，光洁如亚光玻璃。我所到之处，读书人皆以为假；谓个头不应是一米六余，颜面也不该有黑点。殊不知人面也有风水，痣不可取。脸存七痣，排列而下，形若七斗，望我如观天象。

## 十五

扬州镇江园林，多为私家，盖出自明清盐商所造，财富在世间有定数而流动，钱多则不能为私人有，自古如此。商人好奢华，并不一概附庸风雅，势大钱广必有清客，文艺方是寄生之物。扬州何园的"片石山房"即石涛叠石作涛。

## 十六

欧阳文忠公在扬州一年，做平山堂，取江南北固远山与此堂平，甚有文人情趣。而《避暑录话》中载"公每暑时辄凌晨携客往游，遣人走邵伯取荷花千余朵，插百许盆，与客相间。迂酒行，即遣妓取一花传客，以次摘其叶，尽处则饮酒，往往侵夜，载月而归。"风流潇洒可见。欧阳也筑屋，也乐酒，也遣妓，今文人行状，见之多多，行为龌龊，酗酒污秽，无大胸襟，酒亦无荷香，取花妓也不闻真笑声啊。

## 十七

镇江有四大名鱼，鲥、鲚、鮰已吃，味道鲜美，但并不如家乡饮食能饱肚，终日又役役奔走，疲倦不堪，五月四日登北固楼回来午睡近二时，起床说：江南最香是觉香。

五月五日到扬中。扬中为江中孤岛，扬中人有如日本人，登陆意识极强。据说当初起身时，主要靠推销员，推销产品也推销自己，常年在火车上奔波的中国推销员十人必有六人是扬中人。有了资金，扬中不敢怠慢，愈发向外扩张，自筹资金修一千一百七十二米长的扬中长江大桥，使经济从小而散、小而全向规模化、集团化、多元化方向发展，其富裕与文明比苏南诸地有过之而无不及。访问毕，天已黑，往范继平家吃河豚。河豚有剧毒，尤其菜花时节，范继平一再强调，不吃河豚，枉到扬中，要吃，要敢吃！"我请村里老支部书记来烧！"出事不出事，这不是政治可以保证的事，但我还是放开去吃，十五分钟过后，未有舌麻头晕，安全无事了。回镇江对接待人谈起，他大惊失色，说："只有镇江人敢这样！"

河豚活物什么模样，不可得知，但鼓腹而歌：你有毒，我也一身病毒，我怕你的！

## 十八

镇江"芙蓉楼"新建，内有王川壁画，王川导游前往。坐楼中喝两杯茶，出来坐湖中廊亭，细雨淋淋，烟笼水面，极尽幽静。得知前不久有旧时人物来住园中，一人常临于湖边观鱼乐，不觉回头望园中楼舍，楼舍一半渺失，一半如浮，但清晰一白皮松，青灰底色里白斑如钱，塔子小，匀匀在一堆枝叶的苍绿中泛黄。

芙蓉楼前二十米是中泠泉，不愿近，嫌中泠二字不好。

## 十九

镇江黄墟乡龙山村现在是中国最富裕村镇之一。但与任何村镇发展不同，它是由工人承包而起，实行的是现代化大企业管理方法。有如英国人开发美洲。没有四个工人从附近的热电厂辞职来养鳗就不可能有龙山村的发展，没有龙山村的土地水塘也不可能有"世界鳗王"的龙山鳗业联合公司。这种公司比社会上公司有可以使用的土地和最便当的劳力的有利处，也有使农民一步到位、最快摆脱农民意识的先进处，其压力是以村为公司时必须敢担风险，其阻力是世世代代在此繁衍生息的农民对于外来人来占有土地、又受其治理而所带来的行为上、心理上的抗拒。《土门》从一个侧面即表现这种矛盾，龙山现状又是另一个侧面，令我大喜。

## 二十

登北固山见梁武帝萧衍书"天下第一江山"刻石，哑然一笑，想起西安街头卖羊肉泡馍人家门前有"天下第一碗"。

## 二十一

在扬州得旧籍，读至龚定庵身处风月繁华地却清净淡泊，甚有感动。定庵性不羁，厌修饰，在朋友魏源，字默深家客住，仍得大自在。其一趣：

定庵无靴，借默深靴著之，所容浮于趾，曳之，廓如也。客至，剧谈渐浃，定庵跳踞案头，舞蹈甚乐。泊送客，靴竟不知所之，遍觅不可得，濒行，撤卧具，乃于帐顶得之。当时双靴飞去，定庵不自知，并客亦未见，此客亦不可及。

古人磊磊率真如此，今不能了。

## 二十二

读《浮生六记》，知沈复三十三岁的冬天，为友人做中保而被牵累，致使家庭失欢，寄居无锡，后归途到虞山，"愁苦之中快游也"。我年四十五，来虞山比沈复迟了十二年。

上剑门，观尚湖，不知太公在秦在苏？

## 二十三

常熟有古诗：七溪流水皆通海，十里青山半入城。

七溪，一在学宫后兴贤桥北，二在草圣祠后东太平巷南，三在东街南金童子巷北，四在言子宅后坊桥北章家角南，五在白粮仓前灵宫殿后，六在白粮仓后，七在孝义桥南仓浜底。虞山骑车周游可两小时许。

城中有方塔，为南宋建。据说虞山如牛形，怕牛入海，故建方塔做拴牛桩。

## 二十四

游兴福寺，最兴趣扶竹荒疏。到一庭院，见殿额"为甚到此"，怅然若失。在"自彻"院书法，识静觉师傅，无印章，虞山友人当即以锉刀在静觉印石的另一端刻"平凹"二字。后上"救虎阁"素食嫩竹针菇，当了半日和尚。

## 二十五

在常熟拜钱谦益，却更钟情柳如是，单这名字便喜欢，登虞山见柳如是的撰联就录，得传说，柳墓里的棺木是悬葬的，以示不履清朝土地。白茆乡芙蓉村未能去，不知那株红豆树今年可生几豆？

## 二十六

读资料："兴福寺原有一株唐桂，一株宋梅，均为千年古树。宋梅至二十世纪二十年代尚开花结梅子，梅子秋后成熟，味甘。一九三六年九月十二日午夜十二时许，全树突然倾倒，残枝满地。唐桂五十年代老死。"详细记述树忌日的唯这宋梅。此梅死至今日六十年了，今夜焚纸奠之。

# 二十七

在"彩衣堂"见七十余岁时翁同龢相片，鼻如悬胆。翁家父子宰相、帝师，兄弟封疆，叔侄联魁，在近代政治、科举史上其显赫罕有所匹。翁宅不大，庄严肃整，记载原有两棵桂树，今见是幼桂，知原木已毁。后有读书楼，登上吃茶，观翁字画，竟十分喜爱其墨迹。咸、光年间，翁氏书法当朝第一，但如今书法史上未见其地位，令人遗憾。吃茶间偶见台湾寄其馆"松禅老人尺牍墨迹"一册，爱不释手，遂复印半册。

该册序言，斯册凡录翁文恭致南海张樵野手札百余道，并附中俄租借旅大约稿及电报稿若干件。为归安吴渔川所编集。其时日大抵多光绪二十三四年间所书，时正甲午败后对俄德英法交涉频繁之际，翁张二氏同在总理衙门行走，而文恭并兼内阁及军机，张氏以通洋务名为文恭所深器重，凡涉外交多与之磋商。

渔川吴永，吴兴人，为湘乡曾惠敏之东床，亦张樵野氏所荐士。樵野任总理衙门大臣时，渔川曾充记室，戊戌八月，张氏以罪下狱，谪戍新疆，此诸札幸赖先委之渔川得以保存。宣统辛亥编次成册以藏。渔川生为宦，两袖清风，其幼女芷青女士于归文恭家人龄雨先生，此文恭遗墨即其出嫁之压奁物。星移斗转，原物归翁，真是奇迹。

翁氏在朝，门生天子，行走弘德殿，波澜万丈，晚景开缺回籍凄凉异常，自号瓶庵居士，在此"守口如瓶""唯农与鱼鸟相亲"，甚至为避祸，多次隐藏自己的日记、手稿，"避谤每删诗"。临终前口拟挽联："朝闻道，夕死可矣；今而后，予知免夫。"死后墓前立他手书的墓碑："清故削籍大臣之墓"，可见死而耿耿于怀。

## 二十八

再游兴福寺，静坐空心潭，游人踵踵，多在潭边围桌玩牌，亦狎欢，亦赌博。救虎阁前放生池里，仍未见绿毛龟，又与静觉和尚见，相谈甚洽，得《了凡四训》一册。

兴福寺前坡竹甚美，进去满地竹叶子埋脚面，但竹几乎每竿刻字，皆少男少女情爱之语。正会心而读，又一对男女携手过来，忙出林到坡下广场吃豆花一碗。

## 二十九

曾朴在家作《孽海花》，现家院辟为"曾园"，五月十九日下午进园读碑刻，听虞山古琴。先一曲《渔樵问答》，后《高山流水》，叙说古简朴约，时窗外轻风微雨，吹窗偶有嘎嘎声，似鬼魂而入。琴罢出房，廊边有竹在摇曳，忽有词：有竹风显形，无琴灵失托。

内有一香樟，一树两分，一分又三分。荫半亩地，下一太湖石，形状若悠闲人，顶凿"妙有"，下隐约有字，辨认许久，方识得是："余营虚霿园，绮虞山为胜，未尝有意致奇石，乃落成而是石适至，非所谓运，自然之妙有者耶，即名妙有二字，题其颠。石高丈许，皱瘦透者咸备。"世上万物得失聚散皆有缘，石仍在曾朴已去，为等我耶？

## 三十

一早登虞山"读书台"，不为读书只吃茶，坐亭中四面来风，忽然与同坐说禅，说基督，吃茶就不是吃一杯绿水了。

饭时在旁"梅影廊"，席间有八十老翁，能填词书画，人皆戏谑无序，老者可爱如婴儿。"梅影廊"饭馆原民间俗语"妹引郎"，谓生意兴隆之术，老者改题匾额而雅。老者又自夸：在某乡一干部调戏民女，被人责罚，造亭，称"摸奶亭"，他改题写"莫浪亭"。众人说好，旁有一人就用纸揩老者嘴角沾饭，众人又笑，老者也笑。事后得赠一册《梓人韵语》，知老者是张大千弟子，一生坎坷，早年失妻，今子在上海，有一妇人未婚同居，妇人又常在南京，平日有女学生照料，每当儿子来，便不出门，防备所收藏物失。

## 三十一

虞山名人多，以人名拟联：

牧斋翁心存曾朴，

天池柳如是瓶生。

牧斋即钱谦益，号牧斋。翁心存，翁同龢之父，清宰相。曾朴，《孽海花》作者也。天池即虞山琴派宗师。柳如是，牧斋之妾。瓶生为翁同龢晚年号。

## 三十二

太湖西山二十一个岛屿，风光疏野，最无污染和人工气。不知荡舟周游是何等滋味，现有三桥浮卧四岛之间，一桥七十五孔，一桥七十二孔，一桥四十孔，壮观而秀美，令人长啸。车过西山岛，两边绿树越来越密，同行人讲，这里无树不花，无花不果，我来得不是时候，却在急驶中竭力去辨认梅树、桃树、栗树和枇杷。路蜿蜒起伏，忽沿山脚前进，一边天水一色，一边叠翠欲坠，正是岛尽处，却一闪，又是一洼绿树，隐约有楼顶亭角，一律洁白，闪烁其间，有鸟就在车前的道边静立，车过也不动。至石公山，进园门就仰首跌帽，与天下景区不同。循门内两侧山道趋势上绕，景顺步移，出神入化。在断山亭看断岩，看方亭，看"山与人相见；天将水共浮"联，看远处的来鹤亭，亭里无鹤，也无鹤来，却觉自己筋骨内敛，灵和外放，轻呼一声"我来了"，一时感到天外有了默雷。

## 怎不忆江南

当年在商州采风，那是背了笔和纸、牙刷和锅盔，一个县一个县地走，走饥了就寻饭店吃，走累了就寻旅社睡。先后数月，吃了一肚子酸菜糊汤，养了一身的虱，获得精神上的、文学上的东西便享用了十几年。及后又上陕北，为的是那一方黄土，千山万水地走遍。至今想起来，延川黄河岸这边的那一夜涛声，靖边沙漠上的那一天未食的饥肠辘辘，绥德城里那个唱信天游的老汉，仍做了我人生路上嚼不尽的一袋干粮。那时年轻，不怕狼，不怕狗，不怕不卫生，白日跑动，晚上写作，深感自己是虎在山上，龙在海里。古人讲，行万里路，读万卷书，现在提倡深入生活，说的都是文人最起码的东西。我出身贫贱，混迹于民间是我的本事，自然不能同于那些高贵的人，写别一种优雅的日子和行状。走陕南陕北，这是中国苦焦的乡村，一九九五年、一九九六年两次去江苏南部，却到的是富贵之地。苏南基本上走遍了，苏中也走了一部分。一个陌生人到陌生地，有了新的感受也有了新的思维，无论我将来写什么，过什么样的生活，无疑要产生大的影响的。

我写商州，写陕北，写的都是农民。农民的概念，我们一直认作是勤劳善良自私保守；农村的概念，也一直是封建的、落后的、生产力低下而田园风光纯朴。我也哀叹过中国是农业国。我自己出身于农家，为挣脱一张农皮去奋斗了二十年。但在苏南，农民和农村的概念就全变了！那里的农民已经不是了农民，那里的农村已经不是了农村，也不能以才形成时间不长的"乡镇企业"一词去对待那里的乡镇企业了。数年前与外国的作家探讨乡土文学，他们的乡土文学是指回归自然，与我们截然不同，那时还甚不理解，走走苏南，一切也能明白了。现实的变化，必然使观念变化，换一种思维重新看中国的农民和农村，获得的是希望和力量，要写文章，自然有大的空间和多的纬度。当初读《尤利西斯》，醒悟到了对语言的运用实际上是对小说的一种认识。农民和农村的概念改变，可以使我在做文学工作时，开启关于人和土地的意义。人的才能，除了天生的一份灵性外，要识多见广，丰富的阅历，做小说家的不易也正是得起码地具备这种基础。我是出国很少的作家，每一次机会都积极地去做中西文化的比较考察，每一次回来，我的写作或多或少地发生着变化。我在中国的西北部待得久了，不要说做天下的文章，全中国都未深入全面地了解，哪里又能建构宏大的意象世界呢？在苏南的日日夜夜，我是激动的，虽然那里的气候对我身体有害，饮食也不习惯，当地人能听懂我的话，我却听他们说话如鸟鸣，但我一有空就写笔记。我当然也思考着中国的历史和现状，思考着中国的前途和远景，陪伴我的人也笑我拿的是文联干部的工资操的是政治局会上的心。而我在洒满月光的夜里失眠而起，我记载了我对自己作品的审视，对当代中国文学的审视。苏南在告别着小农经济，告别着村社文化，我们的作品应该建立真正意义上的现代汉语文学，太功利将使我们平庸，太激愤将使龙种生下跳蚤，而制造技巧将使我们如发达的食文化一样，导致了我们肠胃功能的衰败。

在江南，我拜会了相当多的才子，有现代、当代的，也有古代的，如袁枚、归有光、冒辟疆和钱谦益。我思考着他们产生的原因，研究着他们一生的遭遇，自然就对比着我们的司马迁和我们西北部现当代的作家。我在一篇日记里这样写道："中国的文学艺术有过现实主义和浪漫主义之分，这观点我并不以为然，但确确实实分别着一种写实笔法，一种性灵笔法。这两种笔法，我当然推崇司马迁，但推崇司马迁而鄙视那些毫无灵气的笨写法，对于性灵笔法自己很喜欢又轻贱那些小境界。原先只了解司马迁是北方人，当过史官，受过大难，他注重的是一种天下为怀的、史的目光，这一切又以朴素为底色，而不明白性灵之作是如何产生的。来这里见了冒辟疆、归有光、袁枚的故乡，这一类有才情的人原来也是水土所致。才情之人成功之处在于写了性灵而不靡艳。但这些人作品格局仍是逊于司马迁，原因也可能乏于自然环境的恶劣和人生境遇的灾难。曹雪芹当然是才情人，他的文笔灵动胜于司马迁，他又经历过人生苦难，所以，有《红楼梦》。写实易于死板，性灵易于小巧，质朴是重要的，格局是重要的，更重要的是体证人生的大苦大难而又从此有慈悲之怀。"不到江南，我向往江南，去了江南，我更热爱我们的西北。西北历史的辉煌和现今的艰苦，给了我生命和气质。我从事文学，这么从黄河到长江，明白了我们的不足，也坚定了我们的信心。草食动物或许是胆小的兔子，但也可能是恐龙大象，吃血的或许是老虎也或许是虱子。我再不为远离京都而自叹，也不再为所谓西安"生人不养人"的环境而悲苦，放眼天下，心存高志，阔大胸怀，善于汲取，才是我发展天才的急需！

当年的孔子"西行不到秦"的，我往东去，为的是得大自在。

1996年7月18日

# 拓 片 闲 记

　　安康友人三次送我八幅魏晋画像砖拓片，最喜其中二幅，特购大小两个镜框装置，挂在书屋。

　　一幅五寸见方，右边及右下角已残，庆幸画像完整，是一匹马，还年轻，却有些疲倦，头弯尾垂，前双足未直立，似作踢踏。马后一人，露头露脚，马腹挡了人腹，一手不见，一手持戟。此人不知方从战场归来，还是欲去战斗，目光注视马身，好像才抚摩了坐骑，一脸爱惜之意。刻线简练，形象生动，艺术价值颇高。北京一位重要人物，是我热爱的贵宾，几次讨要此图，我婉言谢拒，送他珊瑚化石一座和一个汉罐。

　　另一幅是人马图的三倍半长，完整的一块巨砖拓的。上有一只虎，造型为我半生未见。当时初见此图，吃午饭，遂放碗推碟，研墨提笔在拓片的空余处写道："宋《集异记》曰：虎之首帅在西城郡，其形伟博，便捷异常，身如白锦，额有圆光如镜。西城郡即当今安康。宋时有此虎，而后此虎无，此图为安康平利县锦屏出土魏砖画像。今人只知东北虎、华南虎，不知陕南西城虎。今得此图，白虎护佑，天下无处不可去也。"友人送此图时，言说此砖现存安康博物馆，初出土，为一人高价购去，公安部门得知，查获而得，仅拓片三幅。为感念友人相送之情，为他画扇面三个。

1996年10月记

# 小 说 孔 明

孔明碎嘴，见什么都说，去年一本《说爱》，今年又是本《谈情》。

孔明似乎还谦虚：小人说的都是小事，一孔之明。

大说是皮家的事，大人物又有几个？小事构成了我们芸芸众生的生命；小说是文人的本事；再者，孔明也是大明，字典里仍写着这层解释呢。

小事要说得很明，得要世事洞明，小事要说得通达，得要人情练达。饭后茶余，睡觉前，如厕时，翻几页看看，有多少事我们整日经历着，经孔明一说，还有这么多意义和趣味！书原本都是写闲话，现在的文人写着写着就都把自己写成上帝了。孔明的书是闲书，闲书不伟大，闲读却有益。

我喜欢听孔明说。

我不喜欢孔明说得太溜顺。

# 姬国强的绘画艺术

如果翻开档案，姬国强的材料是十分简单的：河南西峡人，生于一九五六年。一九七六年毕业于西安美术学院，后又进修于北京中央美院，现执教于西安美院国画系。但是，在西北人物画派中，姬国强却是一位强劲的角色，他的画既有西北人物画派的浓郁的生活气息和浑厚拙朴的作风，更因抒情清纯的田园风光和展示人与自然的亲近和谐的境界而独具风标。

在当今画坛上，笼罩着严重的浮躁之气，许多画家原本就对中国画缺乏真正的了解，又企图一下子建功立业，肆意改造着中国画，使中国画面目全非，沦为浮浅和肮脏，几个回合下来，似乎此路不通，又缩退于那一点儿陈旧的题材和趣味之中，使其散发着腐朽气和小家子气。姬国强在混乱之中，也在苦苦地思考和探索，因他长期浸淫于传统绘画艺术中，愈是对传统绘画艺术深入理解，愈是对传统绘画艺术的疾痼深感痛苦，但他并没有表现张狂，也并不逃避，而是认真地大量翻阅各类哲学书籍，研究西画，在传统绘画艺术的本身上寻找突围点。他终于安详下来。使他安详下来的，是他对世界和人生有了新的看法，对艺术有了新的认识。从此，他的画风发生变化，醉心于乡间的田园风光，醉心于边塞的民族风情，这是他永远画不完的两类题材。在这些作品中，清正之气在充溢着，使我们感到了生活的温馨和心灵的宁静，而处处又获得如莲的喜悦。

姬国强的童年和少年是在乡间度过的，儿时的生活是他抹不掉的对于乡村的情结，他又是回族，多年来，足迹所至，出游了西北各地少数民族的村寨，当他以新的艺术目光审视这一切的时候，作品把他对人与自然的契合表现得淋漓尽致而不露痕迹。他注重情趣，把握韵律，呈现出诗情，在非凡的造型功力基础上，多有空灵感，在人物服饰上吸收山水画皴擦的技法，在面部刻画上又吸收西洋画法，往往静中求动，以相对稳定的体态和简略的环境，揭示烘托人物的神情。《草原的夏天》《晨光》《羌族姑娘》《黄河源头》等作品，貌似平实，却独具匠心，它唱的是一首质朴无华的歌，我们看到的却是一个明净的世界，而唤起我们心中的明净，现在又是多么需要和迫切啊。

姬国强不好张扬，总是默默地思考着，默默地创作着，这得自于他的性格，更得自于艺术的自信。所以，在与他交谈时，我们并不感到他才华横溢，但只要打开他的画卷，又不能不赞叹不已。世上有成名人和成功人，姬国强的声名弄得并不显赫，却是成功者，随着他的创作的继续和时间的推移，相信会有更多的人理解他，喜欢他。

# 石杰评论集序

我读过了石杰的一篇文章，又搜寻着读过了三篇，我向身边的朋友推荐说：此人不哗众取宠。

哗众取宠的风气现在很浓。许多报刊因要发行量，就易于了哗众取宠的文章的产生，弄到了天才和小丑混淆难分的地步。文坛上的生存竞争可以理解，一台戏里生净旦末都需要，小丑也需要，我们只是看着开心罢了，唯一替他犯愁的是这种角色干久了，他自己也小而丑起来，如女招待的微笑，如警察的脾气。

不能否认，虽然是信息的时代，虽然天下越来越小，但一个人，在位和不在位，在大城市和不在大城市，在圈子里和不在圈子里，文章的作用是不一样的。然而要说到底，还得落实在文章本事上，时空的残酷是真正的残酷。目下的文坛，最大的媚俗并不在于商业，以长官的意志而意志，以规范的道德价值评判而评判，这一直在困扰着文学，变着法儿地困扰着文学。如何改变审美的视角，如何开辟新的维度，冒着牺牲一切地去建立真正的现代汉语上的文学，而不是需要去制造技巧或仅仅满足于做谴责小说。

在批评面前，创作者没有神圣，在创作面前，批评者也没有神圣，他们都应该观察社会，研究文学。任何一方的嚣张和依附，只能表现和导致文学的幼稚和平庸。文学需要哲学，但到处都是哲学时，文学已经江郎才尽。批评家的独立在于他在真正从事着文学的批评，批评家的伟大在于研究社会研究作品中完成了自己的批评体系，而不在于捧场和棒杀。

我喜欢石杰的文章，是其有深的人生体验和面对作品的认真研究，阐述自己的见解，独特而不嚣张；是其在研究作品的基础上表现自己的智慧，而不是先手执了一个套子或拿了另一个别人的套子来筛选苹果；是其并不著名，也不在热闹的地方，从而有着沉着平静的心态和文字。

但石杰是谁，我不知道。

一九九六年的春天，西安有一个学术会议，我在会上碰着一个单单薄薄女人，经介绍，这竟是石杰！我在她的文章里从没有读出个小女子的形象来，她似乎也觉得我是太矮了。我们原本要做一次长谈，要吃一顿饭的，但因故全取消了，我得到了她一条鱼，不能吃的化石鱼。

这是经过了批评的鱼。

今日再读《阿Q正传》，读到一句"如孔庙里的太牢一般，虽然与猪羊一样，同是畜生，但既经圣人下箸，先儒们便不敢妄动了"。自己也咯咯笑起来。

# 名　角

杨凤兰是西安南郊人，十一岁上跟李正敏学戏，翌年即排《三对面》，饰青衣香莲。凤兰个头小，家人牵着去后台装扮，一边走，一边嚷道要吃冰糖葫芦，家人说：“你是香莲了，还贪嘴？”凤兰嘴噘脸吊。但到锣鼓声起，粉墨登场，竟判若两人。坐则低首嘿答，立则背削肩蹇，抖起来如雨中鸡，诉起其冤，声口凄婉，自己也骨碌碌坠下泪来，一时惊动剧坛。李正敏说：“这女子活该演戏，但小小年纪竟能体味苍凉，一生恐要困顿了。”愈发爱怜栽培，传授《三击掌》《徐母骂曹》《二进宫》给她。

渐渐长大，凤兰已是名角，拥有众多戏迷，她不喜张扬，见人羞怯，服低服小。剧团多有是非，无故牵扯到她，旁人都替她满脸作怒了，她仍只是忍耐，静若渊默。一年夏天，回村探母，正在屋里梳头，墙外忽有枪声，有东西跌在院中一响。出来看时，有鸟坠在捶布石下，遂矮墙头上露一人脸，背着猎枪，挤眉弄眼，示意鸟是他打中的。凤兰有些恼，提了鸟丢出去，那人却绕过来，收住了脚，在门首呆看。凤兰耳根通红，口里喃喃，微骂掩门不理。又一年后，女大当嫁，有人提亲，领来了一小伙见面，竟是打鸟人。小伙笑道：“我早打中的。”时凤兰二十三岁，谭兴国大其九岁，且带有一小孩儿。亲戚里有反对的，但凤兰不嫌，认定有缘，遂为夫妇。

秦腔虽是大的剧种，历来却慷慨有余，委婉不足，出西北就行之不远。李正敏毕生力戒暴躁，倡导清正，死时紧握凤兰手，恨恨而终。凤兰见宗师长逝，哭昏在灵堂，立誓发扬敏腔艺术，此后愈发勤苦，早晚练功不辍，冬夏曲不离口。出演了《白蛇传》《飞虹山》《谢瑶环》。每次演出，都在家叩拜宗师遗像，谭兴国在旁收拾行装，然后骑自行车送至剧场。谭兴国那时在一家话剧院做美工，凡有凤兰演出，必坐于台下观看，一边听观众反应，一边作记录，回家便为凤兰的某一唱句、某一动作，提建议，作修正。灯下两人戏言，凤兰说："我这是为戏活着么！"兴国说："那我就为你活着！"刚说毕，窗外嘎喇喇一声雷响，两人都变了脸。

二十七岁那年，凤兰演《红灯记》，只觉得脖子越来越粗，却并不疼，也未在乎，衣服领口就由九寸加宽到一尺一，再加宽到一尺三。演第二十七场，突然昏倒在台上，急送医院，诊断为甲状腺癌，当即手术，取出了八个瘤子，最大的竟有鸭蛋大。医生告诉兴国：人只能活二年。兴国跑出医院在野地里呜呜哭了一场，回来又不敢对凤兰说。数月里人在医院伺候，夜不脱衣，竟生了满身虱子。凤兰终于知道了病情，将硬得如石板一样的半个脖子，敲着嘭嘭响，抱了李正敏的照片泪流满面。她写下了遗书，开始七天不吃不喝。兴国铺床时，褥子下发现了遗书，一下子把凤兰抱住大哭。凤兰说："我不能唱戏了？我还活着干什么?!"兴国说："有我在，你不能走，你能唱戏的，我一定要让你唱戏嘛！"谭兴国把凤兰病情材料复印了几十份，全国各大医院都寄，希望有好的医疗方案。医院差不多都回信了，唯一只能化疗。在漫长的化疗过程中，谭兴国四处求医寻药，自己又开始学中医，配处方。杨凤兰竟每天数次以手指去拨声带，帮助活动。服用了兴国的药方二百八十多服，奇迹般地活了下来。

出院五个月后，凤兰真的上台演出，演过了七场。第八场演出中，她正唱着，突然张口失声，顿时急得流泪。满场观众一时惊呆，都站起来，静悄悄地，等知道是怎么回事了，哽哽咽咽便起了哭音。从此，失声多年。凤兰再不去想到死，偏要让声再出来，但声还是不出。百药服过，去求气功，凤兰竟成了气功师最好的弟子，多半年后，慢慢有了声出来。气功师见她刻苦，悟性又好，要传真功给她，劝她不再演戏，师徒云游四方去。凤兰说："我要不为演戏，早一根绳子去了，何必遭受这么大的罪？"每次练功前，都念叨李正敏，每念叨精神倍增。气功师也以为奇，遂授真功给她，收为干女。发了声后，凤兰就急于要唱，但怎么也唱不成，音低小得如耳语。又是如此数年，她开始了更为艰辛的锻炼，每早每晚，都咪咪咪，吗吗吗，一个音节一个音节往上练，常常几个月或者半年方能提高一个音节。每每提高一节，就高兴得哭一场，就给李正敏的遗像去奠香焚纸。兴国照例要采买许多酒菜，邀朋友来聚餐恭贺。在去北京疗养练声期间，兴国月月将十分之八的工资寄去北京，自己领着两个孩子在家吃粗的，喝稀的，每到傍晚才往菜市，刨堆儿买菜，或拣白菜帮子回来熬吃。凤兰终于从北京拨来电话，告知她能唱出"希"和"逗"的音节了，夫妇俩在电话里激动得放声大哭。

当凤兰再次出现在戏台上，剧场如爆炸一般欢呼，许多观众竟跑上台去，抱住她又哭又笑。

一个演员，演出就是生命存在的意义，杨凤兰人活下来了，又有了声音，她决心要把耽误了十多年的时间补回来，把敏派艺术继承和广大。但是灾难和不幸总是纠缠她。一次演出途中发生了车祸，同车有两人死亡，她虽然活下来，却摔成严重的脑震荡，而且一个膀子破裂，落下残疾，再也高举不起。更要命的是戏剧在中国正处于低潮，所有演出单位只能下乡到偏远地区方可维持生计，她毕竟身子孱弱，不能随团奔波。凤兰的脾气变坏了，终日在家浮躁不宁。兴国劝她，她就恼了，说："我苦苦奋斗了几十年，现在就只有去唱唱堂会吗？！"不理了兴国，兴国把饭做好，她也不吃。兴国也是苦恼，琢磨着剧场不演戏了，能不能拍电视录像片，与几个搞摄像的朋友合计了，回来对凤兰说："你如果真要演正经戏，就看你能不能成？"说了主意，凤兰猛地开窍，当了众人面搂抱了兴国，说："知我者兴国也！"

拍电视片又谈何容易？首先需要钱，夫妇俩从此每日骑了车子，成半年天天去寻找赞助，这个公司出一万，那个熟人掏三百，见过笑脸，也见过冷脸，得到了支持，也承受了嘲弄，终于筹集了十二万八千元，兴国也因骑自行车磨破了痔疮躺倒过三次。凤兰选择的剧目是《五典坡》，《五典坡》是李正敏的拿手戏。但旧本《五典坡》芜杂，夫妇俩多方求教专家学者，亲自修改，终于开拍，辛辛苦苦拍摄了，却因经验不足，用人不当，拍成后全部报废，钱也花光了。夫妇俩号啕大哭，哭罢了，你给我擦泪，我给你擦泪，咬了牙又出去筹款。这一次凤兰谁也不信，只信兴国，要兴国导演。兴国的本行是舞美设计，在国内获得过三次大奖，虽未从事过导演，但对艺术上的一套颇精到，又经历上次失败，就多方请教，组成强有力的拍摄班子。新的拍摄开始，一切顺利，凤兰极度亢奋，常常一天吃一顿饭。兴国更是从导演、布景、灯光、道具，以及所有演员、工作人员的接来送往，吃喝拉睡，事无巨细地安排操作，每天仅睡两个小时。一日，夫妇俩都在现场架子上，兴国扛着摄像机选机位，往后退时，凤兰瞧着危险，喊："注意！注意！"没想自己一脚踏空，仰面从高架上跌下来，左脚粉碎性骨折了。在床上又是躺了八个月。八个月后，带着一手一脚都残废的身子将戏拍完，凤兰体重减轻了十斤，她笑着说："活该戏要拍好的，后边的戏是王宝钏寒窑十八年，我不瘦才不像哩！"片子后期制作，资金极度紧缺，夫妇俩将家中仅有的几千元存款拿出来，无济于事，就乞求、欠账，寻廉价的录音棚，跑几百里外租用便宜剪辑机器。刚刚剪辑了前两部，夫妇俩高高兴兴搭公共车返回，兴国就在车上瞌睡了，瞌睡了又醒过来，他觉得肝部疼，用拳头顶着。凤兰见他面色黑黄，大汗淋漓，忙去扶他，兴国就昏倒在她怀里。送去医院，诊断为肝癌晚期。半年后，兴国死去，临死拉住凤兰手，不让凤兰哭，说："凤兰，咱总算把戏拍完啦。"

《五典坡》新编本《王宝钏》三部放映后，震动了秦腔界。凤兰扮相俊美，表演精到，唱腔纯正，创造了一个灿烂的艺术形象，被誉为秦腔精品。一时间，三秦大地人人奔走相告，报纸上、电台电视上连篇累牍报道，各种研讨会相继召开，成为盛事。电视台播映那晚，各种祝贺电话打给凤兰，持续到凌晨四点。四点后，凤兰没有睡，设了灵桌，摆好了李正敏的遗像、谭兴国的遗像，焚香奠酒，把《王宝钏》录像带放了一遍。放毕，天已大亮，开门出来，门外站满了人，全是她的戏迷，个个泪流满面。

# 丹 舟 的 诗

"不来忽忆君，相见亦无言。"

我与一些编辑之交往还真有这个味道。

二十多年前我给西安唯一的一家报社投稿，先认识了张月赓，再认识了丹舟，至后往来不绝，成了朋友。我们几乎没共同吃过酒肉，和张月赓是清茶一杯，丹舟那儿没好茶，但他能下围棋，教过我"中国流"的布局。

几十年的编辑生涯，养成了他们的认真，有时认真得让人生气，比如他们都曾经给我寄过稿纸，因为我的稿件从不在格子里写，又曾经当众指责过我的错别字，以致终于买了本《新华字典》，写作时就放在案头。在许多作家获奖的会上，他们都坐在下边鼓掌，会后津津乐道某某作家的成名作是在他们的报纸上发的，某某作家是从这份报纸上走向文坛的。我说：对的，许多人经过你们，他们的文学梦想成真，却也有许多人经过你们而文学的黄粱梦醒。过去的城隍庙里有判官，判官位上悬挂一匾，上书：认得我吗？经你们之手将做文学梦的人或送上天堂的或送下地狱的，没有不记得你们的啊！于是，我们就掰指头数了一批靠报纸起身的作家，又计算了一批经指点而放弃了文学则成就了政治、经济领域的事业的人物。几十年来，那些作家、企业家、政治家都功成名就了，他们还是做他们的编辑，整日默默地还工作在那座旧楼上。丹舟笑着说：我的履历甚或将来的悼词里，只有最简单的两个字——报人。

但丹舟还是诗人。

他是以爱诗和写诗进入报社的，而长年累月的编辑工作使他只能把写诗的时间排在下班后的空余里，未能成就出一位杰出的诗人，却恰恰，在为世间留下一大批优秀诗作外，几十年里以对诗的理解和实践完满了他作为一个大编辑的素质。一层一层的文学青年与报社打交道，或许相当多的人只知丹舟是大编辑，还不知他一直在写诗。许多人告诉我，他们在弄清了许多诗作的笔名原来都是丹舟化名所写后，无不大吃一惊。这本诗集是经人鼓动才结集，让我集中拜读了，也确实令我一番激动。

丹舟的诗并不十分丰富，但他的诗颇有质量，尤其一些诗句能让人读后记住，有格言意味。我就手录过他的《轩辕柏》："可惜材大难为用，徒惹万木生妒心。更叹材奇世难容，反招风雨来折摧。斯世之需寻常木，先人何必植此柏！"他的诗注重传统，明显受古体诗和二十世纪五十年代政治抒情诗的影响，讲究内容上的真，不经营小感觉，不花哨，现实性强，精炼而有气势。

现在更年轻的诗人一般是不屑于从特定时期走出来的中老年人的诗作，他们能突破习惯思维，在视觉和空间上别有面目，但他们往往缺乏人生大磨难的体证，影响了诗的格局。历史就是这么折磨着两代诗人。如果谁确是大的天才，有大的胸怀，又有了人生深沉的体证和完满了诗的素养，时代的桂冠就将为谁而戴。在这个时代还没有伟大的诗人出来的时候，两代诗人的努力都是在做一种铺垫，因而又都是宝贵的财产。由是，我们不能不珍视着丹舟的努力和努力下的这份成果。

丹舟说：这是昨日的烟雨，尚未被风吹散。

是的，这个诗集给了我们一份关于诗的启示，也给了我们一份了解丹舟的履历。

# 五人集序

那天是四月二十一日，得一罐明前新茶，遂邀文友品尝——踢里哐啷一阵楼梯响，人到了——先进门的是方英文，再是穆涛，门外站着孙见喜，贴墙笑的还有孔明。匡燮没有来。六人中四人善饮，能品的只有我与匡，匡不在城，这四人集体而来，便是意非关茶茗了。果然嚷道要酒，且下厨房寻得盆中养着的河虾，抓一碟浸了酒做菜，"请客就喝长江水，谁吃秦岭草的?!"虾小而长须，颜色灰青。半晌过去，这四人也是被酒泡了，只是脸面赤红，没时没空地说话；后来说到编一套丛书，才子书，就这几个人的散文，肯定有意义，肯定能销售。吃酒论英雄，天下英雄尔与曹，一个决定就形成了，且不让我入选，偏要我为序。他们得了酒趣，一起说勿与他传，我独自喝茶，笑着只看醉态——

孙见喜：典型的满脸是头、满头是脸的人，现在，鼻子和秃顶都红了，一边说："我有哮喘，喝不得的吧？"一杯一杯又喝了。此人说老便老，说小便小，是个精神分裂主义者。但经营散文已经很早，善写静态，笔力沉着，语言又颇有张力。最推崇柳宗元的《永州八记》；却多少带了贾岛气。

穆涛：这是真正意义上的闲人。心闲而虚，虚而能容，文闲则美，美则致远。一个文场上"年轻的老干部"，却十分慵懒，"我是一个编辑。"他说。他真的是一位好编辑，读书多，能鉴赏。文章越是受欢迎，越是写得少，这是他的聪明处，也是他的蠢处。

方英文：来自最封闭的山区，写的却是给最开放的人看的文章。人是没正经的人，文也无章无法、灵动鲜活。乘酒劲又在说他的什么谑话了，嘴咧得如火镰一般，世界在他的笔下是多么可笑啊，我们有他在，谁也不觉得沉默和无聊。

孔明：最瘦小单薄的一个，一张窝窝嘴除了说话就是微笑，但小脑袋里在想什么，谁也无法捉摸。他永远有写不完的题材，什么东西又都能写得率真可爱。年龄可能最小吧，笔力却老。今晚回去，他又要再写出一篇什么样的好文章呢?

我问选不选匡燮的，孙见喜说：当然有的，他是老作家嘛！匡其实不老，这几年心力正盛，探索他的无标题变奏曲的写法。他越来越要做哲人，越来越不愿要技巧，他真的要作"老"了。

这些文友，原是以文而交的，交熟了却尽成强盗，酒喝得全没有了规矩，已经在翻我的柜，要找第三瓶五粮液。"文章虽是千古事，"他们说，"唯有饮者留其名！"他们是伙有趣味的人，正因为有趣味，我才任他们妄为。酒喝足了，都说："不喝了，该吃饭了！"我出了酒还得管饭?便提议今日要抓纸阄，抓到谁，谁掏钱，咱们上街吃羊肉泡馍去!

"三百年前这顿饭就安排好了的。"我说。

我亲自做纸阄，当众做好，端着盘子让他们先抓，留下最后一丸是我的。一起拆开，四张无字，有字的却在我手里。哗，他们一片欢呼。这顿饭三百年前真是我欠他们的了。

1996年5月6日夜写

# 自　序

　　商州的农民把人说成"走虫"，说得好，是一条虫，又能走，一生中不知要走过多少地方！几年以前，我哪里也不去的，罩窝的鸡；这二年天南海北走遍，走乎其所不得不走，止乎其所不得不止，走的是狮虎，也走的是蝼蚁。这本集子多半为近来走过的记录，少半的收了那些平日懒散写的短文章。

　　出版《走虫》为的是已经变灭了的走程，在集前写这几句话，也为了这本书的文字变灭。

1996年12月

# 关于长篇小说《土门》的通信

**穆涛：**

　　长一点儿的稿子，我习惯在修改前请一些人读读，以尽最大的平常心去读，听听他们的感觉和意见。《土门》亦如此，而您读到的是第三稿，复印得不清楚，天又热，为难您了。

　　您的感觉总是很鲜活的，这是我一直认为的，而且意见坦诚，这是一定要您读读的原因。《土门》的思考已经很久，怎么写却让我很苦，原本要三四十万字的，以习惯了的第三人称角度去写，现在却仅不到二十万的，又变了一种法儿，害得我一而再，再而三，还要改下去。您的看法令我珍贵，肯定的意见当然会给我增加再修改的自信，谈到不足的地方，也让我琢磨了一个下午，思考着如何去修改和加强。但您的写出来的文字，还是太少，咱们得好好寻个地方谈一天两天，为了再谈能争一争，我也学您的样，写写我的一些想法，等谈起来有个中心。

　　城市化进程是大趋势，大趋势是无法改变的。写这样的内容，关心人类的文明，关注中国的发展的命运，这应该说是主流的东西。实际的情况是，中国在走这一步时，所发生的行为上的心理上的冲撞是世界少有的。这一点，不管在北方或南方，任何人都感受在其中。我选择了仁厚村，仁厚村在一个大都市的边沿，城市的不断扩大，使村民失去土地，又要失去村庄，他们的感受是最为深刻的。社会发生着变化，我们的思想上、心理上也发生着"时间差"变化。我们过去一直强调着"土地、革命、人民",坚守土地,保守而固执,向往的是桃花源和乌托邦,这种思想在城市文化进程中表现得很顽强,而在无法阻止的大趋势下走这一步时,又都是什么主义都产生的。仁厚村的成长就是这样,我在写他时,我不能不同情他,又不能不批判他,他是农民,农民更是易于产生专制。他仇恨着城市,他又会将仁厚村带到什么地方去呢?这就需要作进一步思考!农村是落后的,城市也有城市的弊病,尤其在中国,如何去双重地批判呢?我是站在仁厚村的角度来写这一进程的,写行为上的抗拒,心理上的抗拒,在深深的同情里写他们的迷惘和无奈,写他们的悲壮和悲凉,写一个时代的消亡。正基于这种角度,我才选择了第一人称,以仁厚村梅梅(我)的目光去展开叙述。这个叙述角度好的是能进入仁厚村内部,充分展示他们的心理,不利的是难以将我擅长的白描手法显露,这可能就是您读时感觉上女性的不丰满和语言上的不是先前模样。这我在修改时要加强的。您是否注意到,一些次要人物白描成分是较多的?我不想使这部小说故事太强,更喜欢运用象征和营造一种意象世界来寓言。仁厚村就是一个整体象征,而具体的象征,如狗、狗的亮鞭、石牌楼、坟地、成义的阴阳手、梅梅的尾骨、仁厚村的祖先、足球比赛、神禾塬、梦中的城、凶杀案、佛石,等等。其实,云林爷也是,范景全也是。这两个人也可以说是作者的理想之物,尤其范景全,他在做一种启蒙、宣传大趋势、告别革命、双重清算、民主、法治。他说的是多了些,而他的行动,应是迷茫和悲凉里的一线光明和温暖。您谈到云林爷的"神气",这种人在陕西民间很多,我接触过的,可能在作品处理中未能写得更合理、更圆满些,这我得加工;至于"我"的在小说结尾处的灵魂出窍,那又是一种笔法罢了。

　　至于长篇小说怎么写,我也不知怎么才算长篇的结构,但我的想法,小说不论长短,不应有固定模式的,依题材和感觉随意着为好。语言的使用,其实也是对小说的一种认识。这一部书稿中的语言,您的感觉是合于我的初衷的。文中似乎有意识流，但它不是流行的那种，我的理解，比如，两人交谈，要真正产生真实感，应是甲与乙对话时，甲在对乙说着，甲的眼光一定会看到乙身边和身后的景物，又能以此想到别的事。我就这么写了，而不是一个人只坐在那里乱七八糟地想。这样写，有些会显得突兀，但只要认真读，回想前边的内容，就会明白一切，而感到更真实。但它毕竟没有白描易于阅读。我不想字句太顺溜，也不愿浮滑地绕来绕去，想有文字的一种质感。咱们面谈时再聊聊这方面的事。

一部作品写出，作者已没有必要说三道四，因为看到您的信，一时触动我没条理地说了以上话。写小说，我往往只感觉哪里有写头，哪里没必要写，如河流一样，只朦胧里知道水往东流去，但怎样流着有旋涡和浪花，我只是流着看。您作为作家，更作为一名编辑，平日又钻研文论，您比我理智清楚。所以，咱们一定要长谈一次，我就可以动笔再修改了。

附上西北大学两位年轻的历史学教授和经济学教授读过的意见，他们的思维极好，意见对我颇启发。另，再谈时，我给您讲讲我在苏南的感受，那里的农村大致已社区化，其中有许多可以令我们对当今农村和农民再认识。昨日又见了原深圳市一位领导，他得知我写这部小说，提供了他亲身经历的许多有深刻意义而有趣的素材，对修改很有好处。您最后说那些话，我猜出是要报酬了，我会请您喝酒的，是好酒。

致

礼

贾平凹

1996年8月4日

## 附：穆涛回信

老贾：

手稿读完。谢谢您的交代，还有看重。在阅读的过程中，我产生了一些想法，如一把煮水的壶，水沸腾了，壶壁也粘留了水垢，尽管我们差不多每天见面，低头不见抬头见，但面谈总不及笔谈，口永远跟不上精神，便写这封信给您，以便尽可能清晰地说出我的感受，来一次抬头不见低头见。

这部手稿我读了两遍，先是顺通着读，找是否有碍读的梗结，寻您旧作的影子，再是细读，读人物，读细节，读细节与细节的勾连，读细节们怎样发挥力量。阅读之前我所担心的在手稿中基本没有出现，或出现得较细微，我不是站在编辑或批评家的角度读的，我用普通读者的眼睛去看，尽可能客观地去读。您知道，这样做起来比较困难，作为一个熟知您的人，不仅在写作上，甚至熟知您的日常生活，这本身是妨碍真实地阅读的。坦诚地讲，这部书大的方面让我震动，它在很多方面变化了以前的您，一些细处让我感动，它们保持并发扬了您旧日的风范与风采，但有些地方也令我冲动地想对你讲，讲局部考究上的一些不满足，这也是我写这封信的缘由之一。

一个作家，如果不同人类的落后与愚昧作精神清算的话，就不可能成为一个卓越的，可以使用远见卓识定语的作家，但同时，每个优秀作家又都是稳定自己的内心花园的，这是一组表面看来矛盾，内质却相映相影的对应物，我极喜欢这个小说的立意，它正是骑跨在这一门槛上。这部小说写了城乡结合部一个村子——仁厚村的城市化过程（这个村子的典型处在于它不是一般意义上的普通农村，它是有历史沿革的，是明朝的一个遗物，又有清朝"关西书院"文化背景的陶冶，因此可以理解为它是中国旧制式发展到现今社会的一个缩影）。城郊地带的农用土地已经被征用了，日益现代化的城市逼向了代表农民特征的最后一块堡垒——农村住房，一方要拆迁，一方要保守。这本书的别致之处在于您是正方位地去抒写保守的一方，写他们正当或不正当的抵触与抵抗，他们的挣扎，他们的无奈，以及最后的全军覆没。这部书让我震动的是，它形象地描绘了最后一堵士大夫围墙的崩溃与瓦解。

这部小说透写了一村人的心理挣扎过程，这些城郊农民在失去了土地之后已经褪失了农民原本的含义，但他们的社会身份尚没有被定型，社会使他们成为"边缘人"，用我们时髦的说法叫"编外"，他们没有了土地，没有了正常的职业，成了社会的多余或超载。他们为了生存或自守而苦苦奔波，或浪迹天涯（如成义），或自身进取成为城市人（如老冉），或依附（如眉子），但更多的则如书中许多人一样，蹬三轮车沿街贩菜贩物，这些人纵然没有衣食之忧，但最大的梗结滞塞在他们命运的咽喉处——精神或灵魂已然没有落脚之处，他们为了保住一息"脉根"，甚至不惜为村里每一户活人襄修陵墓。

书中以我、成义、云林爷等几根细线，结成了一张妄图努力的网，这张网的用途很单纯，反对拆迁，保住"家园"，感觉里颇有张勋辫子军的味道。一群人为了保守而行动，一幕悲剧从头到尾洋溢着带霉味的悲壮。这群人纵有士大夫气的熏蒸，但本质上仍是农民，因而限于自身的素质条件，所谓的求发展也是徘徊在照搬与模仿的地段。书中的成义是个生动的人物，一举一动全然一个农民起义者的做派，以鲁莽做勇敢，以痞气做正气，他的最后结局也喻指了这类人物在中国历史长河中的结局（历史上，这类的农民人物很多）。我以为这部书的价值还在于实现了双重意义的批判：既批判了农民的落后与愚昧，同时也批判了城市文明中不健康的成分——发展的不择手段化，人情冷漠，偏执的热情（足球骚乱），等等。

这部小说的结构点是"滚雪球"式的，从小处着手，从实处做起，而着眼点却是日益发展着的城市文明进程，您没有像有些作家那样，选取一家企业或一家大公司，去铺写波澜壮阔的改革大流，这种取景法不是您的长处，而且您可能也清楚这种写法很难深入地传达到文化的深层，一不留神便流于表层的形式。您聪明地选择了城郊地带的一个村子，从内部写它的抵抗——动摇——到无奈接受的全过程，透彻地道出了社会工业化发展不可阻挡的大趋势。这种处理办法的潜层含义，还在于写出了人类文明的脚步每向前迈动一步的艰难与疼痛。

这个小说在语言使用上，较以前有了很明显的变化，以前你的写作，多为白描、直陈事物，不铺垫，不枝蔓，心动为情，与生俱生，在这个小说中，在语言的展开上，尤其是人物活动、对话的语言周围，您使用了似乎是意识流动的写法，比如人与人会话时，您多写了人周围的一些景态，这种写法貌似杂陈，给我的直觉是这些人物更具活态。我曾读过一本旧日的小说，是早期的宋元时代的初雏小说，名字记不清楚了，有一处诗化的描述却记着，是一个文人对一位虽已中年却风韵犹存的女子的"写意"——"半旧鞋儿着稳，重糊纸扇风多。隔年煮酒味偏浓，雨过天桃色重。强距公鸡快斗，尾长山雉泉雄。烧残银烛焰头红，半老佳人可共。"这种描述实在是好，宛如一只蝶沿绕着一朵花，飞起又降落。我们目前建立在现代汉语基础上的小说语言最显眼的弊处便是单薄，一种为欧化体或译文体用的字数多，含的义却少，一种为古汉语的脱胎，半墨半水。我们的小说家在文体上努力得多，在语言上，尽心得太少，这不能不算作我们目前小说文体上的一大尴尬处。

我在对您的连续阅读中，一直感觉不舒服的便是您对"神气"的偏爱与执信，您似于陷入得很深，在这个小说中，仍存有明显的烙痕，比如梅梅的灵魂出窍，比如云林爷的"病夫治病"，我是相信灵感的反复无常以及征兆的突如其来的，比如一个作曲家在谱写的途中，思路被卡住，心情郁郁不开时，一枚偶尔砸在肩头的落叶完全可能一触即发，顺通症结，使后继的音乐水流一般泻出。这便是灵感的无常力量所致。天地的征兆是神秘的，但征兆的突如其来是有潜在道理的，比如一场暴雨前的蚂蚁搬家，游蛇出洞，惊燕浅翔，再比如一场地震前的老鼠过街，鸡犬不宁。另外，我也相信梦中踩到满脚的大粪，第二天可能就有财物的收入，但是，如果梦到金银元宝满地，且硌得脚心发疼的场景，天明或可就有灾难莅临，因为人生中最莫测的变幻就是金钱，时而粪土，时而显赫，时而灾祸，梦与醒之间仅隔着一层薄薄的纸。但一个农夫疯病一场后便成为济世神医，我对此是存有隔膜的……

　　另外，在您往日的小说中，您差不多是尽了全身去抒写女子的，女性在您的笔下灿然俏立，或美在诗意，或美在良善，或美在妖娆，或美在不可言传，总之，您有多少种心思，您笔下的女子就有多少种美丽。但在这个小说中，您似乎有些分神，两位主要女性人物均不及几个男子饱满，不知您有何居心在其中？我这信是随想随写的，属信手开河之列，您是写作的大成就者，我是牛对着贝多芬弹钢琴，说对的说错的均别往心里去，尤其是说错的。

穆　涛

1996年8月2日

# 《欧美小说记叙风格选集》序

　　文学观念的改变，必然在叙述方式上发生变化，新时期中国的文坛上，西方文学的千奇百怪，几乎逐一被模仿和借鉴了，我们一方面劈石惊艳：作品还可以这样写呀！一方面真难以预测我们在模仿和借鉴之后将会有什么样的文学面目？

　　欧美的文学，历来是出新的观念和新的形式的，出现过许多大师或影响过整个世界文坛的。但有一个事实，相当多的国家和地区的作家，在接受了欧美文学新的观念和形式，而关注着叙写着本国家本地区本民族的生活，爆炸性的作品就接二连三地产生了，如哥伦比亚的马尔克斯，如日本的川端和大江健三郎。

　　新时期的中国文学发生的种种试验，多是一些作家的活动，虽也有一本两本关于小说技巧的书翻译过来，但又是纯粹理论上的读物，并不能满足更多读书人。这一本《欧美小说记叙风格选集》较全面地做了这项工作，尤其在介绍这方面的内容时又附有代表性的文学作品供欣赏，便值得一读了。

1996年10月14日

# 四　方　城

今冬无事，我常骑了单车在城中闲逛。城市在改造，到处是新建的居民楼区，到处也有正被拆除的废墟，我所熟悉的那些街，那些巷，面目全非，不见了那几口老井和石头牌楼，不见了那些有着砖雕门楼和照壁的四合院，以及院中竹节状的花墙和有雕饰的门墩。怅怅然，从垃圾堆里寻到半扇有着菱花格的木窗和一个鼓形的柱脚石，往回走，街上又是车水马龙，交通堵塞，真不知是该悲还是该喜？

天黄昏到家，胡武功却在门口蹲着。问：找我吗？他说找你。入屋吃酒，他从皮夹克衫里往外掏东西，他的夹克衫鼓鼓囊囊，竟掏出百余幅的照片来要我看。原来武功他们同我一样，是这个城的闲人，有兴趣在城里闲逛，而且多年前就这么闲逛了。但是，我闲逛了也就闲逛了，他们闲逛了却抓拍了这么多照片！于是我便兴趣了他那夹克衫，探手再去掏，果然又掏出一个照相机来。我说：你们做了布袋和尚嘛！

照片全摊在床上，如同一瞬间时间凝固，西安城的巷巷道道，人人事事，一下子平面摆在面前。我嗒然忘失自我，也不知在了何处。片刻，扭头看窗外，窗前老槐上正有寒鸦，拍窗它不惊，开窗以酒盅投掷，仍也不起，疑心它必在偷看了我们，是痴是僵。我对西安是熟知的，一张张看着，已不知今夜是从四堵城墙的哪一个门洞进去，拐过了几街几巷，又要从哪一个门洞出来？只急急寻找四合院中四分五裂的隔墙和篱笆中的人家，那早晨排队而入的公厕呢，那煤呢，那盛污水的土瓮呢，老爷子的马扎凳小孩子的摇篮车呢？小小的杂货店里老板娘正在点钱。蹬三轮车的小贩在张口叫卖。巷口的谁家有了丧事，孝子贤孙为吹鼓手的耳上夹烟。城墙根织沙发床的人回过头来，一脸惊恐，原来是不远处爆玉米花的人又爆出了一锅。风雨中红灯一片的夜市上，手持了大哥大的小姐与收破烂的民工同坐一桌吃起饺子了。来去匆匆的上班人群中，有老头坐在隔离礅上茫然四顾。那放风筝的孩子，风筝挂在了树上，一脸无奈。那电杆下扎堆的人指手画脚，观棋而语一定不是些君子。挂满广告条幅的商场门口，是谁摸奖摸中了，一人仰笑，数人顿足。坐在时装店塑料模特脚下的艺人拉二胡，眼睛闭着是自己陶醉，还是原本就是瞎子？擦皮鞋的老妪蹲在墙角，牵长毛狗的小姐一边走一边照镜。从仅容一身的巷道里跑过来的是谁？甑糕摊前那位洋人在说什么？股票交易厅外又是拥满了人，邮局门口代书写信件、状词的三张桌子怎么空了一人……一座转型时期中的古城里，芸芸众生在生活着。生活中有他们的美丽和丑陋，有他们的和谐与争斗。我看了这张又急切翻看那张，喃喃地问：我在哪儿，哪一张有我呢？

举起杯来，向胡武功敬酒。我说，以这么大的热情和朴实无华的镜头，这么真实地记录一个城市的百姓生活，在中国摄影史上还并不多见吧。而在这些作品中，从人与城的关系、人与人的关系、人和城与时代的关系里，你们竟能表现出如此丰富的历史性、哲理性和艺术性！

我们都是西安城的市民，我们荣幸生活在这个城里又津津乐道这座城，但正如河水，看到的河水又不是了看到的河水，在这瞬息万变的年代，谁能是真正意义上的西安记录员呢？摄影是一门能将复杂处理成简单，而又能在简单中透出复杂的艺术，如果这批照片结集，最能清点二十世纪末的西安的面目。今天的西安人或熟知西安的人，我们同历史将从古城走出去，明天的人或不熟悉这个时期西安的人又将会凭此集再走回古城啊！

我这么对胡武功说着，屋外已大风吼窗，胡武功酒红上脸，开始讲他们四人数年里的奔波，说是在去年的冬季，也就是今日同一个黄昏，他们在北门口拍摄，阴雪四集，寒风酸牙，后在一个小酒店里也是吃酒的，吃酒全为取暖，四人不觉哑笑，真该是"为乐未几，苦已百倍"。听他喋喋不休讲去，我脑子里却生想：去年寒夜，今夜谈起，今夜情景，谁又会知道呢？歪头看胡武功，胡武功说着说着，头一沉，趴在那里却睡着了，是酒力发作还是太疲倦，鼾声微起，一双鞋，是那种穿得很烂又脏的旅游鞋，已掉在床下，呈出个X状。

1996年11月20日

# 复肖云儒信

**老肖：**

接到您的信，您竟然早早读了《土门》！现在很少人在读书了，即使读，也胡乱翻翻，囫囵吞枣。读书原本是快乐事，像您这等人，平日那么多作者把书给您，读书成为职业和负担，那就成了一桩活受罪。所以，您能读完《土门》，而且又写来读后印象，倒使我今早不安，起来回信问好。

近几年的三部长篇，说其变化那也必然，一个话题不停地唠叨，说得人也厌烦。但仅在题材上、写法上的变化，是不足道的事，其实我的心并未变的。我是平民，无职无位，不能为国家行大力，却不敢忘了匹夫之责，牢骚不愿意去发，躲进象牙塔去又不肯，只是在社会基层里呼吸。这种关心是务虚的一种，没有个人的功利，也没有忌讳；社会的每一点儿进步都令我欣喜不已，而不尽如人意处又忧心忡忡，敏感得如风中之旗。无论喜与忧，我是反对纠缠于就事论事，惊惊咋咋的行为是"大丈夫不为也"，我看重的是整个社会的心态，是弥漫于人们普遍意识中的一种气。目的不在于作破坏，也无能力去建构什么，想，作品的作用，只在于警示。所以三部长篇，若能明白我的心，我就感激涕零；若误读，我只能叹一口气，默默地舔自己的伤口，等待着。当然我也想，为什么会这样呢？除了等待时间外，原因可能更出在我身上，功夫欠缺，故事讲不好，意思也没说明白。

我好的一点是没有心凉，写作的热情没有减退，我要对着社会说话，作品是我唯一的说话的方式。当我疲倦的时候，不妨对你说，一个人坐在书房悄悄垂泪，孤单和寂寞，深感自己的无能和无力，然后就慢慢平下心去，继续工作。这几部长篇和一两本散文就是这样产生的。我的写作自然不能比拟昔日和氏璧，但我有和氏的韧劲，我也相信我对石头和凿子是越来越有了些感觉。

至今，我差不多已经消磨了让人宠爱的欲望，如此一部一部去写，也知道自己的作品过目而忘，不会要藏之名山传之后世，我也是盼望写过的作品极快朽去，这才使我有热情投入新的写作中。我不止一次想更换笔名，但出版家们不允许，后来想了，让我盯着我的无能这也好，贾平凹三个字才得以继续用在封面上。

您是一直关注我的人，每一部作品都浪费过您的时间。一部作品出来，既想让别人读，又怕别人读了是一种受罪，心情实在矛盾，说给人听，人也不大理解。我感谢您，感谢您的肯定，也感谢您的否定，连同所有读了我的作品后仁者见仁智者见智的读者，我都要感谢，因为正反意见对我的写作都有益，昨日看不到效果，今日看到，今日看不到，明日看到，我的河要流，我将纳一切溪水。社会在允许和培养着我的写作，鸟投树上，树肯包容，鸟是知道的。

我的身体比以前还能好些，苍老是苍老了，而肝病好转，只是腰日日见粗，肚皮出来，越发丑陋。边家村新开了一家红焖羊肉店，几时约您吃去，不知肯不肯来？

平 凹

1996. 12. 重

## 附：肖云儒来信

平凹：

日前来电，知你已从江南回来，定然又有了许多新的见闻和感受。不知江浙日记还接着写下去不？等着读。

询及对你新作《土门》的印象，那天还未看完，不好说什么。刚刚（5日之后的这个时刻）才合上最后一页，趁热打铁便提笔给你写信，也只能谈谈印象了。最主要的印象是有了变化——《土门》是你写城市生活的第三部长篇，较之前两部，这个变化表现在好几方面。

比如，视角有变。你原先主要写商州农村，前两部长篇，题材由过去写乡，转到写城，《土门》则由写城转到写城中之乡、乡中之城（就是小说后记中说的"都市的村庄""村庄的都市"）。这也是一种城乡交叉，这种交叉，不只是城乡地域上的交叉，更是城乡文化、城乡价值坐标的交叉。这种交叉和冲突，整个是在市场经济背景下展开的，呈示出一种内在的动感。城乡双方，都在市场观念和市场运作中变化运动，而双方又通过衔接、冲突实现着不同程度的转化。这种转化，表现为城市如何在社区生活方式和文化精神两方以不可遏止的力量"吃"掉乡村，有时也表现为乡村在这种被吃的过程中，美善的伦理对现代都市精神倾斜的制衡。我感到这种动态运动中，有城和乡的"自转"，又有城乡在"自转"中的"公转"。正是这种对城乡之间复杂关系的动态表现，使小说具有转型时代的当代生活的鲜明色彩和鲜活气息。

比如，焦点有变。其实，你前两部都市长篇也并不是纯城市的，深处触及的仍是城与乡的冲突。只是它们的焦点聚在都市文明和农业文明在知识人内心，所引起的冲突上，集中表现的是现代都市生活、都市文明给一群或隐或现带有农业文明因子的知识人心灵所造成的冲击，以及在这种冲击中的不适应、惶惑，乃至消沉、颓丧。也就是说，前两本书的焦点一在个体人身上，二在内心状态上，对城乡冲突、都市文明和农业文明的冲突没有花篇幅正面展开，只是着重写了精神折光、情绪余波和风俗习性的生活状态。这部《土门》，一方面表现了城市吞噬乡村在土门人心中引起的痛苦，另一方面，却将焦点聚集在乡村被都市侵占的具体生活进程上，正面展开了城乡两种社区生活方式、生产方式和相应的精神、文化方式的差异和矛盾，这种矛盾演化为贯穿性的文学情结和生活事件。这也就是说，《土门》的描写焦点一在群体人（土门人）身上，二在生活的实际进程上。这是它和你前两部长篇不同的地方。这种变化，使《土门》和当前民众的生活、百姓的思绪更贴近，使小说作为时代的聚光镜，焦点更清晰。

再比如，基调有变。应该说你的三部城市题材长篇都具有浓郁的悲剧感。悲剧感来自转型时期历史和伦理的冲突，环境和人的冲突，来自都市与乡村、现代与传统文化精神的冲突。但同是悲剧，《土门》的基调却和上两部长篇不大一样。上两部，也许因为主人公是知识层在文明转型中的心灵内省和感情痛苦，多少显出一种灰调子、冷调子来。在外力强劲的挤压下，消沉、颓丧甚至畸变，这些在生活旋涡之外的知识人的通病，都是免不了的。也许你对这类人过分熟悉，过分同情，也许你自己也有类似的感同身受、类似的心理经验，对上两部书中的主要人物发生某种感情判断上的迷茫，恐怕也是免不了的。这都是真诚的，却不能不造成那两部作品基调的灰冷。不知是不是这样。

《土门》这部书不同，它所写的人物不是知识人而是劳动者。这些人物的文化观念和文化心理，主要不表现为内省和思辨，不表现为心灵震颤和情怀伤感，而是主要通过社会实践性很强的语言和行为得到表现。他们当然也有悲怆与感伤，但表达时特别是外化时，常常是那种积极、开朗的风格色彩。这是只有民众百姓才有的生机和暖色，现在构成了《土门》中不同于你前两部长篇的基调。你既真实地描绘了近郊农村在迅速城市化过程中出现的新社会矛盾和新心理冲突，真实地描绘了它的不可逆转，它的阵痛，又真诚地袒露了你自己在感情深处对正在遗失的乡村文明的依恋和失落感。这样，不可逆转的真实和眷恋的真诚，构成了悖论。作品深处许多耐人寻味的东西，就埋藏在这个悖论里。

我总感到《土门》的写作还稍嫌粗疏。在印象中，你是在很快的速度中写这部书的，这不光指写作时间，也指写作心态。你捕捉到了当代生活一个极好的题材，也有了一个挺好的思考，两方面都有待更深更细地拓展，有待更浑然一体地交融，便写出来了。有不少可以更细致、更丰满、更准确的地方，不少可以出"戏"、出"诗"的地方，掠了过去，留下了遗憾。以你的素养和才情，是完全可以避免的——我是不是苛求了呢？

上次见你，头发似乎比原先薄了，脸上也有一层疲色，一副真正人到中年的样子。你近年作品多，创作量太大，一定要节劳，要悠着，要格外注意调适自己。我主张生命不见得在于运动，倒是更在于人和境、内和外的调适。

顺致

冬安

肖云儒

# 叶炳喜的书法

　　叶先生的书法在咸阳城里名重一时，到处能见到他题写的匾额，许多人家以悬挂和收藏他的作品为荣，但我至今未能与他谋过面，虽然我们都是丹凤县人。我数次冲动起写明我读他作品的感想，翻了翻报刊上那些评论书画家的文章，便望而却步。我弄不懂著名的书画家这么多，为什么著名的书画评论家却是那么少，大量能见到的那些文章都是很华丽的术语，而且这些华丽的术语对甲如此说，对乙也如此说，到头来似乎对谁也没说什么，如同指着一个人：瞧呀，他长有眼睛和鼻子！谁又没有眼睛和鼻子呢？我终于决定要做我的文章，是我认为我毕竟不是书画协会里的人，没功利，也就没忌讳，但也因为我不是行当里的人，我写不出行话，仅是立在门外的感觉，门里的人便可以指指点点，可以冷笑和生气了。叶先生的作品我见得最多的是他的隶书，再就是行草，他的书法功夫相当深厚，劈面相见，其强悍之气逼人，如风扫残叶，如兀隼下落。这种神采使他超越了当今柔靡书风。但细细品读，叶先生的字属于上品，仍还未达到大家的境界，原因是气雄大而浑厚不足，太留神于小节，小节的太讲究就使作品不那么率真了。艺术需要升腾张扬，却不是虚张。书法史上，有一路是十分静气的，有一路极度张扬，但不论哪一路，如果已成大家的，皆大而正。

　　叶先生书法应是隶书第一，次之行草，两者相比，隶书有他独创的东西，行草则有时犯花哨气，可能受世俗影响。但无论隶书行草以及匾额，观者都是极称道章法布局的。他把握节奏的能力很强，整幅作品给人以流动感，激情鼓荡。每读他的作品，我都信服这是一个才华洋溢的人，但每次又不免担心章法布局害了字的质感，事实是有时就让我不大满足。我的认识，书法同别的艺术一样，必须讲究技巧的，技巧却不得留有痕迹，一切要在不经意中。无技巧是大技巧，如何达到消除技巧，这不仅仅是个意识到不意识到的事，也不是实践中的操作事。历史上的书法大家，查查其经历，大致有两种人，一为官做得很大，一为出世的和尚。那些当大官的，他们当然是靠科举上去的，一肚子学问，除了文学修养外，既是政治家，又是经济学家或社会活动家，眼界阔，胸襟大，其书法作品便是全部修养的一种表现。而那些和尚呢，则是避开了红尘，站在了一边冷眼看人生的，以深探高，潜心创造。现在难以出现立宗创派的大师，可能是书法家以书法做了职业，除了习字就是习字，如果天分高那还罢了，天分一般或没有艺术感觉的，字就越写越匠，或有一部分人在皮毛上变异，弄得走火入魔，一部分人便仅仅将搞书法沦落成一种对身体有益的活动。

我喜欢叶先生书法，推崇他作品中的雄劲之气。现在书法界流行清淡，社会不是清淡的社会，作者本人也不清淡，字就必然故意写丑，弯弯扭扭，一派做作，和尚是假的，怎么看也看不出高古来。叶先生不趋此风，在这个年代难以获奖是必然的。我还要说的是，叶先生在其深厚的书法艺术基础上追求变化，追求时代感，这是可贵的，他又长期生活在基层，书法带有民间的疏野气息，却要警惕不得染俗。艺术人宠者不是上品。要苦味不要甜味，要涩不要顺，要野不要匪。

叶先生是富有成就的书法家，我在为他的艺术叫好时说些我对书法的理解，真是站着说话腰不疼。但我想，既然是同乡，总盼望叶先生能成就大事业，何况他是听褒扬听得多了的人，他的志向不仅是要做著名书法家，还有成为大家的雄心，我就随心所欲地说了。

今日天气晴朗，远在咸阳的哪一幢楼哪一间房里，叶先生又在干什么呢？忽想起李白句："秦王扫六合，虎视何雄哉，挥剑决浮云，诸侯尽西来。"几时有缘相见了，就讨一幅写这首诗句的书法作品吧。

1996年12月2日

远山静水

# 茶　杯

　　我戒酒后，嗜茶，多置茶具，先是用一大口粗碗，碗沿割嘴，又换成宜兴小壶，隔夜茶味不馊，且壶嘴小巧，噙吮有爱情感。用过三月，缺点是透壶不能瞧见颜色，揭盖儿也只看着是白水一般，使那些款爷们来家了，并不知道我现在饮的是龙井珍品！便再换一玻璃杯，法兰西的，样子简约大方，泡了碧螺春，看薄雾绿痕，叶子发展，活活如枝头再生。便写条幅挂在墙上：无事乱翻书，有茶清待客。人便传我家有好茶，一传二，二传三，三传无数，每日来家饮茶人多，我纵然有几个稿酬，哪里又能这么贡献？藏在冰箱中的上等茶日日减少了。还有甚者，我写作时，烟是一根一根抽，茶要一杯一杯饮的，烟可以不影响思绪在烟包去摸，茶杯却得放下笔去加水，许多好句就因此被断了。于是想改换大点儿茶杯，去街上数家瓷店，杯子都是小，甚至越来越到沙果般小。店主说，现在富贵闲人多，饮茶讲究品的。我无富贵，更无有闲，写作时吸烟如吸氧，饮茶也如钻井要注水一样，是身体与精神都需要的事，品能品出文章来？

　　十月十五日，本单位的宋老兄说过要请吃的，割八斤羊肉，红焖一顿，但却迟迟没动静，去穆老弟处打问，却见他桌上有一杯，高有六寸，粗到双掌张开方能围拢，还有个盖儿，通体白色，着青色山水楼阁人物图，古也不古，形状极其厚朴，顿生掠夺之心。问是哪儿买的，不嗜茶的人却用这等杯子？穆老弟口吻严重，说是专制的，无处可买，又


贾平凹散文全编

234

说：你想要了，可以给你，得写一幅字交易。我惜我书法，素不轻易送人，说：一个杯子一千元呀?!却还是当下写就，清洗了杯子携回。

从此饮茶用此杯，日晚不离案头。此杯之好，泡茶能观茶形水色，又不让谋我茶的人从外看见，仅我独享，抓盖顶上疙瘩，椭圆洁腻，如温雪，如触人乳头。最合意的是它憨拙，搂在手中，或放在桌上，侧面看去，杯把儿做人耳，杯子就若人头，感觉里与可交之人相交。写作时不停地饮，视那里盛了万斛，也能饮得我满腹的文章。

我常想，世上能用此等大杯饮茶的，一是长途汽车的司机，二就是我了，都是靠苦力吃饭的人。但司机多用罐头瓶、咖啡瓶当壶，我却是青花白瓷杯，这便是写作人仅有的一点清高吧？李白有过一句：唯有饮者留其名。如果饮者不仅指饮酒，也该有饮茶，那我就属饮者之列了。今冬里，家有来客见我皆笑，说是个头小茶杯大，我笑而不答，但得大杯之趣了，是不与他人传授的。

1996年11月22日早写

# 吃　烟

吃烟是只吃不屙，属艺术的食品和艺术的行为，应该为少数人享用，如皇宫寝室中的黄色被褥，警察的电棒，失眠者的安定片。现在吃烟的人却太多，所以得禁止。

禁止哮喘病患者吃烟，哮喘本来痰多，吃烟咳咳嘎嘎的，坏烟的名节。禁止女人吃烟，烟性为火，女性为水，水火生来不相容的。禁止医生吃烟，烟是火之因，医是病之因，同都是因，犯忌讳。禁止兔唇人吃烟，他们噙不住香烟。禁止长胡须的人吃烟，烟囱上从来不长草的。

留下了吃烟的少部分人，他们就与菩萨同在，因为菩萨像前的香炉里终日香烟袅袅，菩萨也是吃烟的。与黄鼠狼子同舞，黄鼠狼子在洞里，烟一熏就出来了。与龟同默，龟吃烟吃得盖壳都焦黄焦黄。还可以与驴同嚎，瞧呀，驴这老烟鬼将多么大的烟袋锅儿别在腰里！

我是吃烟的，属相上为龙，云要从龙，才吃烟吞吐烟雾要做云的。我吃烟的原则是吃时不把烟分散给他人，宁肯给他人钱，钱宜散不宜聚，烟是自焚身亡的忠义之士，却不能让与的。而且我坚信一方水土养一方人，是中国人就吃中国烟，是本地人就吃本地烟，如我数年里只吃"猴王"。

杭州的一个寺里有副门联，是："是命也是运也，缓缓而行；为名乎为利乎，坐坐再去。"忙忙人生，坐下来干啥，坐下来吃烟。

贾平凹散文全编

1996年11月26日夜戏笔

# 《美文》四年编辑部午餐桌上的谈话

各位！一边说一边吃呵，瞧这鱼小是小些，但味道多好，筷子不要放呵！孔子当年"西行不到秦"的，我们就多直实，多刚多蠢，打一面小旗子招摇过市，四年了，是该来吃顿饭了，吃！"大散文"的喊叫，我们不是要做促销的勾当，明明知道潮流漫来"顺我者昌逆我者亡"，犯着牺牲发行量的危险，坚持自己的宗旨，今天回头想来，简直是劫了一回法场嘛！我们要的是散文的名分呀，柳青就曾经送过别人一只羊，将羊牵着送上门了，却把羊缰绳要回来——该要的就得要，哪怕仅是一根羊缰绳！

街上是流行过红裙子，文坛上刮过这样主义那样主义的风，别人的标新立异可能是要的二月花，我们的删繁就简要的是三冬树。三冬的树是树的本真。在化妆品盛行的年代，妇女们的脸都成了画布，我们素着面是不时髦，而且易于被误解，我们就是要敢于素面朝天！

我敬各位三杯酒！第一杯，恭喜经过大家努力，《美文》基本完成了求得被认同和支持的艰难期。现在，由有人出来写文章支持我们而变成了众多报刊也纷纷开辟"大散文"栏目，而我们倡导的"大散文"的外延部分，即题材、体裁的扩展已成为大多数作者和读者的一种自觉意识。这是我们欣慰的事！

第二杯酒，恭喜《美文》以名人稿件提高刊物档次的举措也基本结束，我们虽对于名人稿件仍热烈欢迎，但毕竟不再等米下锅了，一批新的作者队伍建立，靠这些新人新作来支撑《美文》，我们充满了从来没有过的轻松和自信！

第三杯酒，不是恭喜，而是为我们以后的工作喝的！四年后我们做什么？"大散文"的观念依然是《美文》的宗旨。患病应该诊治，但如今社会上的保健品仍是太多，我们要真正地学《本草纲目》去研制药物，真正地学解剖学去手术肿瘤，而不需要发放那些什么什么液和什么什么袋了。"大散文"最核心的，即是在内容上，我们得集中精力来抓一抓了。严格地讲，"大散文"是不易于操作的，你不能说具体的一篇散文是大散文或是小散文，起初我们提出它有题材、体裁扩展的一面可操作外，在内容上只是一种感觉。所以，"大散文"的观念要注入我们的意识里，深深地注入，只要有了强烈的意识，我们才能分辨什么文章是符合我们办刊宗旨的，什么文章是应该摒弃的。这如同我们有了爱惜自己身体的这个意识后，我们必然在饮食上就注意了营养，累了就会休息，游泳不到深水区去，走到悬崖边就能止步。

存在于目前散文界的问题还很多，作为办刊人，刊物不仅是消费品，我们有责任将影响散文大境界的种种因素逐一清理。而目下普遍的一个问题，是有了这样的错觉：写真善美。真善美当然是我们社会倡导的文明，散文创作是需要这方面的内容，刊物也应提供大的版面，但现代汉语散文在建构它的规范的时候，出现的最大的危机是散文不接触现实，制造技巧，而粉墨登场的就以真善美做了脸谱，以致使散文长时期沦为平庸和浮华。我们在反对琐碎、甜腻、精巧、俗气、虚假、无聊的散文倾向时，我们应该寻着这一切现象的根源。演员扮演了毛泽东，但演员绝不是我们的领袖。麦收时节可以看见农人门前的麦草垛欢呼丰收，而却不能以为农人丰收的就是这些麦草，不去理会那些麦粒。文学毕竟不等同于政教和宗教。有人说上帝用两手统治世界，一是耶稣，一是魔鬼，而扮演耶稣的人很多，如道德家、科学家、宗教家，那么扮演魔鬼的角色呢？恐怕只有文学艺术吧。文学艺术可以来扮演耶稣，但满街是圣人的时候，能扮演魔鬼的却只有文学艺术。

吃吧，吃了鱼再吃这苦瓜，夏天里吃苦瓜下火。《美文》发行量目前能到这个数上，高兴是应该的，但也没必要太得意，现在还不是大自在的时候。镇江的北固山是个小山，山上有个碑子写着"天下第一江山"，那是历史上一个小朝廷的梁武帝写的，他没见过大世面，写那么六个字，活该让人耻笑千百年！

# 治 病 救 人

　　我第一次认识张宏斌，张宏斌是坐在我家西墙南边的椅子上，我坐在北边椅子上，我们中间是一尊巨大的木雕的佛祖。左右小个子，就那么坐着，丑陋如两个罗汉。对面的墙上有一副对联：相坐亦无言，不来忽忆君。感觉里我们已经熟了上百年。

　　我们最先说起的是矮个人的好处，从拿破仑、康德，到邓小平、鲁迅，说到了阳谷县的那一位，两人哈哈大笑。我们不忌讳我们的短，他就一口气背诵了《水浒》上的那一段描写。我说你记忆力这般好，他说你要不要我背诵你的书？竟一仰头背诵了我一本书的三页。我极惊奇，却连忙制止：此书不宜背诵！问他看过几遍就记住了，他说三遍。我说你还能背诵什么，他说看过三遍的东西都能记住。就又背诵起《红楼梦》的所有诗词，让贾宝玉和金陵十二钗全都到我家办诗会了。

　　但我请张宏斌来，并不是因为他是记忆的天才，他的本行是医生，要为我的一个亲戚的儿子治癫痫病的。我差点儿迷醉于他的记忆力的天赋而忘却了他是医生。他看了看亲戚的那个患病的儿子，笑了笑，说："药苦，你吃不吃？"儿子说："我爱吃糖！"大家都乐起来。我将那小子拉过来，在他汗津津的背上搓，搓下污垢卷儿让他看，几个大人立即向我翻白眼，以为当着医生丢了面子。

　　张宏斌留下了几袋丸药，开始详细吩咐，什么时候吃什么大丸，什么时候吃什么小丸，极讲究节气前后的时间。我要付他的钱，他不收，提出能送一两本我的书。我的书都在床下塞着，他似乎不解：我把配制的药丸是藏在架子上的瓷罐里的，你怎么把书扔在床底？我说："你那药是治病的。"他说："书却救人啊！"我笑了笑，救谁呢？一本送了他，一本签上"自存自救"放到了我的床头柜里。

他的这些药丸极其管用，亲戚的儿子服后病遂消解，数年间不再复犯。

医生我是尊敬的，而这样的奇人更令我佩服，以后我们就做了朋友。他住在岐山县，常常夜半来电话，浓重的岐山口音传染了我，我动不动也将"人"念成"日"，一次作协研究要求入会的业余作者，讨论半天意见不统一，我一急说道：有什么不高兴的么，人家要"日"就让人家"日"嘛！

他常常被西安的病人请了来，每次来都来我家，我没有好酒，却拿明前茶，请，请上坐，就坐在佛祖旁的椅子上。我们就开始说《红楼梦》，说中医，说癫痫，说忧郁症，说精神分裂，这现代生活垢生出的文明病。

张宏斌说，医生最大的坏处，是：不能见了别人就邀请人家常去他那儿。这是对的，监狱管理员邀请不得人，火葬场也邀请不得人。中国人有这么个忌讳。但我给张宏斌介绍了许多有病的人和没病的人，还有许多名人和官人。谁的头都不是铁箍了的，名人和官人也是要患病的。作家可以拒绝，医生却要请的，没病也要请，这如在家里挂钟馗像。

同张宏斌打交道的几年里，我也粗略识得什么是癫痫和精神分裂病，什么人易患这类病和什么人已潜伏了这类病。并且，看他治病，悟出了一个道理：病要生自己的病，治病要自己拿主意。这话对一般人当然是自然而然的事，但对一些名人和官人却至关重要，名人和官人没病的时候是为大家而活着的，最复杂的事到他们那里即得到最简单的处理，一旦有病了，又往往就也不是自己患病，变成大家的事，你提这样的治疗方案，他提那样的治疗方案，会诊呀，研究呀，最简单的事又变成了最复杂的事，结果小病耽误成大病，大病耽误成了不治之病。

张宏斌治病出了名，全国各地的病人都往岐山去，他收入当然滋润，而且住宅宽展，他说你出书困难了，我可以资助你，西安没清静地方写作了到岐山来。我很感激他。年初，我对他说：你教我当医生。他说：我正想请你教我写文章哩。两人在电话里呵呵大笑：那就谁也不教谁了！

现在，我仍在西安，他还在岐山，十天半月一回见面，一个坐木雕佛祖的南边，一个坐木雕佛祖的北边，丑陋如两个罗汉。

1997年1月20日晚

# 壁　画

　　陕西的黄土原，有的是大唐的陵墓，仅挖掘的永泰公主的，章怀太子的，懿德太子的，房陵公主的，李寿、李震、李爽、韦炯、章浩的，除了一大批稀世珍宝，三百平方米的壁画就展在博物馆的地下室。这些壁画不同于敦煌，墓主人都是皇戚贵族，生前过什么日子，死后还要过什么日子，壁画多是宫女和骏马。有美女和骏马，想想，这是人生多得意事！去看这些壁画的那天，馆外极热，进地下室却凉，门一启开，我却怯怯地不敢进去。看古装戏曲，历史人物在台上演动，感觉里古是古，我是我，中间总隔了一层，在地下室从门口往里探望，我却如乡下的小儿，真的偷窥了宫里的事。"美女如云"，这是现今描写街上的词，但街上的美女有云一样的多，却没云那样的轻盈和简淡。我们也常说："唐女肥婆"，甚至怀疑杨玉环是不是真美？壁画中的宫女个个头高大，耸鼻长目，丰乳肥臀，长裙曳地，仪表万方，再看那匹匹骏马，屁股滚圆，四腿瘦长刚劲，便得知人与马是统一的。唐的精神是热烈、外向、放恣而大胆的，它的经济繁荣，文化开放，人种混杂，正是现今西欧的情形。我们常常惊羡西欧女人的健美，称之为"大洋马"，殊不知唐人早已如此。女人和马原来是一回事，便可叹唐以后国力衰败，愈是被侵略，愈是向南逃，愈是要封闭，人种退化，体格羸弱。有人讲我国东南一隅以及南洋的华侨是纯粹的汉人，如果真是如此，那里的人却并不美的。说唐人以胖为美，实则呢，唐人崇尚的是力量。马的时代与我们越来越远了，我们的诗里在赞美着瘦小的毛驴，倦态的老牛，平原上虽然还有着骡，骡仅是马的附庸。

我爱唐美人。

我走进了地下室，一直往里走，从一九九七年走到五百九十三年，敦煌的佛画曾令我神秘莫测，这些宫女，古与今的区别仅在于服饰，但那丰腴圆润的脸盘，那毛根出肉的鬓发，那修长婀娜的体态，使我感受到真正的人的气息。看着这些女子，我总觉得她们在生动着，是活的，以至看完这一个去看那一个，侧身移步就小心翼翼，害怕走动碰着了她们。她们是矜持的，又是匆忙的，有序地在做她们的工作，或执盘，或掌灯，或挥袖戏鹅，或观鸟捕蝉，对于陌生的我，不媚不凶，脸面平静。这些来自民间的女子，有些深深的愁怨和寂寞，毕竟已是宫中人，不属于我这乡下男人，而我却视她们是仙人，万般企羡，又自惭形秽了。《红楼梦》中贾宝玉那个痴呆呆的形状，我是理解他了，也禁不住说句"女儿是水做的，男人是泥做的"了。看呀，看那《九宫女》呀，为首的梳高髻，手挽披巾，相随八位，分执盘、盒、烛台、团扇、高足杯、拂尘、包裹、如意，顾盼呼应，步履轻盈，天呐，那第六位简直是千古第一美人呀，她头梳螺髻，肩披纱巾，长裙曳地，高足杯托得多好，不高不低，恰与宛转的身姿配合，长目略低，似笑非笑，风姿卓绝，我该轻呼一声"六妹"了！这样纯真高雅的女子，我坚信当年的画师不是凭空虚构的，一定是照生前真人摹绘，她深锁宫中，连唐时也不可见的，但她终于让我看到了，我看到了已经千年的美人。

"美人千年已经老了！"同我去看壁画的友人说。

友人的话，令我陡然悲伤，但友人对于美人却感到快意。我没有怨恨友人，对于美人老的态度从来都是有悲有喜的两种情怀，而这种秉性可能也正是皇戚贵族的复杂心理，他们生前占有她，死后还要带到阴间去，留给后世只是老了的美人。这些皇戚贵族化为泥土，他们是什么狗模人样毫无痕迹，而这美女人却留在壁画里，她们的灵魂一定还附在画上。灵魂当然已是鬼魂，又在墓穴埋了上千年，但我怎么不感到一丝恐怖只是亲切，似乎相识，似乎不久前在某一宾馆或大街上有过匆匆一面？我对友人说：你明白了吗，《聊斋志异》中为什么秀才在静夜里盼着女鬼从窗而入吗?!

参观完了壁画，我购了博物馆唐昌东先生摹古壁的画作印刷品，我不顾"六妹"千余年在深宫和深墓，现在又在博物馆，她原本是民间身子，我要带她到我家。我将画页悬挂室中，日日看着，盼她能破壁而出。我说，六妹，我不做皇戚贵族宫锁你，我也没金屋藏匿你，但我给你自在，给你快乐，还可以让你牧羊，我就学王洛宾变成一只小羊，让你拿皮鞭不断轻轻打在我的身上。

# 陶　俑

　　秦兵马俑出土以后，我在京城不止一次见到有人指着在京工作的陕籍乡党说：瞧，你长得和兵马俑一模一样！话说得也对，一方水土养一方人，一方人在相貌上的衍变是极其缓慢的。我是陕西人，又一直生活在陕西，我知道陕西在西北，地高风寒，人又多食面食，长得腰粗膀圆，脸宽而肉厚，但眼前过来过去的面孔，熟视无睹了，倒也弄不清陕西人长得还有什么特点。史书上说，陕西人"多刚多蠢"，刚到什么样，又蠢到什么样，这可能是对陕西的男人而言，而现今陕西是公认的国内几个产美女的地方之一，朝朝代代里陕西人都是些什么形状呢，先人没有照片可查，我只有到博物馆去看陶俑。

　　最早的陶俑仅仅是一个人头，像是一件器皿的盖子，它两眼望空，嘴巴微张。这是史前的陕西人。陕西人至今没有小眼睛，恐怕就缘于此，嘴巴微张是他们发明了陶埙，发动起了沉沉的土声。微张是多么好，它宣告人类已经认识到自己在这个世界上的位置，它什么都知道了，却不夸夸其谈。陕西人鄙夷花言巧语，如今了，还听不得南方"鸟"语，骂北京人的"京油子"，骂天津人的"卫嘴子"。

　　到了秦，就是兵马俑了。兵马俑的威武壮观已妇孺皆晓，马俑的高大与真马不差上下，这些兵俑一定也是以当时人的高度而塑的，那么，陕西的先人是多么高大！但兵俑几乎都腰长腿短，这令我难堪，却想想，或许这样更宜于作战，古书上说"狼虎之秦"。虎的腿就是矮的，若长一双鹭鸶腿，那便去做舞伎了。陕西人的好武真是有传统，而善武者沉默又是陕西人善武的一大特点。兵俑的面部表情都平和，甚至近于木讷，这多半是古书上讲的愚，但忍无可忍了，六国如何被扫平，陕西人的爆发力即所说的刚，就可想而知了。

秦时的男人如此，女人呢，踞坐的俑使我们看到高髻后挽，面目清秀，双手放膝，沉着安静，这些俑初出土时被认作女俑，但随着大量出土了的同类型的俑，且一人一马同穴而葬，又唇有胡须，方知这也是男俑，身份是在阴间为皇室养马的"围人"。哦，做马夫的男人能如此清秀，便可知做女人的容貌姣好了。女人没有被塑成俑，是秦男人瞧不起女人还是秦男人不愿女人做这类艰苦工作，不可得知，如今南方女人不愿嫁陕西男人，嫌不会做饭，洗衣，裁缝和哄孩子，而陕西男人又臭骂南方男人竟让女人去赤脚插秧，田埂挑粪，谁是谁非谁说得清？

汉代的俑就多了，抱盾俑，扁身俑，兵马俑。俑多的年代是文明的年代，因为被殉葬的活人少了。抱盾俑和扁身俑都是极其瘦的，或坐或立，姿容恬静，仪态端庄，服饰淡雅，面目秀丽，有一种含蓄内向的阴柔之美。中国历史上最强盛的为汉唐，而汉初却是休养生息的岁月，一切都要平平静静过日子了，那时的先人是讲究实际的，俭朴的，不事虚张而奋斗的。陕西人力量要爆发时那是图穷匕首现的，而蓄力的时候，则是长距离的较劲。汉时民间雕刻有"汉八刀"之说，简约是出名的，茂陵的石雕就是一例，而今，陕西人的大气，不仅表现在建筑、服饰、饮食、工艺上，接人待物言谈举止莫不如此。犹犹豫豫，瞻前顾后，不是陕西人性格，婆婆妈妈，鸡零狗碎，为陕西人所不为。他不如你的时候，你怎么说他，他也不吭，你以为他是泼地的水提不起来了，那你就错了，他入水瞄着的是出水。

汉兵马俑出土最多，仅从咸阳杨家湾的一座墓里就挖出三千人马。

这些兵马俑的规模和体型比秦兵马俑小，可骑兵所占的比例竟达百分之四十。汉时的陕西人是善骑的。可惜的是现在马几乎绝迹，陕西人自然少了一份矫健和潇洒。

陕西人并不是纯汉种的，这从秦开始血统就乱了，至后年年岁岁地抵抗游牧民族，但游牧民族的血液和文化越发杂混了我们的先人。魏晋南北朝的陶俑多是武士，武士里相当一部分是胡人。那些骑马号角俑、舂米俑，甚至有着人面的镇墓兽，细细看去，有高鼻深目者，有宽脸慓悍者，有眉清目秀者，也有饰"鬾髻"的滇蜀人形象。史书上讲过"五胡乱华"，实际上乱的是陕西。人种的改良，使陕西人体格健壮，易于容纳，也不善工计易于上当受骗。至今陕西人购衣，不大从上海一带进货，出门不愿与南方人为伴。

正是有了南北朝的人种改良，隋至唐初，国家再次兴盛，这就有了唐中期的繁荣，我们看到了我们先人的辉煌——

天王俑：且不管天王的形象多么威武，仅天王脚下的小鬼也非等闲之辈，它没有因被踩于脚下而沮丧，反而跃跃欲试竭力抗争。这就想起当今陕西人，有那一类，与人抗争，明明不是对手，被打得满头满脑血了却还往前扑。

三彩女侍俑：面如满月，腰际浑圆，腰以下逐渐变细，加上曳地长裙构成的大面积的竖线条，一点儿也不显得胖或臃肿，倒更为曲线变化的优美体态。身体健壮，精神饱满，以力量为美，这是那时的时尚。当今陕西女人，两种现象并存，要么冷静，内向，文雅，要么热烈，外向，放恣，恐怕这正是汉与唐的遗风。

骑马女俑：马是斑马，人是丽人，袒胸露臂，雍容高雅，风范犹如十八世纪欧洲的贵妇。

梳妆女坐俑：裙子高系，内穿短襦，外着半袖，三彩服饰绚丽，对镜正贴花黄。

随着大量的唐女俑出土，我们看到了女人的发式多达一百四十余种。唐崇尚的不仅是力量型，同时还是表现型。男人都在展示着自己的力量，女人都在展示着自己的美，这是多么自信的时代！

陕西人习武健身的习惯可从一组狩猎骑马俑看到，陕西人的幽默、诙谐可追寻到另一组说唱俑。从那众多的昆仑俑，骑马胡俑，骑卧驼胡人俑，牵马胡人俑，你就能感受到陕西人的开放、大度、乐于接受外来文化了。而一组塑造在骆驼背上的七位乐手和引吭高歌的女子，使我们明白了陕西的民歌戏曲红遍全国的根本所在。

秦过去了，汉过去了，唐也过去了，国都东迁北移与陕西远去，一个政治经济文化的中心日渐消亡，这成了陕西人最大的不幸。宋代的捧物女绮俑从安康的白家梁出土，她们文雅清瘦，穿着"背子"。还有"三搭头"的男俑。宋代再也没有豪华和自信了，而到了明朝，陶俑虽然一次可以出土三百余件，仪仗和执事队场面壮观，但其精气神已经殆失，看到了那一份顺服与无奈。如果说，陕西人性格中某些缺陷，呆滞呀，死板呀，按部就班呀，也都是明清精神的侵蚀。

每每浏览了陕西历史博物馆的陶俑，陕西先人也一代一代走过，各个时期的审美时尚不同，意识形态多异，陕西人的形貌和秉性也在复复杂杂中呈现和完成。俑的发生、发展至衰落，是陕西人的幸与不幸，也是两千多年的中国历史的幸与不幸。陕西作为中国历史的缩影，陕西人也最能代表中国人。二十世纪七十年代之末，中国实行改革开放政策，地处西北的陕西是比沿海一带落后了许多，经济的落后导致了外地人对陕西人的歧视，我们实在是需要清点我们的来龙去脉，我们有什么，我们缺什么，经济的发展文化的进步，最根本的并不是地理环境而是人的呀，陕西的先人是龙种，龙种的后代绝不会就是跳蚤。当许许多多的外地朋友来到陕西，我最于乐意的是领他们去参观秦兵马俑，去参观汉茂陵石刻，去参观唐壁画，我说："中国的历史上秦汉唐为什么强盛，那是因为建都在陕西，陕西人在支撑啊，宋元明清国力衰退，那罪不在陕西人而陕西人却受其害呀。"外地朋友说我言之有理，却不满我说话时那一份红脖子涨脸：瞧你这尊容，倒又是个活秦兵马俑了！

# 朋　友

　　朋友是磁石吸来的铁片儿、钉子、螺丝帽和小别针，只要愿意，从俗世上的任何尘土里都能吸来。现在，街上的小青年有江湖义气，喜欢把朋友的关系叫"铁哥们儿"，第一次听到这么说，以为是铁焊了那种牢不可破，但一想，磁石吸的就是关于铁的东西呀。这些东西，有的用力甩甩就掉了，有的怎么也甩不掉，可你没了磁性它们就全没喽！昨天夜里，端了盆热水在凉台上洗脚，天上一个月亮，盆水里也有一个月亮，突然想到这就是朋友么。

　　我在乡下的时候，有过许多朋友，至今二十年过去，来往的还有一二，八九皆已记不起姓名，却时常怀念一位已经死去的朋友。我个子低，打篮球时他肯传球给我，我们就成了朋友，数年间形影不离。后来分手，是为着从树上摘下一堆桑葚，说好一人吃一半的，我去洗手时他吃了他的一半，又吃了我的一半的一半。那时人穷，吃是第一重要的。现在是过城里人的日子，人与人见面再不问"吃过了吗"的话。在名与利的奋斗中，我又有了相当多的朋友，但也在奋斗名与利的过程中，我的朋友变换如四季。……走的走，来的来，你面前总有几张板凳，板凳总没空过。我做过大概的统计，有危难时护佑过我的朋友，有贫困时周济过我的朋友，有帮我处理过鸡零狗碎事的朋友，有利用过我又反过来踹我一脚的朋友，有诬陷过我的朋友，有加盐加醋传播过我不该传播的隐私而给我制造了巨大的麻烦的朋友。成我事的是我的朋友，坏我事的也是我的朋友。有的人认为我没有用了不再前来，有些人我看着恶心了主动与他断交，但难处理的是那些帮我忙越帮越乱的人，是那些对我有过恩却又没完没了地向我讨人情的人。地球上人类最多，但你一生的交往最多的却不外乎方圆几里或十几里，朋友的圈子其实就是你人生的世界，你的为名为利的奋斗历程就是朋友的好与恶的历史。有人说，我是最能交朋友的，殊不知我的相当多的时间却是被铁朋友占有，常常感觉里我是一条端上饭桌的鱼，你来捣一筷子，他来挖一勺子，我被他们吃剩下一副骨架。当我一个人坐在厕所的马桶上独自享受清静的时候，我想象坐监狱是美好的，当然是坐单人号子。但有一次我独自化名去住了医院，只和戴了口罩的大夫护士见面，病床的号码就是我的一切，我却再也熬不了一个月，第二十七天里翻院墙回家给所有的朋友打电话。也就有人说啦：你最大的不幸就是不会交友。这我便不同意了，我的朋友中是有相当一些人令我吃尽了苦头，但更多的朋友是让我欣慰和自豪的。过去的一个故事讲，有人得了病看医生，正好两个医生一条街住着，他看见一家医生门前鬼特别多，认为这医生必是医术不高，把那么多人医死了，就去门前只有两个鬼的另一位医生家看病，结果病没有治好。旁边人推荐他去鬼多的那家医生看病，他说那家门口鬼多这家门口鬼少，旁边人说：那家医生看过万人病，死鬼五十个，这家医生在你之前就只看过两个病人呀！我想，我恐怕是门前鬼多的那个医生。根据我的性情、职业、地位和环境，我的朋友可以归两大类：一类是生活关照型。人家给我办过事，比如买了煤，把煤一块一块搬上楼，家人病了找车去医院，介绍孩子入托。我当然也给人家办过事，写一幅字让他去巴结他的领导，画一张画让他去银行打通贷款的关节，出席他岳父的寿宴。或许人家帮我的多，或许我帮人家的多，但只要相互诚实，谁吃亏谁占便宜就无所谓，我们就是长朋友，久朋友。一类是精神交流型。具体事都干不来，只有一张八哥嘴，或是我慕他才，或是他慕我才，在一块谈文道艺，吃茶聊天。在相当长的时间里，我把我的朋友看得非常重要，为此冷落了我的亲戚，甚至我的父母和妻子儿女。可我渐渐发现，一个人活着其实仅仅是一个人的事，生活关照型的朋友可能了解我身上的每一个痣，不一定了解我的心，精神交流型的朋友可能了解我的心，却又常常拂我的意。快乐来了，最快乐的是自己。苦难来了，最苦难的也是自己。

然而我还是交朋友，朋友多多益善，孤独的灵魂在空荡的天空中游弋，但人之所以是人，有灵魂同时有身躯的皮囊，要生活就不能没有朋友，因为出了门，门外的路泥泞，树丛和墙根又有狗吠。

西班牙有个毕加索，一生才大名大，朋友是很多的，有许多朋友似乎天生就是来扶助他的，但他经常换女人也换朋友。这样的人我们效法不来，而他说过一句话：朋友是走了的好。我对于曾经是我朋友后断交或疏远的那些人，时常想起来寒心，也时常想到他们的好处。如今倒坦然多了，因为当时寒心，是把朋友看成了自己和自己的家人，殊不知朋友毕竟是朋友，朋友是春天的花，冬天就都没有了，朋友不一定是知己，知己不一定是朋友，知己也不一定总是人，他既然吃我，耗我，毁我，那又算得了什么呢，皇帝能养一国之众，我能给几个人好处呢？这么想想，就想到他们的好处了。

今天上午，我又结识了一个新朋友，他向我诉苦说他的老婆工作在城郊外县，家人十多年不能团聚，让我写几幅字，他去贡献给人事部门的掌权人。我立即写了，他留下一罐清茶一条特级烟。待他一走，我就拨电话邀三四位旧的朋友来有福同享。这时候，我的朋友正骑了车子向我这儿赶来，我等待着他们，却小小私心勃动，先自己沏一杯喝起，燃一支吸起，便忽然体会了真朋友是无言的牺牲，如这茶这烟，于是站在门口迎接喧哗到来的朋友而仰天呵呵大笑了。

草于1997年2月5日晚

# 秃　顶

　　脑袋上的毛如竹鞭乱窜，不是往上长就是往下长，所以秃顶的必然胡须旺。自从新中国的领袖不留胡须后，数十年间再不时兴美髯公，使剃须刀业和牙膏业发达，使香烟业更发达。但秃顶的人越来越多，那些治沙治荒的专家，可以使荒山野滩有了植被，偏偏无法在自己的秃顶上栽活一根发。头发和胡子的矛盾，是该长的不长，不该长的疯长，简直如"四人帮"时期的社会主义的苗和资本主义的草。

　　我在四年前是满头乌发，并不理会发对于人的重要，甚至感到麻烦，朋友常常要手插进我的发里，说摸一摸有没个鸟蛋。但那个夏天，我的头发开始脱落，早晨起来枕头上总要软软地黏着那么几根，还打趣说：昨儿夜里有女人到我枕上来了?!直到后来洗头，水面上一漂一层，我就紧张了，忙着去看医生，忙着抹生发膏。不济事的。愈是紧张地忙着治，愈是脱落厉害，终于秃顶了。

　　我的秃顶不属于空前，也不属于绝后，是中间秃，秃到如一块溜冰场了，四周的发就发干发绒，像一圈铁丝网。而同时，胡须又黑又密又硬，一日不刮就面目全非，头成了脸，脸成了头。

　　一秃顶，脑袋上的风水就变了，别人看我不是先前的我，我也怯了交际活动，把他的，世界日趋沙漠化，沙漠化到我的头上了，我感到了非常自卑。从那时起，我开始仇恨狮子，喜欢起了帽子。但夏天戴帽子，欲盖弥彰，别人原本不注意到我的头偏就让人知道了我是秃顶，那些爱戏谑的朋友往往在人稠广众之中，年轻美貌的姑娘面前，说："还有几根？能否送我一根，日后好拍卖啊！"脑袋不是屁股，可以有衣服包裹，可以有隐私，我索性丑陋就丑陋吧，出门赤着秃顶。没想无奈变成了率真和可爱，而人往往是以可爱才美丽起来，为此半年过去，我的秃顶已不成新闻，外人司空见惯，似乎觉得我原本就是秃了顶的，是理所当然该秃顶的。我呢，竟然又发现了秃顶还有秃顶的来由，秃顶还有秃顶的好处哩。

秃顶有秃顶的三大来由：

一，民间有理论：灵人不顶垂发。这理论必定是世世代代在大量的实情中总结出来的，那么，我就是聪明的了！

二，地质科学家讲，富矿的山上不长草。为此推断，我这颗脑袋已经不是普通的脑袋啊！

三，女人长发，发是雌性的象征。很久以来人类明显地有了雌化，秃顶正是对雌化的反动，该是上帝让肩负着雄的使命而来的。天降大任于我了，我不秃谁秃?！

秃顶有秃顶的十大好处：

一，省却洗理费。

二，没小辫子可抓。

三，能知冷知晒。

四，有虱子可以一眼看到。

五，随时准备上战场。

六，像佛陀一样慈悲为怀。

七，不被"削发为民"。

八，怒而不发冲冠。

九，长寿如龟。

十，不被误为发霉变坏。

现在，我常哼着的是一曲秃顶歌：秃，肉瘤，光溜溜，葫芦上釉，一根发没有，西瓜灯泡绣球，一轮明月照九州。我这么唱的时候，心里就想，天下事什么不可以干呢，哼，只要天上有月亮，我便能发出我的光来！

三月十五日，我和我的一大批秃顶朋友结队赤头上街，街上美女如云，差不多都惊羡起我们作为男人的成熟，自信，纷纷过来合影。合影是可以的，但秃顶男人的高贵在于这颗头是只许看而不许摸的！

1997年3月10日晚

# 天　马

四月二十一日，谭宗林从安康带来魏晋画像砖拓片数幅，和一色新茶。因茶思友，分出一半去寻马海舟。

马海舟是陕西画坛的怪杰，独立特行，平素不与人往来。他作画极认真，画成后却并不自珍，凭一时高兴，任人拿去。我曾为他的画作说过几句话，或许他认为搔到了痒处，或许都是矮人，反正我们是熟了。"你几时来家呀，我有许多好玩的东西！"他这么邀请着我，但他交代得太复杂，我不是狗，也不是司机，深为大海的都市里，我寻不着去他家的路。谭宗林领我过大街穿小巷，扑来扑去了半天，把一家门敲开了。

马海舟正在作画哩。大画家用小画案，我第一次见到。那么窄而短的桌子上，一半又层层叠叠堆放着古瓷和奇石异木，空出的一片毡布上，画的是一匹马，天马。马斜侧而立，四蹄有蹬踏状，但枯瘦如细狗，似有一纵即逝之架势。天上之马是不是这般模样，我不知道，马海舟是知道的，他使马鬃马尾，及四条腿上，都画成一团团丝麻，若云之浮动。我鼓掌说：好！谭宗林能煽情惑人，立即说：你叫好，何不题款几句?！我便提笔写了：

> 天上有龙马，
>
> 孤独难合群。
>
> 何不去世间？

我岂驮官人！

那日马海舟脸色红润，粗而极短的十指搓着，说：你总知我。

谭宗林顿生掠夺之意，从怀里掏出一张拓片来要送马海舟。拓片是一幅有着"飞天"的魏晋画像砖图案，明显看出马海舟是激动了，惊奇敦煌壁画里有"飞天"，而魏晋时竟也有"飞天"，中国美术史是要改写了。谭宗林自然就提出了交换的话来。我立即反对：此画不能送人的；拓片毕竟是拓片；既然宗林对马先生一向敬重，送一幅拓片还舍不得吗？谭宗林百般骂我，马海舟笑道："你看了我的'飞马'，我看了你的'飞天'，过过眼福就是，但你的'飞天'世人难见，我看过了，送你一个更古老的东西作补偿吧。"遂拿出一幅鹰图给了谭宗林。一张大纸，赫然站有一鹰，身如峻崖，头生双角，口微微张开似有嗷嗷之声发出，题为"八万年前有此君"。谭宗林大喜。我戏谑道：宗林带他那个拓片在城里待三天，数十张画就从画家手里赚过来了！宗林只是笑，马海舟却不理会，还在讲鹰与恐龙是同代之物，我便扭头去观赏古董架上那些秦砖汉瓦唐俑宋瓷了。他的收藏大多是民间工艺，但精妙绝伦，那奇奇怪怪的形状，以及古董上绘制的多种色彩图案，使我突然悟到了马海舟作品之所以古拙怪诞，他受古时的民间工艺影响太大了。

"这四幅画你俩多挑两幅吧！"马海舟送我了三件古玩后，突然说。

他从框子里又取出四幅画来，一一摊在床上。一幅梅，一幅兰，一幅菊，一幅竹。都是马海舟风格，笔法高古，简洁之极。如此厚意，令我和谭宗林大受感动，要哪一幅，哪一幅都好。谭宗林说：贾先生职称高，贾先生先挑。我说：茶是谭先生带来的，谭先生先挑。我看中菊与竹，而梅与家人姓名有关，又怕拿不到手，但我不说。

"抓纸阄儿吧，"马海舟说，"天意让拿什么就拿什么。"

他裁纸，写春夏秋冬四字，各揉成团儿，我抓一个，谭抓一个，我再抓一个，谭再抓一个。绽开，我是梅与菊。梅与菊归我了，我就大加显摆，说我的梅如何身孕春色，我的菊又如何淡在秋风。正想闹着，门被敲响，我们立即将画叠起藏在怀中。

进来的是一位高个，拉马海舟到一旁叽叽咕咕说什么，马海舟开始还解释着，后来全然就生气了，嚷道："不去，绝对不去！"那人苦笑着，终于说："那你就在家画一幅吧。"马海舟垂下头去，直闷了一会儿，说："现在画是不可能的，你瞧我有朋友在这儿。我让你给他带一幅去吧。"从柜子里取出一幅画来，小得只有一面报纸那么大。"就这么大？给你说了一年了，就这么大一张，怎么拿得出手呢？"那人叫苦着，似乎不接。"那我只有这么大个画桌呀！"马海舟又要把画装进柜子，那人忙把画拿过去了。

来人一走，马海舟嚷道喝茶喝茶，端起茶杯自己先一口喝干。谭宗林问怎么回事，原来是那人来说他已给一位大的官人讲好让马海舟去家里作画的，官人家已做好了准备。"他给当官的说好了，可他事先不给我说，我是随叫随到的吗？"谭宗林说："你够傲的！"马海舟说："我哪里傲了？我不是送了画吗？对待大人物，谄是可耻的，傲也非分，还是远距离些好。"他给我笑笑，我也给他笑笑。

告辞该走了，谭宗林把魏晋画像砖拓片要给马海舟，马海舟不收，却说："下次来，你把你的那块铜镜送我就是了，那镜上镌有四匹马，你知道，我姓马，也属马。"

1997年4月7日

# 进 山 东

　　第一回进山东，春正发生，出潼关沿着黄河古道走，同车里坐着几个和尚——和尚使我们与古代亲近——恍惚里，春秋战国的风云依然演义，我这是去了鲁国之境了。鲁国的土地果然肥沃，人物果然礼仪，狼虎的秦人能被接纳吗？深沉的胡琴从那一簇蓝瓦黄墙的村庄里传来，音韵绵长，和那一条并不知名的河，在暮色苍茫里蜿蜒而来又蜿蜒而去，弥漫着，如麦田上浓得化也化不开的雾气，我听见了在泗水岸上，有了"逝者如斯夫"的声音，从孔子一直说到了现在。

　　我的祖先，那个秦嬴政，在他的生前是曾经焚书坑儒过的，但居山高为秦城，秦城已坏，凿池深为秦坑，自坑其国，江海可以涸竭，乾坤可以倾侧，唯斯文用之不息，如今，他的后人如我者，却千里迢迢来拜孔子了。其实，秦嬴政在统一天下后也是来过鲁国旧地，他在泰山上祀天，封禅是帝王们的举动，我来山东，除了拜孔，当然也得去登泰山，只是祈求上天给我以艺术上的想象和力量。接待我的济宁市的朋友，说：哈，你终于来了！我是来了，孔门弟子三千，我算不算三千零一呢？我没有给伟大的先师带一束干肉，当年的苏轼可以唱"执瓢从之，忽焉在后"，我带来的唯是一颗头颅，在孔子的墓前叩一个重响。

　　一出潼关，地倾东南，风沙于后，黄河在前，是有了这么广大的平原才使黄河远去，还是有了黄河才有了这平原？哐啷哐啷的车轮整整响了一夜，天明看车外，圆天之下是铅色的低云，方地之上是深绿的麦田，哪里有紫白色的桐花哪里就有村庄，粗糙的土坯院墙，砖雕的门楼，脚步沉缓的有着黑红颜色而褶纹深刻的后脖的农民，和那叫声依然如豹的走狗——山东的风光竟与陕西关中如此相似！这种惊奇使我必然思想，为什么山东能产生孔子呢？那年去新疆，爱上了吃新疆的馕，怀里揣着一块在沙漠上走了一天，遇见一条河水了，蹲下来洗脸，"日"地将馕抛向河的上游，开始洗脸，洗毕时馕已顺水而至，捡起泡软了的馕就水而吃，那时我歌颂过这种食品，正是吃这种食品产生了包括穆罕默德在内的多少伟人！而山东也是吃大饼的，葱卷大饼，就也产生了孔子这样的圣人吗？古书上也讲，泰山在中原独高，所以生孔子。圣人或许足吃简单的粗糙的食品而出的，但孔子的一部《论语》能治天下，儒家的文化何以又能在这里产生呢，望着这大的平原，我醒悟到平原是黄天厚土，它深沉博大，它平坦辽阔，它正规，它也保守而滞板，儒文化是大平原的产物，大平原只能产生于儒文化。那么，老庄的哲学呢，就产生于山地和沼泽吧。

在曲阜，我已经无法觅寻到孔子当年真正生活过的环境，如今以孔庙孔府孔林组合的这个城市，看到的是历朝历代皇帝营造起来的孔家的赫然大势。一个文人，身后能达到如此的豪华气派，在整个地球上怕再也没有第二个了。这是文人的骄傲。但看看孔子的身世，他的生前恓恓惶惶的形状，又让我们文人感到了一份心酸。司马迁是这样的，曹雪芹也是这样，文人都是与富贵无缘，都是生前得不到公正的。在济宁，意外地得知，李白竟也是在济宁住过了二十余年啊！遥想在四川参观杜甫草堂，听那里人在说，流离失所的杜甫到成都去拜会他的一位已经做了大官的昔日朋友，门子却怎么也不传禀，好不容易见着了朋友，朋友正宴请上司，只是冷冷地让他先去客栈里住下好了。杜甫蒙受羞辱，就出城到郊外，仰躺在田埂上对天浩叹。尊诗圣的是因为需要诗圣，做诗圣的只能贫困潦倒。我是多么崇拜英雄豪杰呀，但英雄豪杰辈出的时代斯文是扫地的。孔庙里，我并不感兴趣那些大大小小的皇帝为孔子树立的石碑，独对那面藏书墙钟情，孔老夫子当周之衰则否，属鲁之乱则晦，及秦之暴则废，遇汉之王则兴，乾坤不可以久否，日月不可以久晦，文籍不可以久废啊！

当我立于藏书墙下留影拍照时，我吟诵的是米芾的赞词："孔子孔子，大哉孔子！孔子以前，既无孔子；孔子之后，更无孔子。孔子孔子，大哉孔子！"出得孔府，回首看府门上的对联，一边有富贵二字，将富字写成"冨"，一边有文章二字，将章字写成"章"。据说"冨"字没一点，意在富贵不可封顶，"章"字出头，意在文章可以通天。唏，这只是孔门后代的得意。衍圣公也是一代一代的，这如现在一些文化名人的纪念馆，遗孀或子女大都能当个纪念馆长一样的。做人是不是伟大的人，生前姑且不论，死后能福及子孙后代和国人的就是伟大的人。孔子是这样，秦嬴政是这样，毛泽东也是这样，看着繁荣富裕的曲阜，我就想到了秦兵马俑所在地临潼的热闹。

在孔庙里我睁大眼睛察看圣迹图，中国最早的这组石刻连环画，孔子的相貌并不俊美，头凹脸阔，豁牙露鼻。因父亲与一个年龄相差数十岁的女子结婚，他被称为野合所生，身世的不合俗理和相貌的丑陋，以及生存困窘，造就了千古素王。而秦嬴政呢，竟也是野合所得。有意思的是秦嬴政做了始皇，焚书坑儒，却也能到泰山封禅，他到了这里，不知对孔子做何感想？他登泰山而天降大雨，想没想到过因泰山而有了孔子，也可以说因了孔子而有了泰山，在泰山上他能祀天而求得以武功得天下又以武功能守天下吗？

我在泰山上觅寻我的祖先遇雨而避的山崖和古松，遗憾地没有找到这个景点。听导游的人解说，我的祖先毕竟还是登上了山顶，在那里燃起熊熊大火与天接通，天给了他什么昭示，后人恐怕不可得知，而事实是秦亡后就在泰山之下孔庙孔府孔林如皇宫一样矗起而千万年里香火不绝。孔子就是五岳独尊的泰山吗？泰山就是永远的孔子吗？登泰山者，人多如蚁，而几多人真正配得上登泰山呢？我站在北拱石下向北面的峰头上看，我许下了我的宏愿，如果我有了完成宿命的能力和机会，我就要在那个峰头上造一个大庙的。我抚摸着北拱石，我以为这块石头是高贵的，坚强的，是一个阳具，是一个拳头，是一个冲天的惊叹号。

杜甫讲：登泰山而一览众山小。周围的山确实是小的，小的不仅仅是周围的山，也小的是天下。我这时是懂得了当年孔子登山时的心境，也知道了他之所以惶惶如丧家之犬一样到处游说的那一份自信的。

我带回了一块石头，泰山上的石头。过去的皇帝自以为他们是天之骄子，一旦登基了就来泰山封禅的，但有的定都地远，他们可以来泰山祀天，也可以在自家门前筑一个土丘作为泰山来祀，而我只带回一块石头——泰山石是敢当的——泰山就永远属于我，给我拔地通天的信仰了。

进山东的时候，我是带了一批《土门》要参加签名售书活动的，在济宁城里搞了一场，书店的人又动员我能再到曲阜搞一次，我断然拒绝了。孔子门前怎能卖书呢？我带的是《土门》，我要上泰山登天门，奠地了还要祀天啊！我站在山顶的一截石阶上往天边看去，据说孔子当年就站在这儿，能看到苏州城门洞口的人物，可我什么也看不见，我是没有孔子的好眼力，但孔子教育了我放开了眼量，我需要一副好的眼力去看花开花落，看云聚云散，看透尘世的一切。

怀着拜孔子、登泰山的愿望进山东，额外地在济宁参观了武氏祠的汉画像石，多么惊天动地的艺术！数百块的石刻中，令我惊异的是最多的画像竟是孔子见老子图。中国最伟大的会见，历史的瞬间凝固在天地间动人的一幕，年轻的孔子恭敬地站在那里，大袖筒中伸出两只雁头，这是他要送给老子的见面礼。孔子身后是颜回等二十人，四人手捧简册，而子路头有雄鸡，可能是子路生性喜辩爱斗的吧。这次会见，两人具体说了些什么，史料没有详载，民间也甚不传说，而礼仪之邦的芸芸众生却津津乐道，于此不疲，以至于这么多的石刻图案。老子在西，孔子在东，孔子能如此地去见老子，但孔子生前为什么竟不去秦呢？这个问题我站在泰山顶上还在追问自己，仍是究竟不出，孔子说登泰山而赋，我要赋什么呢？我要赋的就只有这一腔疑惑和惆怅了。

1997年5月10日夜记

# 答朱文鑫十问

贾平凹先生：

我自一九八二年读到您的散文集《月迹》之后，便开始跟踪阅读、收藏和研究您的作品。在我的周围还有一个小小的读书群体，都很关注您的作品及身体健康，今日受这个群体（读书会）的委托，向您提几个问题，请在百忙中给予支持。

朱文鑫

1997年2月1日

一，近十年来，反映工人生活的作品少且没有分量，是作家缺少二十世纪五十年代那种下厂生活的缘故，还是其他原因？您如何看目前的工业题材作品的趋势？

工厂生活我不熟悉，工业题材作品我了解的情况有限，不能妄言。但无论工业农业，现在的生活与五十年代左右都不一样了，当年的那一种"下生活"方式也不一定现在照搬。依我之见，不主张将文学分得那么细碎，如今各行业都混为一谈了，若再细碎分下去，对写作人是一种束缚。

二，作为一个忠实的读者，我更喜欢品读您近时期的作品，因为它少了技巧，多了作家对生活的体察和总结，从某种意义上讲是不是另一种"心迹"？

我喜欢我近期作品，早期虽清新可爱，但人生的体证不多，而且有做文章痕迹。或许我如今老了些，人的年龄是了不得的，不到一定年龄就无法理解一些问题。如年少是不知死的，人到四十五岁以后，死的意识就逼近了。有了体证的作品，似乎没有章法，胡乱说，却句句都是自己生命之所得所悟，而文学的价值恰在这里。

三，中国第六次文代会提出了作家要注意继承借鉴与探索创新的关系，在这一方面，我认为，您二十几年来的创作，始终是在这么做的，尤其坚持具有中国风格、中国气派——中国味的东西，而且堂堂正正地走向世界，得到了人们的承认，让世界更好地了解中国，那么，今后是否仍然坚持这一点，并有更大的突破？

艺术以征服而存在，而存在靠创造。艺术家的全部尊严在于创造。我坚持中国作风，但作品内涵一定得趋世界之势而动。目前"远大"一语人人都说，但有人在写作时就全忘了：为一个民族而写作。

四，在由北京市委宣传部、工会联合主办的"北京市职工文学创作研修班（一年）"上，我作为学员与在京的几位作家、评论家（如王蒙、刘绍棠、曾镇南等）交谈中，他们大都承认您的创作既不属于传统现实主义，也不属于先锋主义，而是属于追寻（意境）艺术主义道路的一类，您如何看待他们的评价？

我是谁也不要的作家，这可能有自己面目的好处，但同时有出了事谁也不保护你的尴尬。山头和圈子有互相激励、互相关照的生存优势，但我无法做到。我不知道我是什么个样儿？

我只能依我的河流去流，至于是流得大与小，是否到大海，谁知道呢？天生我在西北一隅，又生性不喜交友呀。

五，您的小说中的女性形象鲜明，美得妙不可言，那么，您如何看女人的"大丑"，是否能够在您的笔下也塑造一位"大丑"的女人形象？

我也想写写丑妇，也写过，但不强烈。这或许与我的妇女观有关。至于以后怎么写，都不要故意要怎么怎么。

六，在您的近期散文作品中常常出现"知非诗诗，未为奇奇"的观点，能否具体解释一下这种思想？

懂得什么是非了，就懂得了什么是是，实事求是也可实事求非。一般人诗是白纸写黑字，李贺则黑纸写白字。

七，一九九六年初春，您到江浙一带走了走，曾写了大量日记体散文，而且读者喜欢，只是在《文学报》上读到了一小部分，那么请问江浙日记是否近期有结集出版计划，这种文体今后还大量续写吗？比如新疆行、商州重行等等。

江浙日记全部在去年五六月份由中青社结集出版，书名：《江浙日记及新近散文》。那一组日记，只是记录而已，一是所见所想真实写照，二是为对上边的安排有个答复。文学意义可能不大，但能看出我的内心和感受。

八，《美文》杂志办得很有特色，在我的文友中，我知道至少有六位自费订了该杂志，能否谈一谈当前纯文学刊物如何赢得更多的读者？

杂志毕竟是消费性的。但要赢得读者，一是作品要逼近生活，二是要有自己特色，三是编辑工作要精心。

九，您的小说名字大都是两个字的，虽然乍看上去很白，但寓意深，象征性强，尤其近三部长篇小说尤为突出，您怎么理解小说中的象征，比如《土门》。

作品必须形而下与形而上结合，无形而上不成艺术，但纯形而上则又成了哲学。作品的象征，我喜欢用整体象征和行文中不断的细节象征，这样，作品就产生多义性，说不尽。这一切皆要自然为之，作者在写时，仅感知里边有东西，但无法准确道出，感觉是作家的看家本事。

十，最后，向您提一个不太好回答的问题：孙见喜先生是您同乡，也是作家，又做过编辑工作，方英文先生曾称你们是"爱友关系"，一般人不能比的。我读过您写有关文友、画友、书友的大量序跋、速写文章，当然包括"我的老师"孙涵泊，那么，却迟迟不见您评价孙见喜方面的文字，因此，我冒昧请您谈一谈他的散文如何？谢谢您。

因孙写了我的许多文章，我写他就招嫌了，也可能太熟，太熟的人是不讲礼节的。其实孙的散文很好，他冷静，沉着，细腻，有艺术性。他的散文影响也是很大的。此人进步极快，有见地，常有惊人之语，也是文论家。

附言：

一，因过春节，节后又忙单位事、家事，一直抽不开手写信，迟复望谅。

二，感谢您的厚爱。我的作品是速朽文字，您这么关注，收集，给我许多鼓励。我将再努力吧，争取能写些半速朽文字，年少时创作热情大，但不知深浅，如今有些感觉了，又怯于多写，这实是人生之遗憾。

三，您的水平颇高，单从这些提问上看，我产生了回答的欲望，但因要去开会，放下午饭碗，匆匆写此。望多联系，多交流。

四，祝您一切如意。问候您周围的朋友。敬礼

**贾平凹**

1997年2月28日

# 《中国当代才子书·贾平凹卷》序

去年，出版社决意要编辑出版这本书时，我是迟迟地不合作：不提供照片，不提供书与画的作品，甚至不回信。这样的态度使许多人愤慨了，以为我要傲慢。不是的，我从来不敢傲慢，之所以学着逃避是觉得作家就是作家，没必要须弄出个琴棋书画无一不精的面目来招摇过市。今年出版社又来了人，我是同意了，因为这套书要出四本的，别人的三本都编好了，单等着这一本，若再不合作，就……原本是很真诚的，但真诚却要成了矫情，人活着真是难以违背世态啊！

去年四十四岁，今年四十五岁，到了斤斤计较岁数的年龄，足以证明开始衰老了。从二十岁起立志要做个好的文人，如今编这本书只让人丧气：就那些速朽的文字吗，就那些涂鸦般的书与画吗？往日里，也曾在朋友面前夸口：我是预测第一，书法第二，绘画第三，作曲第四，写作第五，那全是什么不行偏说什么好，要学齐白石的，如喝酒夸酒量的醉话。那年去美国，见到一个诗人，旁边一个作家告诉我：这是在美国人人都知道的著名诗人，但人人都不知道他写了些什么诗。我当时笑了，心里想，我将来千万不要做这样的作家。我也见过一些官人写的文章和写文章的官人，在文坛上他是官人，在官场上他是文人，似乎两头特别，其实两头让人不恭的，如果还算有才，也全然浪费了。一个人的能力会有多少呢，主要地从事一项了，别的项目都是为了这一项而进行的基本修养训练罢了。嘴的功能是吃饭说话的，当然，嘴也可以咬瓶子盖。我的那点儿书呀画呀，甚至琴呀棋呀，算什么呢，如果称之为才子，还真不如称这为歌妓，歌妓还必须是貌美的女子。

真正的才子恐怕是苏东坡，但苏东坡已经死在宋朝，再没有了。

我之所以最后同意编辑出版这本书，也有一点，戳戳我的西洋景，明白自己的雕虫小技而更自觉地去蹈大方。如果往后还要业余去弄弄那些书法呀、绘画呀、音乐呀，倒要提醒自己：真要学苏东坡，不仅仅是苏东坡的多才多艺，更是多才多艺后的一颗率真而旷达的心，从而做一个认真的人，一个有趣味的人，一个自在的人。

今早起来，许多人事要联系，去拨电话时却发现往日携在身上的电话号码本丢失了，一时满头闷水，嗷嗷直叫。要联系的人事无法联系，才突然明白，在现代社会里活人，人是活在一堆数字里的。那么，属于我的数字是哪些呢？

1997年5月7日

# 读马海舟书画

这是一个傲慢的人，他的学生一再让我写写他，他后来也是知道的，却就是不肯见我，也不提供任何资料。这种傲慢倒使我肃然起敬。但看了他一二张画，署名"长安怪杰首"，令我不舒服。外人如何称呼是外人的称呼，自己也这么认定了自己，这样自负的人也是不能有二的。于是搜寻着他的作品，看后果然是怪的。

一个艺术家重要的不是他写的什么，画的什么，风格和境界的区别在于他是怎么写和怎么画的。他的画，包括山水人物，鱼虫花鸟，绝不明丽，也无清正，满纸灰黑，类如涂鸦，暴溢着郁愤之气和呈现着一种愚顽不化之态。当今的时代，是易于出怪的，但不易于成怪的。看这样的画，一目明了作者人生的不通达。不通达者越会画这样的画，越是这般画越是不通达。他的情况我一概不知，我却敢断定，他是位卑而贫穷。这样的画细读起来笔笔并不敷衍和潦草，也未显出疲倦和慵懒之象，可见他是明白而又安于不通达，生命和精神都寄于画中。于是，这样的画就有了它的美学价值，有了他真实的活生生的人的存在。从而使我们注意到：为什么会出现这样的一位画家，是个性所致，是社会所致，还是别的什么原因？

怪常和古连在一起做名词的，他的怪却不古。古怪的人是一种追求，他的怪是自然流露出的郁愤。所以，一般古怪的作品里，怪的是角度，怪的是形式，他的怪使我们感到了一种感情上的压迫和震撼。书画通常有一种忌讳的东西，如浮躁，但有的画家每一笔每一触都浮躁不安，推到极致，却成了大家。如侧锋用笔，书家都以为要注意，而有人偏纯用侧锋仍成就了大书法家。他的画若古怪，那也就罢了，他不古，他的画就有了另一番味道。

不管怎么画画，只要画里出现大的气象，都能成为大家的，这里当然需要人格力量，也需要宿命。任何流，只要有水，就任其流成河去，而微波若清或激荡回旋，那都是自然而然出现的。这又如麦，根扎得深，秆壮，就让它长，必然会开花结穗。万不得去强制，要河水起浪花，要麦子在一尺高就出穗。他的画看得多了，使人担心的是他要限制自己，为怪而怪，太偏执，影响自己别的营养的汲取，而使自己如黄河冲不出龙门。思想的光辉是一个大艺术家的素质，艺术的力量更是一个大艺术家产生的保证。

我只见过他一次，那一次还是他被人围着写字，我远远地看他。他的字写得十分张扬，但我认不得。后来还看到过他的一幅《琵琶行》书法，满纸小圆圈，可能意在表现泪水，但我更看不懂。我不喜欢他的字怪到无人辨识的地步，但他的画怪，怪得我能接受，我也喜欢。我托人向他索画，他的画极难索要，听说某首长索要了三次，他完成的仅是手帕大一张纸，如果我得到那么一片，我相信这画丑，丑如钟馗，却能镇宅逼邪的。

1996年7月

# 喜欢张和的画

是很久很久的日子了，中国的绘画已经使我的神经差不多麻痹，案桌上那些买来的画册灰尘蒙蔽，再也懒得去翻开。遥想中国曾经是诗歌大国，难道现在又成了书画大国——当年梅兰芳就撇过几笔兰草的，如今当首长的题词也挂进展厅，一大批老同志离退休后，为着健身绘画，竟个个皆成了画家——今日戚老太太八十生日，跃跃欲试，我也画一张贺寿去！然而门被咚咚地敲响，是朋友携一册画集进来，呼喊着要我瞧瞧。瞧呀，张和，什么主儿？牙刷还在嘴里，满口白沫，先瞧的是一张《路乞》，再瞧的是一张《候车》，牙刷就从口里掉下来，惊在那里不动了。

在这个艺术平庸的时代，我们渴望的一个天才终于出现。我翻看了一遍画册，又翻看了一遍画册，末了凝视扉页上那个张和的像，薄薄的眼镜片子后的一双眼睛在告诉着我什么，是素描为绘画的最高形式？是艺术以征服而存在？是艺术家的全部尊严在于创造？

我把画集中的三幅裁下来，装进画框，挂在室中，北墙是《空网》，南墙是《等候》，东墙是《穿红衫的女人》。我坐在西墙下，坐了一个下午。

中国的绘画早已老熟，司空见惯的东西就到处泛滥。在新旧交替的时期，我们的艺术家在尴尬着，先锋不能完全先锋，传统难以彻底传统，顾此失彼，进退两难，惶惶不可终日。许多人已经灰冷，沦落媚俗，重复着古人重复着自己去卖钱罢了；许多人还是难以心甘，在形式上费尽心机，毕竟浮薄轻浅，恨恨不已。而篇幅多多的美术评论文章，只是以艰涩的语句在争论绘画的出路，把简单的问题争论成极复杂的公案，如不停地形容起月亮：是冰盘，是夜之眼，是冰洞，是灯，最后谁也弄不清月亮为何物了。其实好的画就是好看，看了令人震动，过后不忘。伟大的艺术品不仅需要高超的技艺，而支撑技艺的是有坚挺的思想。素描在中国人的眼里，从来是一种写生，一种创作前的准备，因此见到伪素描全是形而下的。张和以素描为创作，令我战栗的不仅仅是那些穿插的线条和色块，更是形而下基础上的形而上，我看到的是时代，是人生，是张和的也是我自己生命的痛苦和快乐。艺术家创造艺术的目的就是让我们发现和明白我们是人，随命随缘地活在这个年代的这个地方，作为具体的人而要享受人的烦恼和欢乐。张和的画里没有逃避而去的闲逸，也没有那种以为深刻其实浮躁的激愤。他耿耿于怀的是车站候车室里的人群，候车人的画面反复出现，这样的主题或许有特定的时代社会地域的精神，而更有了超越时空的意义。《候车》《持棍的人》《岸》令我读出一种冷寂，而《飞雪的背影》《穿红裙的女孩儿》《室内》则令我手舞足蹈，神采飞扬。这个时代就是这样，人的一生又何不是这样？！

　　一日，几个邻居来到我的家中，瞧见了南墙上的《等候》，看了许久，突然问："这是你爷？"我告诉说这不是画的我爷，是一般素描人头像。"不是你爷，"他疑惑了，"那挂这个人头像是什么意思呢？"邻人的不解或许大有道理，人的本能里是理解抽象的东西比理解具象的东西要容易得多。现在的人们已经习惯了一种变形，认作那就是艺术品，艺术品挂在室中就是装饰，那艺术品也就是艺术品罢了，与己并无多大关系；一旦具象的作品挂在那里，便要认作是照片或不是艺术品了。我们在长久的各种功利理论影响下，使艺术与我们的生命和生活的真实剥离了。我对着我的邻人说：瞧呀，这是一个等候的人，那眼里，那脖子的肌肉，那手，你不感觉到一种疲劳，一种紧张，一种焦虑和无奈吗？我的邻人立即叫起来："是这样的，我常是这样。这是谁画的？怎么画得像我了?！"

我为张和而高兴着。为重新认识素描，纠正着已经习惯了的一种定式，我见人就推崇这册画集，张扬起北京有一个张和。我没钱能买得起他的真画，也不认识他住在深阔如海的北京城的哪一幢楼上，但我为他宣传。

毋庸置疑，张和的画与中国画坛相当多的画家拉开了距离，他靠近西方艺术大师，而如何再加大距离地独立于他们，这是我最关注的。今夜我在西安我的书房，如同在一个车站的候车室里等待着，充满了希望和自信。

1997年1月12日晚

# 十幅儿童画

## 序

　　西安画家陈云岗，有一对双胞胎儿子，一个叫龙门，一个叫敦煌：中国三大石窟，父子仨都占了。两个儿子模样一样，穿着也一样，外人分不清楚，云岗夫妇也闹糊涂，常是孩子感冒要喂药，一个没喂，一个却喂了两次。儿子们爬高上低，土匪一般，数年间家无宁日。不料，儿子五岁，即一九九二年一天，云岗作画，龙门、敦煌在一旁看着，窃窃而笑，并不以为然的样子，遂进内屋两人合伙在纸上画，竟画得五只蝴蝶参差飞来，形象生动有趣。云岗吓了一跳，知儿子有奇秉，大加奖励，孩子得意张狂，画兴大作，竟每日竞相比赛，你画一张，我也画一张，你画两张，我要画三张，画时雷打不动，且大喊大叫，激动不已。云岗交友广泛，常有画家作家音乐家来家，见画者莫不惊讶，以为怪事。云岗夫妇也觉得神秘莫测，为儿子买纸买笔和收藏其作品，如养鸡收蛋，每日乐此不疲，至一九九六年已装裱了一万一千余幅。

　　儿童作画是常事，但差不多的孩子都是在模仿着大人的技法，即便内容，也多是小猫小狗阿姨小朋友之类。而龙门、敦煌小儿的画，大人无辅导性。

　　大人自以为是大人，有阅历和学习，不明白如此的生命体验小儿是如何具备的，那些未经见的内容和准确流畅的构图形式是怎么获得的？其实绘画在没有成为一种专门技艺的时候，是一种记忆的复制，人有后天的记忆，更有先天的记忆，生命并不分大小，大小的只是年龄。每个人都是上帝的儿子，小时候都会有一闭上眼睛就到处是奇怪图像的经历，长大了再没有闭眼就能看到的图像而越来越多了夜夜有梦。我们之所以惊叹这两个天才的小儿，他们的能力是能将所闭眼看见的图像画下来，这如一般人喝酒就醉了，而欧阳修之所以是欧阳修，是欧阳修醉后能写出《醉翁亭记》。或许，他们是双胞胎，一个是一个的影子，一个是一个的梦，虚变成了实，一切就更自然而然了。而我们这些单胎的人，应该哭泣的是，阅历和年龄使我们成了大人，大了些什么又丢掉了些什么，竟不知不觉中成为一个庸人。敬畏小儿是为了追寻生命的原本思维。我们不能再做小儿，但我们还有在老时的另一种纯真的回归，许多大艺术家的衰年变法秘密可能也正在这里。

一九九六年中秋前的夜里，我去陈家取走这十幅画说要发表，两个孩子正争吃蛋卷，只看过我一眼，又打闹得叽吱哇喔了。

## 第 一 幅 画

（龙门八岁时用珠笔所画）

陈家所居住的大院之外是兴善寺，寺里有佛，每日磕头烧香的人很多，都在求佛保佑。没钱的要钱，没儿子的要儿子，没健康的要健康。佛真累，哪儿有这么多东西给呢？龙门在寺门口往里偷看，就觉得佛没有衣服了，也没有皮肉了，只是个骷髅架子。但佛既然是佛，人们需要它，它还得僵着胳膊持着塔、城堡、宝石和金币。孩子就想：我要什么呢？我要个蛐蛐。所以佛左边第四个手里就有了个蛐蛐。

回家来，老子教儿子识字，写"白求恩"，说：

"白，白，白求恩的白。"

儿子跟着念：

"白，白，白求恩的白。"

老子又教：

"求，求，白求恩的……不对了，不对了！"

儿子却在想：如果没有了佛，人是不是就要战争呢？

# 第 二 幅 画

（敦煌画于七岁）

我小时候在一个夜里，听见对门山上鼓乐齐鸣，似有千人万人浩浩荡荡而过，村里许多人也听见了，不知道是什么缘故。后来科学家来考察了，说是上千年前皇帝出巡路过这里，声音被山收去所释放的。为什么早不释放晚不释放，偏偏这时释放呢？隔壁的刘叔演过戏，他说：阎王手里有一册生死簿的，赤笔勾去一个名字，那个人就要死了，偏有人的名字被写在了装订线下，一直未能发现，某一日发现了，一查，此人已经活到了八百岁。

上古人进行过战争，场面记录在一些岩壁上，也记录在一些人的大脑里，当敦煌突然看见的时候，时间却是一九九四年的冬季。

孩子恍惚里觉得他曾经是那场战争的一员，他的膝盖上缚有利刃，脑门上也长着角，所以现在同伙伴玩耍"斗鸡"，膝盖从未磕破过，又喜欢用头去攻击，但手指动不动就蹭烂了皮，就疑心那是以前被箭射过。

我看这幅画时，一时浑身发急，想要吸烟，却怎么也找不着烟了，翻遍了桌子，起身又去床头寻，一抬头，墙上的玻璃镜里立着我，烟原来竟叼在嘴角。

## 第 三 幅 画

（此画作于一九九五年，龙门八岁）

男孩子喜欢武器，希望各种武器都有，能装一车。于是晚上闭门造车，这车要吓住别人，又要天上地下横冲直撞，一画就画成了猛兽。

每天去街上玩耍，母亲总是喊：要小心车，小心车！车能吃人吗？

云岗那年去内蒙古写生，见到无边的草原和羊群，问牧民：现在还有狼吗？牧民嬉笑说：没了，有的转干了！

云岗并没有把这话给儿子说过。

## 第 四 幅 画

（八岁龙门用水笔所画）

问龙门：啥最害怕？

龙门说：没了皮的东西。

龙门见不得杀兔子，甚至见了剥了皮的树就绕道而行。

所以他画鬼，鬼都是没了人皮的。

云岗想，鬼披上人皮又是人了？觉得还深刻。过来再看儿子画成的画，鬼害人全然在做游戏，法儿很多，从容而有趣，便认为孩子毕竟是孩子，不知道阎王君府，不知道轮回报应的那一套上刀山下火海的故事。后来，云岗读一本旧书，书上写有"与人斗其乐无穷"，嘲笑儿子的话就不说了。

## 第 五 幅 画

（作者敦煌，一九九六年九月画）

早上开门，谁家的鸡就立在门外，样子很凶地朝敦煌看，敦煌吓了一跳，灵魂出窍，退到了数千年前有怪兽挡住他去路的一幕。返回屋里对奶奶说一只鸡要吃他，奶奶跑出来，那鸡却没有了。

奶奶的经验里，几十年的生活中，莫名其妙地就有了压力，但压力到底是什么，又来自哪里，自己也说不出来。

"你看眼花了，孩子！"奶奶在地上捏一撮土放在敦煌的额头压惊。

敦煌却认定他是看到一只鸡了，也认定是碰到过挡路的怪兽，一身甲角，无以复加，各类武器，上下披挂的……

那一天黄土飞扬，罩了天空，中午时开始下雨，云岗出去买菜，白衫子成了黄花衫。

## 第 六 幅 画

（龙门画，画时未满八岁）

大家坐在云岗家里说闲话，说某熟人的妻子有七个妹妹，孩子在内屋玩变形金刚，想：八个？那她娘喂奶的时候，是不是一边趴着四个？云岗讲起一个故事，他讲起来爱拉扯得很远："从前……"孩子哼了一下，从前哪里有你？脑海里却出现一团模糊的图像，旋转旋转，突然清晰，像吧嗒一声打开了电视机，就有了画画的冲动，于是在纸上画了一张又一张，尽是爬动的巨虫，单只脚，双只脚，四只脚和八只脚的。

云岗讲完了有人开始说到去黄土高原的见闻：见到一个放羊的孩子，问：放羊干啥呀？答：挣钱。问：挣了钱干啥？答：将来娶媳妇。问：娶媳妇干啥呀？答：生孩子。问：生孩子干啥呀？答：放羊。大家哈哈大笑。

孩子一抬头，发现了窗纱上爬动着两只壁虎。孩子认得这壁虎是他画的一只巨虫的后代，就自言自语，笑它没有祖宗大。

云岗听见孩子在内屋自言自语，过来看了，大叫孩子画的怪兽身上曲线环绕成图案，有青铜器的纹饰，忙问：你见过青铜器？

孩子不知青铜器是什么。

## 第 七 幅 画

（敦煌一九九六年画）

在人骂人常有将某人骂做了狗、猪、狼和狐的，孩子却总把任何动物都看成人。三年前一只蝴蝶在窗前树间飞，敦煌、龙门大呼小叫喊："依！依！"蝴蝶就飞到窗台。敦煌用手指在蝴蝶前做什么动作，蝴蝶的长须也做什么动作，友好异常。云岗的妻子也看呆了。此后三日，蝴蝶一在树间飞，就被"依！依！"招过来。第五日清晨，蝴蝶死在了树下，两个孩子暴跳如雷，摔破过一只水杯。

今年夏天，母子三人上街，马路对面有人牵一小女孩学步，小女孩大约两三岁，摇摇晃晃，敦煌拉住龙门说："就是她！"龙门也说："是她！"那边的小女孩也就朝这边看，不会说话只是笑。母亲觉得奇怪，问那是谁？孩子拒不说。

不久，陈家搬迁，住到一幢楼的一层，还有个后院，门窗上及屋里便飞虫很多，竟有城市不多见的蜻蜓、瓢虫、金龟子等，陈家没有买灭虫剂。

## 第 八 幅 画

（龙门画于一九九四年，七岁）

一日，云岗同常古和尚在家谈生与死，一个说：人为甚活着，为死而活着。一个说：人总怕下地狱，其实你正在地狱里。一个说：曰不可说。一个说：云如之何。

龙门和敦煌烦家里来客，关了内屋门打游戏机，突然想画画，龙门说：画恐龙不？敦煌说：画恐龙。分头就画。敦煌画恐龙满身甲角，狰狞可惧，画面充满了向四维八方的扩张感。龙门画恐龙七只和祥而舞。

做母亲的喜欢恐龙舞而不喜欢太狰狞，将舞画贴在墙上，拖地板时看画就忘了拖地板，耳边似乎有音乐声，身子也陡然轻盈，面部喜悦。

云岗从这日起，开始放下老子的架子，临摹儿子的画，原先只从书本上了解恐龙时代的争斗和生存的残酷，却原来还有过如此和平岁月。

## 第 九 幅 画

（龙门，一九九五年，八岁）

龙门清晨去上学，听见了西安古城墙头有人吹小号，呜呜咽咽不绝，就不想再去学校，惹娘骂了一通，才到教室后，又听见一位老师在那里朗诵诗：

> 海上生明月
>
> 天涯共此时

龙门却觉得海里没有生明月，海里有怪兽出来要登陆。这怪兽是由海贝和乌贼的外形物组成的，层层叠叠，却无一处重复，对称，又不一致，扭动而生风。

他想给老师说，又不敢给老师说。老师朗诵完进了厕所，他也跟去，他说："老师……"老师没理他。他觉得要尊敬老师，要问候，便说："老师，你尿哩？"老师还是不理。他说："你摇哩？"老师狠狠瞪他一眼。龙门再不敢说一句话。

## 第 十 幅 画

（作此画，敦煌八岁）

敦煌画了这张人生图，西安美院许多画家来看，惊讶天地假小儿之手展示人在世上的过程要警告什么呢？有人说，噢，最简单的事情其实是最复杂的。有人说，噢，最复杂的事情其实最简单。最后，指着画面的右下角，几乎全然在原画线框之外的，那一个小小的行走的人：这是谁？于是你指了我说：是你。我指了他说：是你。

## 跋

近些年，我写了许多关于小儿的文章，一些人老笑我眼里没大没小。而且写过的孩子对我并不感激，有一日见到我曾尊为过老师的一个小儿，他正提了裤子往厕所跑，我见了喊：嗨，还认得我不？小儿漠然地看我一下，没言传，只往厕所去。旁边人呵呵大笑，说：你说说见名人重要还是上厕所重要？我想了想，上厕所还是重要的。这回看了龙门敦煌的画又激动了，激动后又怕自己看走了眼，拿了画去请教费秉勋教授。费教授学问大，研究明清文学，也研究绘画、舞蹈和音乐，更精通易学。费教授看了画，竟比我还激动，近六十岁的人了，冒雨又专门去陈家看了小儿全部的画，回家写了一首行歌。费教授能说好，我说好就不会出偏差了。费教授的行歌是：

　　兄弟敦煌与龙门，
　　同日孪生撄世尘。

乃父云岗善雕塑，
二子画才更绝伦。
把笔作画每大叫，
颇似怀素效公孙。
构图奇崛笔墨老，
满纸战争起烟云。
宏看佛祖莲台坐，
微观枯骨遍鬼魂。
鸿蒙寰宇乃地狱，
古龙跋扈鼍悲吟。
苍穹经纬飞行器，
太极斧钺转法轮。
二童何星降地球？
左猜右推费思忖。
世人每云余神秘。
余视汝侪神秘人！
神工鬼斧此画图，
任人难解意匠真。
对画喟然叹无奈，
聊为此章谢惠存。

# 路小路作品集序

朋友是气味相投的，况且他同我一样属于相貌丑陋一类，见面少不了要互相戏谑。"呀，才从花果山来的，去哪儿呀这么急的？""你说巧不巧，才要上你的高老庄找你的，却就碰上了！"老鸦笑猪黑，猪也笑老鸦黑，两个人就拥抱了，哈哈大笑。

是蛇才想着吞象，是蛤蟆才想吃天鹅肉，丑人最讲究美好。所以，他要办事就要办成功，要写文章就要写得华丽，甚至连要择偶就要漂亮。他竟能样样实现了！正如此，他有他的魅力，走到哪儿都有听从者，有拥护者，有热爱者，真是瞎人有瞎福。

丑陋的皮囊裹着一颗很高贵的精神，这就是路小路。

路小路本名叫王路遥，他开始弄文学的时候，另一个作家路遥声名远震，于是他就改名了。我说应该改叫大道，他说，服低服小着好。但他并不是平地肯卧的角色，凭着写作，从油田上一名小工人变成了干部，由干部变成了专职文化人。没任何人肯抬举他，相貌又时时阻碍他，他真是在荆棘中硬走出了一条小路。

路细而乱如绳索，缠着山却往山上走，这是我曾经写给他的诗。

我是在油田上认识他的，那一年我去油田采风，他做向导，我们翻大山，跑沙漠，上井架，钻帐篷，他一双小眼睛红得如烂桃一般，那一张嘴却除了吃饭和睡着以外就不停地说，说正经的，也说不正经的，都说得蛮有趣，让你像吃老家饭一样，肚子已经不要了口里还想要。天下的事没有他不知道的，说出来水能点着灯，牛皮可以吹破。自那以后，我再去别的油田都找他联系，并约他同行。他精力过人，思维超前，善于社交，处事果断，其之长正是我之短，我笑着对他说，如果你相貌好，可以去竞选总理的。

不，他说，文学正是丑人的事业。

他写下了相当数量的文学作品，早年我在油田上就读过他许多小说稿，其意境的深远，构思的奇特，让我十分惊羡，后来又读过他一批随笔，更觉见解新颖，文笔洒脱。这是一个人与文都有趣、趣味很高的人，又是做人做文志向都豪华的人。

面对了这册作品集，我在祝愿，这个朋友与我友好地交往下去，他的不断的新作能让我继续读到。

1997年9月14日

# 刘宁作品集序

读书要读名著，再就是读有趣的书，读朋友的书。今夏里我又住了院，又逢着百年不遇的奇热，一边打吊针读完了《左传》，又读刘宁的一沓书稿，倒常常忘了病与热的。因为各自都在办杂志，又都是主编，工作的交往使我与刘宁成了朋友，一个在佛山，一个在西安，原准备七月份聚于广州，现在只有在书稿里会面了。

刘宁并不是专业作家，既办刊，又是地方官员，身份很特别。许多人在仕途上，又要写文章，是以官势而有了文名，以办刊而成了作家，刘宁官有政绩，但文章淹没了官声，文章委实优秀，却又为办刊的成功所遮盖。

世事真有说不清处，想想，三十六行，行与行有什么区分，云层上边都是阳光，刘宁年纪轻轻，三头并进，人才真是难得。走过很多地方，说起刘宁，都说刘宁潇洒。我和他相处过数日，人是好貌，衣着整洁，好言语，喜走动，常是呵呵长笑。我所见过的作家，一般是形容苦愁，似乎总是在忧国忧民。他这样是少见的。但就是这样一个人，创办了一份杂志，地处小小的佛山，又是纯文学性质，竟然发行到了数十万份。翻之杂志，主编的意识十分强烈，眼界开阔，思维超前，又新潮又现实。他的文章，也正是这一路风格，不故作深沉，不硬要独特，有感而发，挥洒自如，颇有"招之即来，挥之便去"那一份洒脱。聪明人有聪明处，为人为文不墨守成规，偏就有了自家面目。

读了刘宁的书稿，刘宁从佛山来电话，嘱能为序。秀才人情一张纸，遂将几句感慨寄上。我人微言轻，作序不会给刘宁之书稿增色，刘宁的文章自有众多读者，当然行之久远，朋友祝愿的只是有了此一册，更有二册、三册的新作问世吧。

　　今夜中秋，明月当天，千里共斯文啊！

1997年9月16日西安第八医院